LES HÉRITIERS

d'Enkidiev

TOME 2

Nouveau monde

DANS LA MÊME COLLECTION

Déjà paru :

Les Héritiers d'Enkidiev, tome 1 – Renaissance

À paraître bientôt :

Les Héritiers d'Enkidiev, tome 3 – Les Dieux ailés

* * *

À ce jour, Anne Robillard a publié vingt-quatre romans et quatre livres compagnons. Pour plus de détails sur ces autres parutions, n'hésitez pas à consulter son site officiel :

www.anne-robillard.com

ANNE ROBILLARD

LES HÉRITIERS d'Enkidiev

TOME 2

Nouveau monde

WELLAN INC.

Catalogage avant publication de Bibliothèque et Archives nationales du Québec et Bibliothèque et Archives Canada

Robillard, Anne

    Les Héritiers d'Enkidiev
    Sommaire : t. 1. Renaissance – t. 2. Nouveau monde

    ISBN 978-2-9810428-2-8 (v. 1)
    ISBN 978-2-9810428-5-9 (v. 2)

    I. Titre. II. Titre : Renaissance III. Titre : Nouveau monde.

PS8585.O325H47 2010   C843'.6   C2009-942695-1
PS9585.O325H47 2010

WELLAN INC.
C.P. 57067 - Centre Maxi
Longueuil, QC J4L 4T6
Courriel : wellan.inc@videotron.ca

Couverture et illustration : Jean-Pierre Lapointe
Mise en page : Claudia Robillard
Révision : Nathalie Vallière

Distribution : Prologue
1650, boul. Lionel-Bertrand
Boisbriand, QC J7H 1N7
Téléphone : 450-434-0306 / 1-800-363-2864
Télécopieur : 450-434-2627 / 1-800-361-8088

Dépôt légal - Bibliothèque et Archives nationales du Québec, 2010
Dépôt légal - Bibliothèque et Archives Canada, 2010

« Le sentier le plus passionnant à suivre est celui qu'on dégage soi-même. »

Anne Robillard.

ENKIDIEV

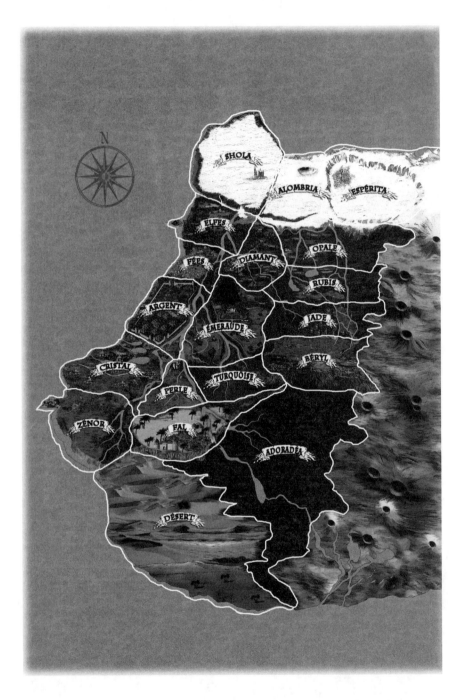

ENLILKISAR

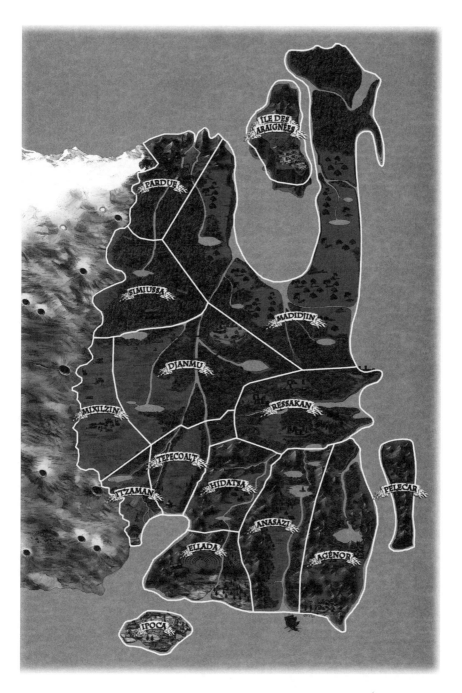

1

LA COMPAGNIE DE LA FLEUR BLEUE

Sire Hadrian et les treize jeunes gens d'Enkidiev qui avaient choisi de l'accompagner avaient quitté Zénor depuis quatorze jours déjà. Ensemble, ils allaient s'aventurer dans les Territoires inconnus à la recherche d'une fleur bleue destinée à l'antidote qui devait sauver la vie du Roi Onyx. Puisque c'était la saison chaude, le voyage était plutôt agréable. Le soleil brillait et les rares ondées se produisaient durant la nuit. De douces vagues berçaient le bateau et le vent gonflait les voiles juste assez pour permettre à l'équipage de parcourir chaque jour une distance acceptable. Heureusement, on avait apporté suffisamment d'eau et de vivres pour tenir tout un mois, car l'embarcation longeait la côte sud du Désert depuis son départ. Il aurait été impossible de se ravitailler dans ce pays inhospitalier.

L'ancien Roi d'Argent avait vogué sur l'océan à quelques reprises jadis, avant que l'empereur des hommes-insectes essaie de s'emparer du continent des humains, mais il n'avait jamais appris le métier des marins. Il s'était plutôt contenté d'admirer les dauphins qui faisaient la course avec la proue ou de laisser le vent jouer dans ses cheveux noirs. Comme autrefois, pendant cette expédition, il ne chercha pas à commander les hommes de bord. Aussi se faisait-il discret pour éviter de nuire à leur travail.

Les membres de sa compagnie ne se plaignaient pas encore de la durée du périple. Ils occupaient leur temps à lire, à bavarder ou à jouer aux osselets. Hadrian, lorsqu'il n'arpentait pas le pont, allait s'asseoir à l'avant du navire et surveillait l'horizon. Les volcans se dressaient déjà au loin. Bientôt, ils pourraient mettre pied à terre. «Que trouverons-nous dans les Territoires inconnus?» se demanda-t-il. Il avait lu beaucoup d'ouvrages de géographie durant ses deux vies, mais aucun ne parlait de cette région voisine d'Enkidiev. Le seul à avoir franchi la chaîne de montagnes était Liam, mais il n'avait eu l'occasion de voir qu'une infime partie du nouveau continent. Ce n'était pas suffisant pour justifier l'écriture d'un nouveau livre…

Hadrian pivota sur ses talons pour observer ses équipiers. Jenifael, fille de la déesse du feu, était assise à l'ombre, sous la planche qui servait de gaillard d'arrière. Au-dessus d'elle, le capitaine Rumesh tenait la barre, les yeux fixés sur l'horizon. En tant que nouveau commandant des Chevaliers d'Émeraude, elle n'aurait pas dû l'accompagner à l'autre bout du monde, car nul ne savait si une nouvelle menace allait s'abattre sur Enkidiev. En son absence, elle avait demandé à Santo de la remplacer temporairement.

Hadrian se doutait bien que la jeune femme n'était là que par amour pour lui. Ils avaient besoin d'apprendre à se connaître s'ils voulaient passer le reste de leur vie ensemble. Cette longue croisière leur avait en effet donné l'occasion de discuter de leurs sentiments et de leurs aspirations. Aussi, même s'il était en mesure de se défendre lui-même, Jenifael n'avait pas l'intention de laisser quoi que soit arriver à son chéri. « Elle m'aime pour de vrai », avait finalement compris l'ancien monarque.

Les autres membres de l'expédition qui avaient vraiment à cœur la santé d'Onyx étaient Kira, Liam, Daiklan et Ellie, comme de véritables Chevaliers. En plus de protéger le peuple, ces derniers servaient les dirigeants du continent. Hadrian se réjouissait de constater que certains de ses soldats ne l'avaient pas oublié. Contrairement aux autres aventuriers qui passaient le plus clair de leur temps sous un dais tendu entre deux mâts, Liam préférait rester au soleil et admirer les dunes du Désert à bâbord. Mali le suivait pas à pas, mais en protégeant sa peau de lait sous une ombrelle. À quelques reprises, le jeune Chevalier s'était glissé sur la figure de proue représentant le poitrail et la tête d'un fier étalon en bois. Il s'assoyait sur le dos de l'animal et se laissait bercer par le tangage du bateau. Mali avait beau protester et lui énumérer tous les dangers qu'il courait, Liam n'en redescendait que lorsqu'il en avait envie.

Hadrian se tourna ensuite vers Katil, assise parmi les autres, le dos appuyé au grand mât. Elle lisait un vieux manuel de sortilèges que Hawke lui avait demandé d'étudier. Elle s'était sans doute jointe à cette équipée pour prouver à Onyx qu'elle avait la trempe d'une grande magicienne et pourrait remplacer un jour son maître. En effet, en revenant de Zénor, quelques mois plus tôt, Hawke s'était mis à se comporter de façon étrange. Soudain silencieux et renfermé, lorsqu'il ouvrait la bouche, c'était pour convaincre ses interlocuteurs que la sagesse des Sholiens ne devait pas tomber dans l'oubli. Puisque les seuls qui en avaient eu une quelconque connaissance étaient Fan et le grand Wellan, personne ne comprenait ce que l'Elfe magicien essayait de leur faire comprendre. Ce dernier avait même commencé à rassembler ses affaires, car il n'avait plus qu'une seule idée : fonder un monastère où il dispenserait des cours de cette science perdue. Katil avait donc vu là une ouverture dont elle entendait profiter. Hadrian ne savait pas comment cette quête pourrait la valoriser aux yeux de son vieil ami Onyx, mais il n'était pas non plus le genre d'homme à empêcher quelqu'un de faire ses preuves.

À quelques pas de la jeune magicienne, Danitza tentait tant bien que mal d'écrire dans le grand livre que lui avaient offert ses parents avant son départ. Le roulis du voilier ne rendait pas la chose facile, et la jeune femme ne parvenait qu'à tracer un mot de temps à autre.

Si Hadrian avait fait la guerre aux côtés des Chevaliers d'Émeraude, il ne les connaissait toutefois pas tous personnellement, et encore moins leurs enfants. Cependant, après avoir eu l'occasion de voir Bergeau à l'œuvre à quelques reprises, jamais il ne se serait douté qu'il puisse avoir une fille aussi passionnée pour la rédaction. Hadrian ignorait si elle avait l'intention de relater fidèlement tous les faits de cette aventure ou si elle comptait les incorporer plus tard à ses romans. Il se promettait toutefois de jeter un coup d'œil à ces textes dès son retour à Émeraude.

Depuis qu'ils étaient en mer, Danitza ne se plaignait de rien. Au contraire, elle s'intéressait à tout et posait des centaines de questions aux membres de l'équipage. De tous les passagers, elle était sans doute celle qui comprenait maintenant le mieux la navigation et le fonctionnement d'un voilier. Près d'elle, le Prince Elfe Cameron somnolait. Hadrian ne saisissait pas très bien le but de sa présence sur le bateau, hormis le fait qu'il trouvait la jeune écrivaine de son goût. Ou tentait-il d'échapper à ses obligations royales ? L'ancien Roi d'Argent avait profondément admiré les Elfes, jadis. Il avait appris à les estimer grâce à son père qui l'emmenait souvent dans leur royaume couvert de forêts. Il avait même rencontré une enchanteresse de qui il s'était épris sans jamais pouvoir donner libre cours à cet amour, car il était un mari fidèle. Plus récemment, il avait cru retrouver cette même flamme dans les yeux d'une autre femme Elfe, mais elle l'avait repoussé sans le moindre remords.

Hadrian aurait préféré ne pas emmener d'Elfe avec lui dans les Territoires inconnus, mais pour des raisons différentes. Ils n'étaient pas les merveilleuses créatures qu'il avait connues autrefois. Maintenant qu'il les regardait avec des yeux plus avertis, il voyait des hommes et des femmes qui raffolaient de poésie, de villanelles et de bijoux exquis, mais qui menaient leurs affaires amoureuses avec un pragmatisme insupportable. Il lui faudrait se faire violence pour combattre ses préjugés lorsqu'il s'adresserait à Cameron.

Assis l'un près de l'autre, Daiklan et Ellie bavardaient à voix basse. Il n'était pas difficile de deviner qu'en plus de vouloir sauver Onyx, ils étaient aussi à la recherche de nouvelles pièces pour leur musée. Ils étaient, bien sûr, des Chevaliers d'Émeraude parfaitement capables de se défendre s'ils devaient rencontrer une nation belliqueuse de l'autre côté des volcans, mais ils ne semblaient pas se rendre compte que cette expédition était dangereuse. Même s'ils trouvaient ce qu'ils cherchaient, il y avait fort à parier que leurs propriétaires ne les laisseraient pas partir en échange d'un sourire. Daiklan et Ellie n'avaient pourtant pas apporté de sacs d'onyx d'or...

La dernière chose dont Hadrian avait besoin, c'était d'un incident diplomatique qui empêcherait Enkidiev d'établir des relations amicales ou commerciales avec d'autres peuples. Il lui faudrait tenir les deux conservateurs à l'œil. Les Chevaliers n'étaient évidemment pas des voleurs, mais il valait mieux prévenir que guérir.

Même s'il l'avait autorisé à faire partie de l'équipe, Hadrian commençait à regretter d'avoir emmené Atlance, le fils d'Onyx, qui pourrait éventuellement hériter du trône d'Émeraude, s'il devait arriver malheur à la Princesse Cornéliane. L'ancien roi comprenait toutefois pourquoi il était là. Ce n'était pas la faute du jeune homme s'il avait été enlevé par un dieu déchu à l'âge de quatre ans. Puisque la véritable forme de cette créature céleste s'apparentait à celle des gavials de la Forêt interdite, il n'était pas étonnant qu'Atlance ait fait des cauchemars toute sa vie. D'un naturel plus doux que ses parents, il n'aimait pas imposer sa volonté comme Onyx, ni relever des défis comme sa mère. Pour éviter de se retrouver à nouveau aux prises avec un autre monstre, Atlance avait plutôt passé sa vie entre les murs du Château d'Émeraude, plongé dans la lecture qui lui procurait une échappatoire rassurante.

Cette aventure dans une contrée inconnue terrorisait le jeune prince. Hadrian pouvait le ressentir sans même utiliser ses sens invisibles. Pourtant, Atlance n'avait pas une seule fois demandé au capitaine de virer de bord pour rentrer chez lui. Il restait sagement assis à l'ombre et parlait surtout à Katil pour qui il éprouvait de tendres sentiments. « On ne peut pas rester enfant toute sa vie », songea Hadrian. « L'homme n'est pas fait pour rester seul jusqu'à la fin de ses jours. » Lui-même commençait à se lasser de sa solitude…

Il n'approuvait évidemment pas l'attitude d'Onyx envers son fils. Au lieu de l'encourager à surmonter ses peurs, il l'éloignait de toute activité qui représentait le moindre danger. Son vieil ami disait d'Atlance lorsqu'il tenait une arme entre les mains qu'il était non seulement dangereux pour les autres, mais aussi pour lui-même, alors il ne lui avait pas enseigné à se battre. Au lieu de préparer tous ses enfants à régner, il les écartait de la cour. Hadrian avait maintes fois tenté de faire comprendre à Onyx sa déraison, mais ce dernier l'avait rabroué en lui disant de se mêler de ses affaires. Il avait donc maintenant l'intention d'aider Atlance à prouver à son père qu'il était loin d'être un incapable.

C'est en observant Atlance qu'Hadrian se rappela les paroles de la Fée Améliane, fille de Kardey d'Opale et du Chevalier Ariane. Elle aussi avait voulu se joindre au groupe afin de prouver sa valeur à ses parents. Pourtant, Hadrian les connaissait tous les deux et ils ne lui avaient jamais semblé intransigeants comme Onyx envers leurs enfants. Au contraire, leurs petits jouissaient de la même liberté d'action et de pensée que toutes les autres Fées. La jeune femme lui avait-elle menti pour pouvoir monter à bord ? Si oui, quels étaient ses véritables motifs ? Hadrian avait tenté de lire dans ses pensées, comme le lui avait jadis enseigné Onyx, mais le cerveau des Fées ne fonctionnait pas du tout comme celui des humains. Les idées s'y succédaient à une telle vitesse qu'il était impossible de les intercepter pour les déchiffrer. « Je finirai bien par le savoir », se dit l'ancien roi.

Hadrian se tourna alors vers les cousins Wellan et Kirsan, qui n'arrêtaient pas de bavarder, même lorsqu'on leur demandait de se coucher et de se taire. Kirsan était le petit-fils du Roi de Zénor, un être spécial comme il en avait rarement vu. Il possédait le même don de divination que le Chevalier Mann, le ton dramatisant en moins. Cet augure en pleine croissance n'utilisait pas continuellement sa prédisposition pour la prescience. Ses rêves prémonitoires ne se manifestaient que de temps à autre, surtout lorsque des événements importants étaient sur le point de se produire. Hadrian ne regrettait pas de l'avoir emmené aussi loin de chez lui, même sans le consentement de son père, car les talents de Kirsan pourraient sans doute lui être fort utiles. Le rire franc et la bonne humeur de l'adolescent avaient aussi pour effet de détendre l'atmosphère sur le bateau, ce qui n'était pas négligeable non plus.

Quant à Wellan, il représentait un autre mystère qu'Hadrian avait l'intention de percer. Si son corps n'avait que quinze ans, son intellect, lui, était beaucoup plus âgé. Pourtant, ni Lassa ni Kira n'avaient été des enfants précoces. D'ailleurs, de leurs quatre enfants, Wellan était le seul qui se conduisait en adulte depuis ses jeunes années. «Peut-être ce comportement fait-il partie de l'essence de son nom», songea Hadrian. Son père, puis plus tard le vieil Elfe qui avait été son précepteur, lui avaient appris que les sons contenaient leur propre énergie. Lorsqu'on associait des syllabes puissantes pour former un prénom, leur force ne pouvait que rejaillir sur celui ou celle qui le portait. Hadrian n'avait pas trouvé de traités sur cette matière après avoir classé tous les ouvrages de la bibliothèque d'Émeraude, ni même après avoir vidé les tertres secrets des Elfes. Cette science provenait-elle de l'île de leurs ancêtres ? Il lui faudrait mener une enquête à ce sujet lorsque la vie de son ami Onyx ne serait plus en danger.

La sagesse qu'il décelait dans le regard de Wellan continuait de le fasciner. N'importe quel adolescent de son âge aurait profité de cette croisière pour s'amuser, mais pas lui. En plus de quelques tuniques de rechange, il avait glissé dans sa besace un très vieux livre dont la couverture était différente de celles des documents que l'ancien roi avait répertoriés au château. L'avait-il reçu en cadeau de son grand-père, le Roi de Zénor, lorsqu'il avait séjourné chez lui, quelques années plus tôt ? Hadrian aurait aimé en savoir davantage à son sujet, mais Wellan le faisait prestement disparaître dans ses affaires chaque fois qu'il s'approchait un peu trop près. Quand l'adolescent parvenait à s'isoler des adultes, il passait des heures sur la même page. Pourtant, il savait lire…

Lorsqu'Hadrian lui avait demandé pourquoi il avait insisté pour suivre sa mère dans cette mission qui risquait de leur être funèbre, Wellan avait répondu que tout ce qu'il voulait faire dans la vie, c'était explorer le monde. Cette réplique lui avait immédiatement rappelé des paroles prononcées jadis par un homme pour qui il avait eu la plus grande admiration.

Hadrian se tourna vers Kira qui venait de se pencher par-dessus la rambarde pour vomir son dernier repas. Il s'empressa de se rendre jusqu'à elle pour évaluer son état de santé.

— Je ne mourrai pas, articula péniblement la Sholienne.

— Es-tu enceinte ? s'enquit plutôt Hadrian.

Elle se redressa brusquement, comme si un poisson aux longues dents avait tenté de lui happer la tête.

21

– Non ! s'écria-t-elle, terrifiée.

– La grossesse n'est pas une maladie, Kira. Tu devrais pourtant le savoir, car tu as déjà donné naissance à quatre beaux enfants.

– Dans mon couple, c'est plutôt un mystère, avoua-t-elle.

Il alla lui chercher un gobelet d'eau fraîche et y ajouta une pincée de poudre qu'il extirpa de la pochette de cuir qu'il portait à sa ceinture.

– Qu'est-ce que c'est ? se méfia Kira.

– Une vieille recette elfique qui m'a été léguée par mon mentor. Lorsqu'elle était petite, Coralie ne gardait pas toujours sa nourriture. Nous n'avons jamais su pourquoi, d'ailleurs.

– Qui est Coralie ?

– Ma fille…

– Du temps où tu étais Roi d'Argent, c'est bien ça ?

– Oui. Il arrive souvent que les souvenirs de mes deux vies s'entremêlent.

– Est-ce une vieille mouture qui a plus de cinq cents ans ? s'inquiéta Kira.

– Non, affirma Hadrian avec un sourire rassurant. Les plantes utilisées dans la fabrication de ce remède existent toujours au Royaume d'Argent. J'en cueille depuis que j'habite ma tour et je les fais sécher pendant plusieurs mois avant d'en extraire la partie dont j'ai besoin.

— Tu ne m'avais jamais parlé de tes talents d'apothicaire.

— Il y a des secrets qu'on préfère garder pour soi. Bois.

Il insista pour qu'elle avale toute la potion, puis éprouva du soulagement lorsqu'il vit le visage de Kira se détendre.

— C'est vraiment très efficace, s'étonna-t-elle. Je suis prête à t'en acheter pour Lazuli qui mange n'importe quoi, même lorsque ça ne se digère pas.

— Les guérisseurs ne sont pas censés demander quoi que ce soit en échange de leurs services. Tu devrais pourtant le savoir.

— Mais tout le monde doit travailler pour gagner sa vie.

— J'ai un ami qui prend bien soin de moi.

Il parlait évidemment d'Onyx.

— Le sentirais-tu si tu portais une nouvelle vie en toi ? continua Hadrian qui revenait à la charge.

— Oui, mais ce n'est pas le cas, je t'assure. Mon indisposition est causée par le tangage de ce bateau sur les vagues. Je n'ai jamais aimé les voyages sur l'océan.

Hadrian posa son regard sur Wellan qui lisait dans son coin.

— Quel est ce livre qui le fascine autant ? demanda-t-il à sa mère.

L'hésitation de Kira lui fit croire qu'il s'agissait sans doute d'un ouvrage défendu. La Sholienne lut aussitôt ses pensées.

— Ce n'est pas ce que tu crois, affirma-t-elle.

— Cela fait-il partie de vos secrets de famille ?

— Si on veut…

Hadrian avait été si bon et si honnête avec elle durant toute sa vie qu'elle ne pouvait pas lui cacher ce qu'elle avait appris sur son fils aîné.

— Il est en train d'étudier le *Traité de cosmologie* de Sophos.

L'ancien souverain haussa les sourcils avec étonnement.

— Comment est-ce possible ? bredouilla-t-il enfin. Cet ouvrage est écrit dans une langue intermédiaire entre l'Enkiev et celle des anciens que personne ne transmet !

— Élund l'a enseignée à ses premiers élèves.

— Lequel des Chevaliers la maîtrise ?

— Un seul…

Hadrian fit mentalement le tour des enfants dotés de pouvoirs magiques qui avaient constitué la nouvelle génération de ces puissants soldats. Ce n'était certainement pas Bergeau, car tout le royaume en aurait entendu parler, ni Jasson qui n'avait jamais aimé lire. Falcon avait toujours préféré les armes à la plume. Quant à Santo, il s'était surtout plongé dans les livres sur la guérison et ceux-ci avaient tous été traduits dans la langue moderne. Dempsey était un homme réservé qui aurait sans doute pu posséder un savoir secret, mais il n'avait pas visité Émeraude assez souvent pour enseigner ce dialecte ancien à un enfant. Chloé, son épouse, ne se déplaçait jamais sans lui. Il ne restait que... Wellan !

– En plein dans le mille, soupira Kira qui avait suivi son raisonnement.

– Ton fils ?

– Ne me demande pas comment c'est possible, je l'ignore, mais il est la réincarnation de Wellan de Rubis.

Pourtant, le jeune homme avait de longs cheveux noirs et des oreilles pointues.

– Lassa n'est pas son père, lui avoua-t-elle. Je suis tombée amoureuse d'un guérisseur Enkiev tandis que j'étais emprisonnée dans le passé. J'étais loin d'imaginer que c'était l'ancêtre d'Onyx.

– D'Onyx ?

Décidément, l'ancien roi allait d'étonnement en étonnement.

– C'est pour cette raison que Wellan ressemble autant à Atlance, ajouta Kira.

– T'a-t-il révélé lui-même sa véritable identité ?

– Oui, juste avant notre départ d'Enkidiev, mais je m'en doutais depuis longtemps. Toutefois, je n'arrivais pas à lui arracher la vérité.

– Pourquoi nous l'a-t-il dissimulée ?

– Il ne voulait pas bouleverser la vie de Bridgess et de Jenifael.

Hadrian continua de regarder fixement cet adolescent qui n'en était pas vraiment un. La Sholienne avait raison. Bridgess était si fragile depuis la mort de son premier mari. Elle ne se remettrait jamais d'un pareil choc. Quant à Jenifael…

– Je suggère que nous n'en parlions à personne avant que Wellan soit prêt à le faire lui-même, sollicita Kira. En ce moment, ce qui est primordial, c'est de sauver Onyx. Nous ne devons pas nous laisser distraire de ce but.

– Alors, soit.

Néanmoins, l'ancien roi se promit d'avoir de longues discussions avec le revenant, une fois sa mission accomplie, car il se souvenait de tant de sujets qui les passionnaient tous les deux.

– Le soleil va bientôt se coucher, lui fit remarquer Kira. Si tu n'y vois pas d'inconvénient, je m'abstiendrai de manger, ce soir.

– Nous sommes presque rendus à destination. Tiens bon.

Kira alla se coucher sous le dais, près de son fils, qui ne fit que lui jeter un coup d'œil afin de s'assurer qu'il ne s'agissait pas de quelqu'un à qui il devait cacher la nature de ses lectures.

«Nous en reparlerons plus tard», songea Hadrian en se dirigeant vers l'entrée de la cale.

2

LE ROI D'IPOCA

Le soir venu, Hadrian admira les étoiles pendant un moment, puis rejoignit Jenifael sous la dunette. Il s'allongea sous sa couverture et elle se colla contre lui. Il trouva amusant que la fille de la déesse du feu soit aussi frileuse. En la serrant contre sa poitrine, il fit bien attention de ne pas penser à ce qu'il venait d'apprendre sur le fils de Kira. Il se concentra plutôt sur le but du voyage. *Onyx, est-ce que ça va ?* demanda-t-il en utilisant ses facultés télépathiques. Ne recevant aucune réponse, il se crispa.

– Il doit dormir, à cette heure-ci, tenta de le rassurer Jenifael. S'il était mort, tu sais bien que quelqu'un du château nous aurait tous prévenus.

– Jeni, quelle est la véritable raison qui t'a poussée à me suivre jusqu'ici ?

– C'est toi, bien sûr ! Pourquoi me poses-tu cette question ?

– J'essaie de comprendre les motifs de tous les membres de l'expédition.

— Mon cher Hadrian, si tu pensais moins et que tu étais plus spontané, ta vie serait beaucoup plus agréable.

— Mais je suis spontané, se défendit-il.

— Ouais... une fois que tu as retourné la situation une dizaine de fois dans ta tête.

— Pourquoi me fais-tu ce reproche ?

— Pour te faire comprendre que les intentions de tout un chacun n'ont aucune importance. Cesse de te torturer l'esprit et remercie plutôt les dieux de t'avoir donné des compagnons dans cette aventure.

— J'ai été entraîné à réfléchir en toute circonstance.

— Dans ta vie d'il y a cinq cents ans, quand tu gouvernais tout un royaume. Or, ce n'est plus le cas, maintenant. Tu ferais mieux de désapprendre tout ce que tu sais. Nous nous dirigeons vers une contrée dont nous ne savons rien, sauf que des créatures félines et des araignées géantes habitent Enlilkisar. Tu n'auras aucun point de référence pour porter un jugement.

Hadrian s'étonna de constater que la jeune déesse lui tenait exactement le même discours que sa première femme.

— Es-tu la réincarnation d'une autre personne ? voulut-il savoir.

— Non. Pourquoi ?

– Parce que la Reine d'Argent me disait aussi que je pensais trop et que je n'agissais pas assez.

– Et la belle Médina, elle? Et Amarth?

– Est-ce que je capte une pointe de jalousie, ici?

– Je veux seulement m'assurer que je ne serai pas continuellement comparée à toutes les femmes que tu as aimées avant moi.

– Il n'y en a eu que deux et elles sont mortes.

– Je suis contente de te l'entendre dire et je souhaiterais que tu ne m'en parles plus. Si nous voulons former un couple durable, il faut que tu chasses ces fantômes de ta mémoire.

Plus facile à dire qu'à faire. Même s'il n'éprouvait plus d'émotions lorsqu'il se remémorait les événements tristes ou joyeux de son passé, Hadrian allait avoir beaucoup de difficulté à effacer des centaines d'années de souvenirs.

– Je ferai de mon mieux, promit-il.

Rassurée, Jenifael ferma les yeux et s'endormit quelques minutes plus tard. Hadrian n'avait jamais compris comment certaines personnes pouvaient trouver aussi rapidement le sommeil. Lui n'y parvenait jamais. «Parce que je pense trop», se dit-il en souriant. Malgré tout, le roulis du voilier aidant, il finit par s'assoupir. Lorsqu'il se réveilla, quelques heures plus tard, le soleil dardait ses rayons sur le pont. Il se défit doucement de sa belle pour la laisser poursuivre ses rêves et grimpa sur le gaillard d'arrière.

— On dirait que la mer est plus calme, tout à coup, remarqua l'ancien roi.

— C'est l'île, droit devant, qui freine les vagues, expliqua le capitaine Rumesh.

— Quand atteindrons-nous le pied des volcans ?

— Nous y serons demain, à l'aube.

Hadrian attendit que ses coéquipiers soient levés et qu'ils aient mangé quelque chose avant de procéder à un premier exercice d'urgence. Tous réunis au milieu du pont, ils le regardaient en se demandant à quoi cette manœuvre leur servirait, car ils étaient presque rendus à destination.

— Il s'agit d'une répétition qui pourrait nous sauver la vie, une fois sur la terre ferme, répondit-il à leurs interrogations silencieuses. Si je constate qu'un danger ne peut être évité autrement, je crierai les mots : « Chevaliers, formez le vortex ! » Vous devrez vous rendre jusqu'à moi, sans perdre une seconde. Les deux premiers se cramponneront à mes bras, les deux suivants à leurs bras et ainsi de suite, de façon à former un *V*. Faites-le, maintenant.

Jenifael et Kira furent les premières à réagir, puis Ellie et Daiklan. Tous les autres se greffèrent un à un à la chaîne.

— Dès que les derniers seront accrochés, ils doivent m'en avertir, par télépathie ou de vive voix, poursuivit Hadrian.

— Avec quels mots ? demanda Danitza.

— Dites-moi : « C'est bon ! »

— C'est bon ! hurla Kirsan.

— Je ne vous ramènerai pas à Zénor aujourd'hui, mais je le ferai si c'est nécessaire, une fois à Enlilkisar.

— Il y a une petite chose que tu oublies, signala Liam.

Tous se tournèrent vers le jeune Chevalier.

— Les volcans agissent comme de puissantes barrières magnétiques. Je n'ai jamais été capable d'utiliser mon vortex personnel pour m'échapper de l'île des Araignées. Ils bloquent aussi les communications télépathiques.

— Dans ce cas, nous mènerons cette opération en deux étapes. Un premier maelstrom nous transportera sur la plage, au pied du dernier volcan, puis un second, chez nous.

— Je suggère que nous testions cette théorie avant de tomber sur un peuple belliqueux, ajouta le jeune Wellan.

— Ce sera fait dès que nous mettrons pied à terre, confirma Hadrian en le regardant droit dans les yeux.

Pourquoi les autres ne voyaient-ils pas qu'un tel conseil ne pouvait qu'émaner du défunt commandant de l'armée ? Hadrian cessa d'y penser afin de ne pas trahir sa promesse.

— Il sera important de ne pas vous aventurer trop loin si nous voulons utiliser mon vortex, recommanda-t-il.

À peine avait-il prononcé cette phrase que le bateau s'immobilisa subitement, comme s'il avait frappé un écueil. Marins et passagers tombèrent tous la tête la première sur le pont. Heureusement, personne ne passa par-dessus bord.

— Rumesh, qu'est-ce que c'était que ça ? lança Hadrian en se relevant.

— Je n'en sais rien ! hurla-t-il, au bord de la panique. L'eau est pourtant très claire et je n'ai vu aucun récif !

— De la magie, peut-être ? suggéra Ellie.

— Je n'en ressens aucune, affirma Katil.

— Les bateaux ne s'arrêtent pas sans raison quand le vent gonfle leurs voiles, grommela le capitaine en sautant dans la cale pour aller contrôler la coque en espérant qu'elle n'avait pas été abîmée.

Ils se penchèrent au-dessus de la mer pour voir ce qui pouvait bien les retenir et remarquèrent de petits remous. En fait, l'eau devenait de plus en plus trouble.

— Nous n'avons subi aucune avarie, déclara Rumesh en remontant sur le pont.

— C'est peut-être un banc de sable, tenta Daiklan.

— Je vais plonger pour aller voir ce que c'est, annonça le capitaine.

Il s'approcha du bord et interrompit net son mouvement. À la surface de l'océan venait d'apparaître une centaine de têtes aux cheveux fluorescents. Leurs yeux aux paupières immobiles observaient les humains avec beaucoup d'intérêt.

— Capitaine, avez-vous déjà rencontré ces créatures marines lors de vos nombreux périples en mer ? demanda Hadrian, fasciné.

Frappé de stupeur, Rumesh se contenta de hocher la tête négativement.

— Bonjour, je suis Danitza, fit la jeune écrivaine. Pourriez-vous nous dire qui vous êtes ?

Les sirènes échangèrent des sifflements mélodieux entre elles. Mali répéta la phrase de Danitza dans toutes les langues qu'elle connaissait, mais elle n'arriva pas à établir un dialogue avec les étrangères.

— Sont-elles parentes avec les Sholiennes ? demanda Liam.

— Certainement pas ! s'exclama Kira. Elles sont dans l'eau !

En apercevant Kira, les femmes poissons se regroupèrent devant elle en chantant de toutes leurs branchies.

— Je n'y comprends rien, se découragea Mali.

Atlance décida donc d'intervenir. À l'aide de signes qu'il exécutait avec ses mains, il tenta de leur faire comprendre qu'ils étaient coincés et qu'ils voulaient poursuivre leur route vers la terre derrière elles. Lorsqu'il mit fin à son monologue silencieux, les créatures plongèrent toutes en même temps sous les flots.

– Qu'est-ce que tu leur as dit ? s'étonna Kirsan.

– Seulement que nous voulions nous rendre là-bas.

Quelques secondes plus tard, une dizaine d'hommes chevauchant des hippocampes géants émergèrent de l'océan, tout autour du voilier.

– Quelles bêtes magnifiques, murmura Hadrian, émerveillé.

Sur les côtes d'Enkidiev, les hippocampes atteignaient tout au plus quinze centimètres !

– Qui est votre chef ? demanda l'un des cavaliers en s'approchant de la coque.

L'homme-sirène, qui guidait un hippocampe argenté plus nerveux que les autres montures marines, avait de longs cheveux turquoise qui retombaient dans son dos. Tout son corps, de ses jambes à ses bras, était recouvert de petites écailles dorées qui s'arrêtaient à sa poitrine. La texture de celle-ci, ainsi que celle de son visage, ressemblait à de la peau humaine, sauf qu'elle brillait comme si on l'avait recouverte de poudre de Fée.

– C'est moi qui dirige cette expédition, lui répondit l'ancien roi. Je suis Hadrian.

– Et moi, Riga, commandant de la garde royale. Vous devez faire demi-tour.

– Je crains que ce ne soit pas possible.

– Vous êtes sur le territoire des Ipocans et nous n'y permettons aucune navigation.

– Jusqu'où s'étend-il ?

– Jusqu'à la ligne d'horizon. Nous ne libérerons votre embarcation que si vous retournez là d'où vous venez.

« Il serait donc impossible au bateau d'atteindre sa destination, peu importe la route qu'il emprunterait », déduisit Hadrian.

– Nous arrivons de très loin, à la recherche d'une plante qui sauvera notre roi mourant, poursuivit-il. Nous ne repartirons pas sans elle.

L'entêtement de l'humain sembla irriter Riga qui respira bruyamment par ses branchies.

– Si votre propre roi était à l'article de la mort, ne feriez-vous pas la même chose ? le questionna Hadrian.

Indécis, le commandant fit nager sa monture de long en large pendant quelques minutes. Sur le bateau, tous gardaient le silence, laissant l'ancien monarque négocier leur droit de passage.

Voyant que Riga ne parvenait pas à résoudre cette impasse, Hadrian se rapprocha davantage de la rambarde et se pencha vers lui. Le petit hippocampe en argent qu'il portait au cou sortit de sa tunique et pendit au bout de sa chaîne. Cette soudaine apparition arracha un cri de stupeur aux soldats amphibies qui se rallièrent aussitôt derrière Riga.

– Êtes-vous de la tribu perdue ? demanda ce dernier, les yeux écarquillés.

– Je suis né sur le continent qui se situe au-delà des montagnes de feu, mais j'ignore d'où sont partis mes ancêtres.

Les cavaliers échangèrent de brefs sifflements jusqu'à ce que leur commandant les fasse taire.

– Laissez-moi parler à votre roi, insista Hadrian.

– Combien de temps pouvez-vous retenir votre respiration sous l'eau ?

– Environ trois minutes.

– Alors, vous ne pourrez pas vous rendre jusqu'à lui.

– Dites-lui qu'Hadrian d'Argent ne désire qu'une chose : sauver son propre souverain. Si je n'obtiens pas la fleur que je cherche, votre roi aura la mort du nôtre sur la conscience.

Cette menace ne plut pas du tout à Riga, mais en tant que commandant de la garde du Roi d'Ipoca, il devait la transmettre à son chef. Tous les hippocampes plongèrent en même temps dans les profondeurs.

– On dirait qu'ils détestent les humains, fit remarquer Améliane.

– J'ai plutôt l'impression que ce sont les intrus qu'ils n'aiment pas, peu importe leur provenance, rectifia Hadrian. Nous sommes peut-être au-dessus de leur cité.

– Donc, notre bateau serait peut-être coincé dans le toit d'une de leurs maisons ? se désola Mali.

– Ce n'est pas impossible.

– Moi, j'aimerais bien aller voir de mes propres yeux ce qui nous retient, laissa tomber Wellan.

L'adolescent se tourna aussitôt vers Hadrian.

– Je vous demande la permission d'y aller.

– Oh non ! répondit Kira à la place du chef de l'expédition. Nous n'avons aucune idée de ce qui se trouve sous nous.

– C'est justement la raison pour laquelle je veux mener une enquête, s'obstina Wellan. À moins que l'un de vous veuille utiliser ses pouvoirs magiques pour nous en informer.

– Ça, c'est une bien meilleure idée.

Ceux qui possédaient de telles facultés, donc tout le monde sauf Danitza, s'assirent en tailleur sur le pont et se concentrèrent pour obtenir une image virtuelle du fond marin. Ils n'eurent pas le temps de voir quoi que ce soit, car le bruit d'un plongeon les fit sursauter.

– Wellan d'Émeraude ! tonna Kira en se précipitant vers la rambarde, aussitôt suivie des autres.

Son fils avait déjà disparu. Wellan n'avait pas eu souvent l'occasion de se baigner dans les rivières d'Émeraude depuis qu'il était revenu dans ce monde, car Kira détestait l'eau et n'y emmenait jamais ses enfants. Toutefois, il avait été un puissant nageur pendant sa première incarnation. Sous l'eau, il longea la coque du bateau et fut saisi de stupeur lorsqu'il découvrit la raison de leur immobilité : une pieuvre géante ! Pour ne pas provoquer l'animal, Wellan ne s'en approcha pas davantage. Il se laissa doucement remonter jusqu'à la surface et s'agrippa à la corde qu'on lui tendait. Kira comprit en le regardant dans les yeux qu'il était bouleversé, même s'il tentait d'afficher une expression neutre.

– Alors, qu'est-ce que c'est ? s'exclama Liam, impatient.

– C'est une créature marine, répondit-il.

– Un monstre ? demanda Améliane.

Le visage d'Atlance devint blanc comme neige, et Katil l'emmena s'asseoir pour le rassurer.

– Non, c'est un mollusque que nous trouvons aussi dans les eaux d'Enkidiev, affirma Wellan, sauf qu'il a atteint des proportions gigantesques.

— T'a-t-il semblé agressif ? voulut savoir Hadrian.

— Non, pas du tout, mais je n'ai rien fait non plus pour le défier.

— Écoutez-moi, tout le monde ! exigea l'ancien roi. Il n'y a aucune raison de vous inquiéter. La créature qui nous empêche de partir ne fait qu'obéir à son maître. En continuant d'adopter une attitude pacifique, aucun mal ne nous sera fait.

— Qu'arrivera-t-il si le roi des sirènes refuse de nous laisser passer ? demanda Daiklan.

— Nous nous occuperons de ce problème en temps voulu, trancha Kira pour éviter un déluge de conjectures de la part des jeunes gens qui n'aurait fait qu'accroître la terreur d'Atlance.

En attendant la réponse du Roi d'Ipoca, Hadrian s'approcha du fils d'Onyx, une fois de plus prisonnier de son passé. Katil lui tenait la main, mais la jeune femme ne savait pas comment le rassurer. En s'assoyant près de lui, Hadrian se demanda si la déesse du feu accepterait de le libérer lui aussi de ses émotions négatives...

— Je t'en prie, calme-toi, s'émut l'ancien roi.

— Je suis en train de donner raison à mon père, n'est-ce pas, murmura Atlance, honteux.

— Non, jeune homme. Il n'y a nul doute que ce que tu as vécu, lorsque tu étais petit, a laissé une marque profonde dans ta mémoire. Toutefois, les enfants n'appréhendent pas la réalité de la même façon que les adultes. Maintenant que tu es un homme, tu dois être capable de voir la créature qui t'a enlevé pour ce qu'elle est vraiment.

— Je ne me rappelle qu'une énorme gueule armée d'un million de dents pointues…

— Les vieux traités de théogonie affirment qu'il y a trois panthéons.

Hadrian jeta un coup d'œil discret vers le jeune Wellan pour voir s'il allait faire un commentaire, mais ce dernier se contentait de le fixer intensément, tout comme le reste de la bande qui se resserrait autour de lui pour entendre ses explications.

— Au début des temps, les dieux suprêmes Aiapaec et Aufaniae mirent au monde cinq enfants, poursuivit Hadrian.

— Cinq ? s'étonna Katil, qui avait pourtant étudié l'histoire de la création du monde.

— Il est vrai que les ouvrages modernes ne mentionnent que Parandar, Theandras et Akuretari, mais, apparemment, ils ne seraient pas les seuls dirigeants parmi les dieux. Trois des enfants du couple divin étaient des ghariyals, c'est-à-dire qu'ils avaient l'aspect de reptiles à la naissance.

— Et les autres ? s'impatienta Améliane.

— L'un d'eux était félin et le dernier ressemblait à un rapace.

— Ont-ils des noms ? voulut savoir Danitza.

— Ils s'appellent respectivement Étanna et Lycaon.

— Pourquoi ne nous a-t-on pas appris toutes ces choses ? se chagrina Ellie.

— Parce qu'il n'y a qu'une seule vraie déesse, affirma Mali.

— Ce n'est pas le sujet de l'éclaircissement d'Hadrian, lui rappela gentiment Kira.

— Je suis désolée…

Hadrian leur raconta que les trois panthéons avaient coexisté sans problème pendant plusieurs siècles, puis que des querelles entre les frères et les sœurs à leur tête les avaient divisés à tout jamais.

— Le dieu qui t'a enlevé faisait partie des ghariyals. C'est pour cette raison qu'il ressemblait à un gavial, mais, malgré sa formidable dentition, jamais il n'aurait pu te manger, car ces dieux ne se nourrissent pas ainsi. Akuretari t'a ravi à ton père afin de le reprendre à son service.

— Une autre divinité pourrait-elle faire la même chose à un innocent ? demanda Atlance d'une voix étouffée.

— À notre connaissance, Akuretari est la seule à avoir manifesté autant d'agressivité.

— Et il a été anéanti, ajouta Katil.

43

– La bête qui se trouve sous le bateau n'est qu'un poulpe gigantesque, précisa Wellan. Ce n'est pas un dieu déchu.

– Regardez ! cria un marin.

Les aventuriers se précipitèrent à tribord où se formait un immense tourbillon. Seul Atlance resta au milieu du pont, priant Dressad, le dieu qui veillait sur le Royaume d'Émeraude.

– Est-ce la pieuvre ? demanda Kirsan.

– Si c'est elle, je pense qu'elle va bientôt avoir le tournis, souligna Danitza.

Un monument deux fois plus grand que le bateau émergea lentement des flots. Apparut d'abord un fronton décoré de sculptures illustrant la vie des sujets d'Ipoca. Vint ensuite l'entablement et les colonnes. Tandis que l'eau s'échappait en ruisselant des bas-reliefs, Hadrian vit qu'il ne s'agissait que du portique d'un grand temple fait de coquillages immaculés. Entre les piliers s'élevait un trône en forme d'un énorme tridacne. Un homme-sirène y était assis, le torse bombé. « Ce doit être le roi », devina Hadrian.

Sur le crépi, composé d'un grand nombre de degrés, des femmes-poissons étaient rassemblées comme une barrière empêchant quiconque de se rendre jusqu'au souverain. On n'entendait que le bruit de l'eau qui retournait à la mer. Les Ipocans et les occupants du voilier s'observaient mutuellement en silence. Lorsque cet édifice se stabilisa, les hippocampes et leurs guerriers s'inclinèrent et s'installèrent devant leur roi.

Même s'il avait voulu serrer la main du monarque, Hadrian n'aurait jamais pu se rendre jusqu'à lui.

— Je suis Sannpeh, déclara le personnage royal en se levant.

Ses jambes musclées ne se terminaient pas par une queue, mais par deux pieds qui ressemblaient à ceux des grenouilles. Les écailles qui couvraient les trois quarts de son corps étaient opalescentes. Elles produisaient des reflets irisés, tandis qu'il descendait les premières marches de son trône. Ses longs cheveux collés sur sa tête et dans son dos étaient azurés. Rien dans la démarche de ce souverain ne laissait soupçonner que ces êtres habitaient l'abysse, car il se déplaçait avec beaucoup d'aisance hors de l'eau.

— Lequel d'entre vous est Hadrian ? demanda Sannpeh.

— C'est moi.

L'homme des mers aux yeux d'un bleu irréel prit le temps d'examiner l'humain avant de s'adresser à lui.

— Vous arrivez des pays de l'ouest.

— C'est exact.

— Pourquoi traversez-vous mon royaume ?

— Nous désirons nous rendre au pied des volcans afin de cueillir une fleur qui sauvera la vie de notre roi.

– À Itzaman?

– Nous ne connaissons pas ces terres et encore moins leurs noms. On nous a seulement parlé de cette plante miraculeuse.

Sannpeh tourna lentement la tête de gauche à droite en étudiant chacun des passagers et surtout Kira.

– Ignorez-vous que les prêtres d'Itzaman immolent ceux qui ne respectent pas leurs dogmes? poursuivit-il sans manifester ni assentiment, ni désapprobation. Sans pitié, ils offrent aussi à leurs dieux le sang des étrangers sur leurs autels de pierre.

– Nous n'avons pas l'intention d'avoir de rapports avec eux, assura Hadrian.

– Alors, votre naïveté vous perdra.

– Est-ce à dire que vous acceptez de nous laisser passer?

– Uniquement dans le golfe. Ne dépassez pas Ellada ou votre bateau sera détruit.

– Où se situe Ellada?

– C'est le royaume qui fait face à Itzaman, à l'embouchure de la baie.

Hadrian n'eut pas le temps de lui demander s'il pourrait revenir plus tard afin de discuter avec lui de l'histoire de son monde. Sannpeh lui tourna le dos et remonta vers le tridacne. Aussitôt, le temple se mit à s'enfoncer dans l'océan.

– C'est un drôle de peuple, laissa tomber Danitza, découragée.

– Toutes les civilisations sont différentes, commenta Ellie. C'est ce qui les rend si intéressantes.

Le voilier dansa alors sur les flots comme un bouchon.

– On dirait que la pieuvre nous a libérés, avança Wellan.

– C'est ce que je crois aussi, acquiesça Hadrian.

L'ancien roi se tourna vers Rumesh.

– Capitaine, mettez le cap vers le nord avant que le Roi d'Ipoca change d'idée !

Les membres de l'équipage retournèrent en vitesse à leurs postes.

3

SHAPAL

Le voilier vogua vers la terre que ses passagers apercevaient à peine au loin sans qu'aucune autre peuplade marine tente de les intercepter. Après avoir scruté l'horizon, Hadrian alla s'asseoir sous la dunette où Jenifael s'était réfugiée une fois de plus.

— Tu n'as pas dit un seul mot pendant mon échange avec le Roi d'Ipoca, lui fit-il remarquer. Tu es pourtant le nouveau commandant des Chevaliers d'Émeraude.

— Ce n'est pas une expédition guerrière, à ce que je sache. De toute façon, il s'agissait d'une négociation, ce pour quoi tu as été bien mieux formé que moi.

— Autrement dit, ces Ipocans t'ont grandement impressionnée.

— J'ai pourtant grandi avec Kira, Jahonne et Éliane qui sont d'une autre couleur, et j'ai vu des milliers d'hommes-insectes durant la guerre… mais ce Sannpeh…

— Surtout ne t'arrête pas.

– Même s'il ressemble à un poisson, il raisonne mieux que bien des hommes que j'ai connus. Sa prestance, sa grâce, son aplomb, sa cohérence…

– Est-ce que je devrais être jaloux ? la taquina Hadrian.

– Bien sûr que non. Je sais que je ne devrais pas dire ça, mais je trouve qu'il ressemble davantage à un roi que le nôtre.

– Onyx a bien d'autres qualités, sauf qu'il ne se sent pas obligé de les montrer.

Hadrian lui raconta alors comment il avait fait la connaissance de ce bouillant soldat des centaines d'années auparavant. Il lui parla du puissant lien d'amitié qui s'était tissé entre eux durant la première invasion et de la détresse qu'il avait éprouvée lorsqu'il ne l'avait pas retrouvé sur les grandes plaines de lumière.

Onyx n'avait peut-être pas le maintien, l'élégance, l'assurance et la logique du Roi d'Ipoca, mais il était un ami loyal, un mari fidèle, un père affectueux et un souverain qui assurait bien la protection de son royaume. Il ne laissait jamais la peur l'empêcher de passer à l'action.

Appuyée contre l'épaule d'Hadrian, la jeune déesse s'endormit au milieu de son panégyrique. Son amoureux n'en fit pas autant. Il rappela à son esprit sa brève rencontre avec le souverain des mers. Jenifael avait bien raison d'être à ce point troublée par cette créature unique au monde. Une grande force se cachait sous le visage paisible de Sannpeh. Tous l'avaient ressentie. Il leur fallait prendre ses mises en garde au sérieux.

Au matin, Hadrian s'aperçut que le capitaine avait jeté l'ancre au large d'un pays qui s'étendait au pied du volcan le plus au sud de la chaîne qui séparait Enkidiev d'Enlilkisar. Il embrassa Jenifael sur le front et quitta la chaleur de leur couverture.

– Que se passe-t-il, Rumesh ?

– Nous ne connaissons rien de ces gens, alors j'ai préféré mouiller hors de portée des javelots et des flèches.

Hadrian se tourna vers Itzaman et vit le temple sur la falaise qui surplombait l'océan. Il n'avait rien en commun avec celui des Ipocans, que ce soit dans son architecture ou dans sa construction. Au sommet d'un monument de pierres grises aux degrés gigantesques s'élevait un édifice en forme de trapèze. Il était impossible de déterminer, à cette distance, s'il était fait de bois ou d'un autre matériau, mais il semblait peint de couleurs brillantes.

– Ça ne ressemble pas à ce que nous bâtissons chez nous, remarqua Daiklan, émerveillé.

– Ni à ce que j'ai vu dans la Forêt interdite, ajouta Liam.

– C'est pourtant une pyramide qui s'inspire de celles qu'édifient les Enkievs, confirma Mali.

Danitza avait déposé son encrier sur la rambarde et décrivait dans son journal le plus fidèlement possible ce qu'elle voyait. Par-dessus son épaule, Cameron lisait les mots au fur et à mesure qu'ils apparaissaient sur le papier.

— Ce n'est pas un peuple qui utilise la magie, discerna Kira. Je ne ressens rien de surnaturel.

— En fait, on ne voit absolument personne autour de ce monument, nota Jenifael.

— Ils sont sûrement cachés quelque part et ils nous épient, avança Améliane.

— N'oublions pas ce que le Roi d'Ipoca a dit à leur sujet, leur rappela Ellie.

— Ils immolent les étrangers, renchérit Kirsan.

Hadrian prit une profonde inspiration et exigea l'attention de tous les aventuriers.

— Dans quelques minutes, je descendrai de ce bateau et je laisserai repartir l'équipage vers Enkidiev, annonça-t-il. Comme je vous l'ai déjà expliqué, aucun d'entre vous n'est obligé de risquer sa vie dans le nouveau monde. C'est votre dernière chance de changer d'idée.

Personne n'ouvrit la bouche.

— Si ce sont mes dons de négociateur qui vous poussent à me suivre, sachez que je ne suis pas infaillible.

— Mais certainement très habile, précisa Jenifael.

— Cela ne veut pas dire que ces étrangers seront ouverts aux compromis. En fait, je ne sais pas ce qui nous attend sur ce rivage. Je prie les dieux que nous puissions trouver cette fleur à temps, mais j'ignore ce que cette expédition nous réserve.

— Je reste avec toi, affirma Kira.

— Moi aussi ! s'exclama Wellan.

Sa mère lui fit un clin d'œil. Les autres se déclarèrent prêts à le suivre jusque dans la mort, tous sauf Atlance. Hadrian s'approcha de lui et lui saisit amicalement les épaules.

— Personne ne t'en voudra si tu rentres à la maison, assura Hadrian.

— Non… s'étrangla le Prince d'Émeraude. Je dois affronter mes peurs.

— Je resterai à ses côtés, jura Katil.

— Il semble donc que je ne ramènerai que mes hommes à Zénor, conclut Rumesh.

— Soyez prudents, l'avertit Hadrian.

— Ce ne sont pas eux qui courent le plus grand danger, fit une voix aiguë derrière la petite assemblée.

L'équipage et les passagers firent volte-face en même temps. Une sirène était accrochée par les bras à la rambarde et les observait de ses yeux aigue-marine. Ses cheveux étaient verts sur le dessus de la tête et devenaient de plus en plus bleus vers les pointes. Danitza déposa son journal dans les mains de Cameron et s'approcha de l'étrangère sans la moindre crainte, un comportement qu'Hadrian allait devoir décourager chez elle.

— Habites-tu ici ? demanda Danitza.

— Non. Je suis d'Ipoca.

— Tu nous as suivis, alors ?

— Je voulais voir si ce qu'on dit de vous est vrai.

— Et que dit-on ? l'interrogea Améliane, curieuse.

— Que, comme nous, vous n'avez pas tous les cheveux de la même couleur.

— Qui sont ceux à qui vous nous comparez ? s'enquit Jenifael.

— Aux peuples d'Itzaman, d'Ellada, de Tepecoalt, d'Hidatsa, d'Anasazi, d'Agénor, de Ressakan, de…

— Une petite minute ! intervint Liam. D'où viennent-ils, ceux-là ?

La femme-poisson libéra l'un de ses bras et le pointa du nord à l'est.

— Il n'y a donc pas que les Itzamans qui vivent ici ? s'informa Jenifael.

— Oh non…

– Si on recommençait du début ? suggéra Hadrian.

– Où c'est ? demanda innocemment la sirène.

– Ce n'est pas ce que j'ai voulu dire, pardonnez-moi. Je faisais référence à des présentations en bonne et due forme.

– Je suis Shapal.

Les aventuriers se nommèrent un à un, croyant que la créature ne se rappellerait jamais leur nom.

– Tous les Ipocans sont-ils libres de suivre les bateaux qui passent au-dessus de leur royaume ? la questionna Hadrian.

– Oh non. Mes parents ne savent pas que je suis ici.

– Quel âge avez-vous, Shapal ?

– Seize révolutions.

Hadrian fronça les sourcils, car il ne connaissait pas du tout cette façon de calculer la durée de la vie.

– Est-ce considéré très jeune chez vous ?

– C'est juste avant le passage de civelle à raia. Je pourrai bientôt décider seule de mon avenir.

« L'équivalent de notre adolescence », déduisit mentalement Hadrian.

— Quel danger courons-nous ? s'impatienta Jenifael.

— Ceux qui habitent le temple de Solis sont assoiffés de sang. Laissez-moi vous aider.

— Vous êtes une créature marine, Shapal, lui rappela Mali. Comment pourriez-vous participer à notre quête ?

— Je peux respirer votre air pendant très longtemps. Je sais même marcher comme vous.

Elle grimpa sur le pont pour leur en faire la démonstration. Son corps filiforme était recouvert d'écailles vertes jusqu'à ses pieds. Un collier de coquillages couvrait ses petits seins.

Elle fit quelques pas feutrés et planta son regard dans celui de Kira.

— Êtes-vous Ipocane ? s'étonna Shapal.

— Certainement pas, s'en défendit la Sholienne, qui détestait l'eau. Je suis née dans un pays recouvert de neige.

La sirène pencha la tête de côté en écarquillant les yeux, car elle ignorait ce que c'était.

— C'est vraiment fascinant de rencontrer un être aussi distinct de nous ! s'exclama joyeusement Danitza. J'ai tellement de questions à vous poser, Shapal.

— Avant que nous l'emmenions où que ce soit, la freina Hadrian, il serait utile de savoir si elle fait partie de la famille royale ou de tout autre clan qui pourrait croire que nous l'avons enlevée.

– Mon père est un guerrier et ma mère, une prêtresse, répondit la femme-poisson, mais je ne suis pas obligée de devenir l'un ou l'autre.

– J'ai une question, fit alors Kira en se tournant vers Hadrian. Comment allons-nous nous rendre à terre si le bateau ne peut pas s'approcher de la plage ?

– En nageant, maman, la taquina Wellan.

– Je demande ça très sérieusement.

– Nous utiliserons mon vortex, répondit l'ancien roi.

– Mais ne peut-il pas t'emmener seulement là où tu es déjà allé ? lui rappela Daiklan.

– C'est exact. Je vais nager jusqu'à la rive, puis je reviendrai vous chercher grâce à la magie.

– Moi, ça me semble tout à fait acceptable, affirma Kira qui ne voulait pour rien au monde se mouiller un seul orteil.

– Vous savez vous mouvoir dans l'eau ? s'égaya Shapal.

– Je ne suis sans doute pas aussi gracieux que vous, mais je me débrouille plutôt bien, assura Hadrian.

Il ôta ses bottes et sa veste de cuir sans manches, puis s'avança vers le bord.

– C'est tout ce que vous enlevez ? s'étonna la sirène.

Jenifael servit à son amoureux un air de défi, mais Hadrian n'avait nulle intention de mordre à l'hameçon. Les nouvelles mœurs d'Enkidiev, bien différentes de celles de son époque, le laissaient tout à fait indifférent, alors il conserva son pantalon et sa tunique courte. D'un bond, il sauta par-dessus la rambarde et s'enfonça dans l'eau. Vive comme une anguille, Shapal plongea derrière lui. L'ancien roi venait à peine de refaire surface que la sirène apparut à quelques centimètres de son visage.

– Accrochez-vous à mes bras, le pria-t-elle.

Elle se retourna dos à lui, et il fit ce qu'elle demandait, surtout pour lui faire plaisir.

– Mais comment arriverez-vous à nager si…

Les derniers mots se noyèrent dans sa gorge alors qu'il décollait à vive allure vers la plage. À peine quelques secondes plus tard, ses genoux frottaient contre le sable. Il lâcha l'Ipocane et se mit à tousser violemment.

– Est-ce que ça va ? s'alarma-t-elle.

– C'est ma faute… réussit-il enfin à articuler. J'aurais dû fermer ma bouche.

Shapal écarta le collet trempé de sa tunique.

– Vous n'avez pas de branchies ? s'étonna-t-elle.

– Les humains respirent par le nez… mais ce n'est pas le moment de vous donner une leçon d'anatomie.

– Je dois aller chercher les autres, n'est-ce pas ?

– Surtout pas. Restez ici. Je reviens tout de suite.

Elle poussa un cri aigu lorsqu'il disparut sous ses yeux.

– Hadrian ? paniqua-t-elle.

Il réapparut un instant plus tard avec toute la troupe.

– Mais comment… ? s'étrangla-t-elle, stupéfaite.

– Nous vous l'expliquerons pendant que nous marcherons vers le volcan, répondit Hadrian en pointant la chaîne de montagnes fumantes.

Sa surprise fit place à une indicible terreur.

– Personne ne doit aller là-bas ! s'opposa-t-elle. Personne !

– Est-ce là qu'habitent les Itzamans ? voulut savoir Jenifael.

Shapal secoua violemment la tête.

– Plus malfaisants encore, affirma-t-elle.

– Qu'est-ce qui pourrait être pire que des prêtres qui immolent les étrangers ? s'étonna Cameron.

– Le feu qui habite dans la terre guette ceux qui passent trop près.

– Il fait frire les petits poissons ? fit moqueusement Wellan.

Kira lui serra le bras pour lui faire comprendre que ce n'était pas le moment de faire de l'humour. Wellan considérait qu'il avait été beaucoup trop sérieux dans sa première incarnation et il ne manquait pas une occasion de s'amuser un peu. *Pas aux dépens des autres,* l'avertit mentalement sa mère, car l'Ipocane était réellement effrayée.

– Je suis capable de ramener tout le monde sur la plage au moindre signe de danger, confia Hadrian à la jeune sirène.

– Je n'irai pas avec vous.

– Personne ne vous l'a demandé, lui fit remarquer Kirsan.

Shapal se tourna vers lui et le fixa dans les yeux pendant quelques secondes avant de plonger dans l'océan.

– Je pense que tu l'as vexée, se désola Danitza.

– Ce n'est tout de même pas ma faute si elle est susceptible.

– Hâtons-nous, ordonna Hadrian.

Ils se mirent en route, car leur destination se trouvait à au moins deux heures de marche, et rien n'indiquait qu'ils trouveraient la fleur bleue à cet endroit précis. Peut-être leur faudrait-il ratisser tout le versant sud du volcan. Hadrian espérait que la plante n'était pas le fruit de l'imagination de Moérie et qu'elle pourrait concocter la potion qui mettrait fin au calvaire d'Onyx.

Lorsqu'ils arrivèrent au pied de la pente étonnamment douce, ils y découvrirent une végétation luxuriante. Des vignes, des orangers et des citronniers en couvraient une partie. Le reste de la montagne était investi par des milliers de genêts en fleurs.

— Je croyais que rien ne poussait sur ces fournaises, laissa tomber Cameron.

— Au contraire, lui apprit Hadrian. À chaque éruption, des minéraux s'accumulent autour du cratère. Ils se dégradent rapidement grâce à l'humidité et deviennent de l'engrais pour la végétation.

— Il ne devrait pas être trop difficile de trouver une fleur bleue parmi toutes ces fleurs jaunes, les encouragea Katil.

— Nous devrions nous disperser, mais pas trop loin les uns des autres, proposa Kira. Je ne maîtrise pas tout à fait les déplacements par vortex. Toutefois, je suis pas mal certaine de pouvoir ramener sur la plage ceux qui se trouveront près de moi, si nous ne pouvons pas nous rendre jusqu'à Hadrian.

Par mesure de prudence, elle scruta les environs avec ses sens magiques et se déclara satisfaite. Ils étaient seuls sur le flanc de la montagne. Ils se séparèrent, deux par deux, et se mirent à fouiller les buissons à la recherche de la plante médicinale.

Jenifael décida d'accompagner Améliane et Kirsan, persuadée que son amoureux pourrait se défendre seul.

Au bout de quelques heures, Hadrian doutait encore de l'existence de cette fleur, car il ne la trouvait nulle part. «Peut-être pousse-t-elle plus haut sur le volcan», songea-t-il. «Ou peut-être ne fleurit-elle qu'au début ou à la fin de la saison chaude.» Il tenta donc sa chance plus près du sommet, là où les buissons devenaient plus rares. C'est là qu'il découvrit enfin ce qu'il cherchait. Cette fleur poussait dans la pierre !

Encouragé, car il savait désormais qu'il pourrait sauver la vie de son meilleur ami, l'ancien roi ne fit plus attention à ce qui se passait autour de lui. Il s'agenouilla et examina cette curieuse variété de chardons. Ses feuilles basales étaient cordiformes et grossièrement dentées, tandis que ses feuilles supérieures, plus petites, présentaient un pétiole engainant la tige florale.

Moérie la voulait aussi fraîche que possible, alors le mieux était de déterrer ses racines en douceur et de la transporter avec une portion du sol dans lequel elle poussait. L'enchanteresse avait toutefois omis de lui dire si cette plante était vénéneuse. Hadrian décida donc de mettre ses gants de cuir pour la cueillir. Il n'eut pas le temps d'approcher la main du chardon qu'on le frappait durement par-derrière. Il tenta de se relever, mais un second coup à la nuque lui fit perdre connaissance.

Ce fut Kira qui flaira la première le danger. Elle appela aussitôt tous les jeunes explorateurs. Ils arrivèrent en courant d'entre les vignes.

— Nous sommes encerclés ! s'écria Liam.

Des hommes à la peau dorée et aux longs cheveux noirs jaillirent de la végétation, une lance à la main. Ils portaient des pagnes de couleur sable, bordés de petites perles. Leur visage était couvert de rayures blanches et rouges.

– Préparez-vous à vous défendre ! ordonna Kira à ceux qui possédaient des pouvoirs magiques.

Ils se tenaient dos à dos, les mains tendues devant eux, même Danitza, car elle ne voulait pas que leur ennemi croie qu'il y avait des faibles dans le groupe.

– Désirez-vous le voir mourir ? demanda une forte voix masculine.

Les Itzamans brisèrent juste assez leur cercle pour que les intrus voient qu'ils avaient capturé l'un des leurs. Un guerrier, qui portait un casque de plumes blanches, maintenait le Roi d'Argent toujours inconscient sur ses genoux grâce à une courte corde nouée autour de son torse.

– Que nous voulez-vous ? se risqua Kira.

– Vous avez violé notre loi en foulant cette terre sacrée.

– Nous sommes venus chercher une fleur, fit-elle en dessinant une fleur devant elle et en pointant la tunique bleue d'Améliane.

Les Itzamans murmurèrent entre eux, horrifiés.

– Karacoual décidera de votre sort.

Il aboya des ordres dans un langage aux sons gutturaux. L'un des guerriers chargea Hadrian sur ses épaules et prit les devants, tandis que les autres resserraient leur cercle autour des profanateurs.

— Que fait-on ? chuchota Daiklan.

— Nous n'avons pas vraiment le choix, soupira Kira. Le mieux serait de pouvoir nous expliquer avec leur chef.

— C'est peut-être celui dont il nous parle, lui fit remarquer Wellan.

— Nous le saurons bien assez tôt. Restez groupés.

Les aventuriers furent conduits de l'autre côté du temple qu'ils avaient aperçu depuis la mer. En fait, derrière l'immense construction s'étendait une ville comme ils n'en avaient jamais vu. Des centaines de petites maisons étaient érigées ici et là, sur une vaste pelouse. Il n'y avait pas de routes, pas de sentiers. Les gens marchaient sur l'herbe rase pour se rendre d'une habitation à une autre. Les guerriers traversèrent toute la cité avec leurs prisonniers, attirant de plus en plus de curieux.

— Que nous arrivera-t-il ? s'effraya Danitza tandis qu'on leur ordonnait de s'arrêter devant un très grand immeuble qui était peut-être un palais.

— Je vous en conjure, gardez votre sang-froid, recommanda Kira.

— Je commence à douter que nous pourrons négocier notre liberté, lui fit savoir Jenifael, qui voyait les Itzamans poursuivre leur route avec son bien-aimé évanoui. Laisse-moi régler cette situation à ma manière.

– Non, Jeni. Un Chevalier doit toujours essayer d'éviter le combat.

– À genoux ! ordonna le guerrier à plumes.

Atlance et Wellan furent les premiers à obéir. Les autres les imitèrent en grommelant leur déplaisir. Un homme sortit alors du bâtiment. Il portait un pagne rouge et une coiffe de plumes rouges et bleues. Tout son corps était tatoué d'étranges dessins géométriques. Il se mit à parler dans une langue inconnue en ponctuant ses propos de grands gestes.

– Pourquoi pouvions-nous comprendre l'autre, et pas lui ? s'étonna Wellan.

– Tais-toi, réclama Kira.

Lorsqu'il eut terminé son long discours, le guerrier qui les avait capturés s'avança.

– Je parle beaucoup de langues, leur dit-il. C'est mon don.

– Tiens donc, c'est le mien aussi, répliqua Mali. Pourtant, je n'ai rien compris à ce que votre ami vient de nous raconter.

– Karacoual est le grand prêtre de Solis. C'est lui qui interprète la volonté des dieux.

– Est-il le chef de votre peuple ? demanda Kira.

– Non. Le Prince Juguarete règne sur tout Itzaman.

– Dans ce cas, c'est à lui que nous aimerions adresser notre requête.

– Il ne transige pas avec ceux qui ne respectent pas les lois divines. Il a confié cette tâche à Karacoual.

– Même lorsque ces violateurs sont des dieux ? s'interposa une voix aiguë que les aventuriers reconnurent aussitôt.

– Shapal ? s'égaya Danitza.

Les Itzamans se prosternèrent face contre terre tandis que la jeune sirène s'avançait vers les étrangers. Seul le grand prêtre demeura immobile.

– Comment réagira le prince lorsqu'il apprendra que Karacoual les a condamnés à mourir sur l'autel ? poursuivit Shapal avec une surprenante assurance.

Le fautif se défendit avec véhémence.

– Il ne croit pas qu'ils soient des dieux, traduisit le guerrier à plumes.

Jenifael comprit que c'était à elle de jouer. Elle s'écarta de ses compagnons pour ne pas les blesser et s'embrasa d'un seul coup, semant la consternation parmi la foule qui s'était rassemblée autour des prisonniers et surtout sur le visage du grand prêtre. Lorsque les flammes se résorbèrent et qu'ils virent que la jeune femme n'avait pas une seule brûlure et que ses vêtements étaient intacts, les Itzamans saisirent qu'ils avaient vraiment affaire à des divinités.

Pour être bien certaine qu'ils s'en souviendraient, Kira matérialisa sa terrible épée double dans ses mains. Elle leur donna une démonstration de son habileté, puis fit disparaître son arme en plein vol. Katil crut de son devoir de montrer aussi ce qu'elle avait appris, même si elle n'était qu'une novice. Elle tendit la main devant les minois d'une bande d'enfants éblouis et y fit apparaître une colombe qui prit son envol. De tous les membres de l'expédition, ce fut Kirsan qui acheva de convaincre les Itzamans en s'élevant doucement dans les airs au-dessus du groupe.

Karacoual se jeta comme les autres à plat ventre et entonna un hymne à la gloire des dieux. Bientôt, toute la cité se mit à chanter avec lui.

— Maintenant, il vous croit, affirma Shapal.

— Merci d'être intervenue, fit Kira.

— Quand j'ai vu que les gardiens vous avaient capturés, je ne pouvais pas rester à rien faire. Je ne suis pas censée m'éloigner de l'océan, mais j'ai fait une exception.

— Pourquoi ces gens se sont-ils inclinés devant toi ? voulut savoir Améliane.

— C'est une longue histoire…

— Elle nous la racontera plus tard, décida Jenifael. Pour l'instant, nous avons besoin de savoir ce qu'il va advenir de nous et où ils ont emmené Hadrian.

— Vous êtes libres de circuler à Solis jusqu'au retour du prince, répondit le guerrier à plumes qui comprenait leur langue.

— Où se trouve le palais ?

— Sur la colline, du côté du soleil levant. Toutefois, c'est au temple que doivent résider les dieux.

— Allez chercher celui que vous avez malencontreusement assommé, je vous prie.

La requête de Jenifael fut traduite et exécutée par les guerriers. Cette fois, lorsque les étrangers marchèrent à travers la cité pour se rendre à l'immense monument, les habitants courbèrent la tête avec respect à leur passage. Dans l'un des immenses blocs dont était constituée la pyramide était creusé un petit escalier qui grimpait jusqu'à une entrée carrée, sans porte. Daiklan y jeta un coup d'œil et scruta l'endroit avec ses sens invisibles.

— Ce n'est pas un piège, murmura-t-il au commandant des Chevaliers.

Quelques minutes plus tard, des femmes leur apportèrent des couvertures aux couleurs vives ainsi que des paniers remplis d'offrandes.

— Enfin de la nourriture, se réjouit Liam.

— Ce n'est pas le moment de penser à manger, lui reprocha Mali. Remercions d'abord ces gens.

À l'aide de gestes gracieux, la prêtresse fit comprendre aux Itzamanes qu'ils appréciaient beaucoup leurs attentions, tandis que les guerriers déposaient Hadrian inconscient à l'intérieur du temple.

— À quoi peut bien servir cette pièce vide ? se demanda Ellie.

— Et pourquoi est-elle si petite ? ajouta Kirsan.

— C'est à cause de son architecture, répondit Wellan. Les blocs sont trop massifs. Ils ne permettent pas de laisser beaucoup d'espace libre à l'intérieur.

— J'imagine que tu as lu ça dans un livre ? le taquina Kira en fouillant dans les provisions.

— Maintenant que la bibliothèque est en ordre, il est facile de s'informer sur les sujets qui nous passionnent.

— Puisque vous êtes maintenant en sécurité, je vais retourner à la mer pour la nuit, annonça Shapal.

— Reviendrez-vous demain ? lui demanda Kirsan.

— Oui. Je viendrai voir si vous avez bien dormi.

Elle esquissa un sourire et fila par l'escalier.

– Devrions-nous instaurer des tours de garde ? demanda Liam.

– Je crois que ce serait plus prudent, acquiesça Kira.

– Je prendrai le premier, annonça Cameron. De toute façon, il n'y a pas suffisamment d'espace là-dedans pour nous tous.

– Je resterai avec lui, déclara Danitza. J'ai besoin d'échanger avec quelqu'un sur tout ce qui s'est passé aujourd'hui et je ne voudrais réveiller personne.

La nuit tomba rapidement sur cette partie du monde située à l'est des volcans et, avec elle, vint une humidité accablante. Les deux guetteurs s'enroulèrent dans leur couverture et Katil alluma des feux magiques dans l'escalier pour décourager toute visite nocturne.

Dans l'édifice, Jenifael s'était blottie contre Hadrian que personne n'avait réussi à sortir du coma. L'oreille collée contre sa poitrine, elle écoutait battre son cœur pour se rassurer.

Les couples que formaient Liam et Mali, Katil et Atlance, Daiklan et Ellie choisirent de se coucher du côté droit avec la déesse, et les autres jetèrent leur couverture du côté gauche. Wellan avait tenté de s'installer près de la porte, mais Kira l'avait aussitôt rapatrié le long du mur du fond pour qu'il n'essaie pas de sortir durant la nuit. Améliane et Kirsan sommeillaient déjà près d'elle.

Les cris des oiseaux nocturnes firent frissonner Danitza qui se serra davantage contre Cameron. Le jeune demi-Elfe avait appris à reconnaître les sons de la nuit et, jusqu'à présent, il ne se sentait pas menacé.

– J'ai vu tant de choses aujourd'hui que je crains d'en oublier lorsque je pourrai enfin les écrire demain, soupira la jeune femme.

– Heureusement pour toi, les Elfes ont une excellente mémoire. Ils n'oublient jamais ce qu'ils entendent et ce qu'ils voient. Si tu veux, je te raconterai fidèlement tout ce dont nous avons été témoins.

– Ce serait vraiment gentil.

– En feras-tu une autre histoire de jeune fille espérant rencontrer son prince charmant ?

– Je n'en sais rien encore. Je pourrais aussi écrire les aventures d'une pauvre orpheline échouée dans une contrée inconnue.

– Tu as vraiment trop d'imagination.

– Moi, ce que j'ai du mal à comprendre, c'est que les autres n'en aient pas autant que moi, car j'ai toujours été ainsi. Je pouvais passer des heures à regarder les nuages et à y distinguer toutes sortes de formes. Le moindre petit incident dans notre famille donnait naissance à une histoire grandiose dans ma tête.

– Les Elfes, qui composent pourtant des poèmes d'une rare beauté, se méfient de la fantaisie. Ils préfèrent le monde concret et les valeurs pratiques.

– Mais tu as aussi du sang humain, Cameron.

– Si je n'en avais pas eu, je ne t'aurais jamais suivie jusqu'ici.

– Le regrettes-tu ?

– Pas du tout. Avant de monter sur le trône de mon grand-père, je veux vivre toutes les aventures qui s'offrent à moi.

– Tu seras obligé d'épouser une Elfe, n'est-ce pas ?

– C'est ce que mon peuple attend de moi, mais une fois que je serai roi, libre à moi de n'en faire qu'à ma tête.

– Finalement, on se ressemble un peu, tous les deux.

Oubliant tout à fait qu'ils étaient de garde, les deux tourtereaux se mirent à échanger de langoureux baisers.

4

LE PRINCE JUGUARETE

Le soleil était déjà haut dans le ciel lorsqu'Hadrian ouvrit enfin les yeux. Un violent mal de tête l'assaillit aussitôt. Il regarda autour de lui en évitant de bouger et découvrit qu'il était couché dans une maison entièrement faite de pierre. Deux mains se posèrent en douceur sur ses tempes. Quelques secondes plus tard, la douleur s'était envolée. Il parvint à se tourner sur le côté et arriva nez à nez avec Jenifael. Ses yeux enflammés l'observaient avec inquiétude.

— Te sens-tu mieux ? demanda-t-elle.

— J'ai connu des jours meilleurs.

— J'ai fait disparaître la vilaine bosse que tu avais sur la tête, mais je n'arrivais pas à te réanimer.

— C'est sûrement l'âge, plaisanta-t-il. Combien de temps suis-je demeuré inconscient ?

— Deux jours.

— Où sont les autres ?

– Dehors. Depuis que la population nous prend tous pour des dieux, nous pouvons aller où bon nous semble sans être importunés.

– Quelle population ? Que s'est-il passé pour qu'on vous traite si bien, alors que moi, on m'a sauvagement attaqué par-derrière ?

Jenifael l'aida à s'asseoir et déposa devant lui le panier de victuailles du matin.

– Mange !

– C'est un ordre ?

– Tu veux que j'agisse comme le commandant de l'armée d'Émeraude, alors ça commence maintenant.

Il choisit un fruit de couleur lilas qui semblait appétissant et y enfonça les dents.

– C'est vraiment succulent, déclara-t-il.

– Ne me demande pas de t'en répéter le nom. C'est trop compliqué.

– Tandis que je me sustente, dis-moi au moins ce qui s'est passé.

La jeune déesse lui raconta comment ils avaient été capturés sur les flancs du volcan et ramenés dans la principale cité des Itzamans.

– En l'absence du prince, c'est son grand prêtre qui fait la loi. N'eût été Shapal, nous aurions tous été sacrifiés sur l'autel de leur dieu, toi le premier.

– Qu'est-ce que Shapal vient faire dans cette histoire ? s'étonna Hadrian.

– Apparemment, ce peuple vénère les Ipocans. J'ignore pourquoi. Elle leur a dit que nous étions des dieux et pour prouver ses dires, nous avons fait montre de certains de nos pouvoirs, alors nous avons été épargnés.

Hadrian hocha doucement la tête en réfléchissant à cet étrange récit.

– Explique-moi comment un homme aussi aguerri que toi s'est fait assommer sans se défendre ? voulut savoir Jenifael.

– J'ai trouvé la fleur bleue et la fascination que j'ai éprouvée pour elle a été ma perte.

– Est-elle conforme à l'image que Moérie nous a transmise ?

– Oui, c'est un gros chardon avec une collerette en étoile. Il est vraiment tout bleu, de sa tige aux petites fleurs dont la grappe ressemble à un artichaut.

– Les guerriers Itzamans t'ont frappé pour que tu n'y touches pas. C'est une plante sacrée.

– Sacrée, hein ? Cette mission sera peut-être plus complexe que je le croyais, en fin de compte. Combien de ces fruits devrai-je consommer pour que tu me laisses sortir d'ici ?

– Encore deux.

Tout en lui obéissant, Hadrian constata qu'il allait devoir sacrifier une partie de sa chère liberté lorsqu'il vivrait avec elle. En même temps, il comprenait que Jenifael n'agissait pas ainsi pour le soumettre, mais parce qu'elle s'inquiétait de sa santé.

– Y a-t-il des bassins où l'on peut se laver ? demanda-t-il.

– Il y a des installations pour les hommes et d'autres pour les femmes. Les Itzamans ont une bonne hygiène de vie.

Hadrian la suivit à l'extérieur de l'abri et découvrit, avec étonnement, qu'ils avaient dormi dans les entrailles de la grosse pyramide qu'ils avaient aperçue depuis le bateau. Il leva les yeux vers le sommet de l'édifice.

– Comment peut-on se rendre jusqu'en haut ? réfléchit-il tout haut.

– Il y a une centaine de marches à l'arrière.

Il regarda ensuite devant lui. La cité de Solis était construite sur le long. Tout comme ses compagnons, il remarqua l'absence de routes. Les maisons en pierre émergeaient du sol un peu partout, sans aucun arrangement géométrique, comme si les Itzamans les avaient érigées au gré de leur fantaisie. Hadrian nota aussi qu'il n'y avait aucun animal de trait nulle part, que ce soit des bovins ou des chevaux. En revanche, des chèvres gambadaient librement entre les bâtiments et des poulets picoraient dans la pelouse.

– Avez-vous tenté de vous renseigner sur leurs mœurs ? s'enquit-il.

– Il n'y a qu'un seul homme qui parle notre langue et Wellan le harcèle sans relâche.

«Évidemment», songea Hadrian. Le grand chef des Chevaliers s'était toujours intéressé aux autres cultures.

– Commençons par les bains, si tu le veux bien.

Jenifael l'emmena jusqu'à une enceinte de pierre qui entourait un grand bassin.

– Ici, c'est pour les hommes. On se revoit tout à l'heure.

Hadrian la regarda s'éloigner d'une démarche qui était bien plus féminine que militaire, puis il se glissa dans l'ouverture qui menait aux installations sanitaires. Ne connaissant pas le degré d'évolution de ce peuple, l'ancien roi fut agréablement surpris de trouver un vaste réservoir d'eau propre alimenté par une fontaine, au lieu d'une mare d'eau stagnante. «Leur développement technique est impressionnant», songea-t-il en retirant ses vêtements. À cette heure de la journée, l'endroit n'était pas encore très fréquenté. Il descendit prudemment dans l'eau froide qui le revigora instantanément. Le bassin avait à peine un mètre de profondeur, mais il réussit toutefois à y nager un peu. Lorsqu'il sortit finalement de l'eau, il se sécha au soleil.

Il rejoignit ensuite Jenifael assise avec un groupe de femmes qui lui montraient à tresser un panier avec du jonc.

Ces dernières détournèrent la tête pour rire lorsqu'il prit place au milieu d'elles.

– J'en conclus que ce n'est pas une activité pour les hommes.

– Les hommes partent pour les champs avant le lever du soleil, expliqua Jenifael.

– Je n'aurai donc pas l'occasion de rencontrer mes assaillants avant ce soir ?

– Ils ne travaillent pas la terre, car ce sont des guerriers. Celui que tu cherches porte un chapeau de plumes blanches. Il ne devrait pas être trop difficile à repérer, puisque Wellan ne le lâche pas d'une semelle.

Hadrian jeta un coup d'œil à son travail de vannerie et haussa un sourcil.

– Ne quitte pas ton poste de commandant, recommanda-t-il en se levant.

Elle voulut le frapper pour lui exprimer sa vexation, mais il avait prévu le coup et s'était empressé de s'éloigner. Il parcourut la ville et vit Kirsan et Cameron qui s'entraînaient à la lance avec des jeunes gens de leur âge. Plus loin, assise contre un arbre, Danitza écrivait sans s'occuper d'eux. « À chacun ses intérêt », songea l'ancien roi en poursuivant sa route. Il trouva enfin le jeune Wellan près de la plus grande maison de la cité. Il était assis sur une grosse pierre entourée de fleurs et lisait son vieux traité.

– Puis-je passer un moment avec toi ? demanda Hadrian.

– Bien sûr, accepta l'adolescent en fourrant son trésor dans sa besace. Je suis content que tu ailles mieux.

– Viens marcher avec moi. J'ai besoin de me délier les jambes.

En deux bonds, Wellan l'avait rejoint.

– Qu'as-tu appris, depuis ton arrivée ?

– Les Itzamans prétendent qu'ils sont arrivés du ciel sur un nuage pendant un effroyable orage et qu'ils n'ont jamais été capables de retourner chez eux. Ils sont gouvernés par un prince qui a droit de vie ou de mort sur tous ses sujets. Il a un fils qui lui succédera un jour, mais le grand prêtre a plus de pouvoir que lui.

– Comment s'organise leur civilisation ?

– Elle se divise en cinq castes qui n'ont pas tous les mêmes privilèges, soit la noblesse, les prêtres, les guerriers, le peuple et les esclaves. Les trois premières vivent dans la cité, tandis que les autres sont repoussées autour des champs que les gens défrichent et exploitent. Ils cultivent le coton, les haricots, la courge, le piment, les arbres fruitiers ainsi que le manioc, le maïs et le cacao dont je n'ai jamais entendu parler.

– Moi non plus, avoua Hadrian.

– Ils nous en feront goûter, à ce qu'on m'a dit.

– Autre chose ?

– Les esclaves sont des prisonniers de guerre, pour la plupart. Les Itzamans sont souvent attaqués par leurs voisins de Tepecoalt et de Mixilzin. Ce sont des sociétés plutôt semblables à la leur, mais qui adorent des dieux différents.

– À quoi servent les esclaves ?

– Surtout à la construction des édifices en pierre. Apparemment, ils ne vivent jamais longtemps. Les architectes et les artisans spécialisés proviennent surtout de la noblesse. Ils font de belles poteries en céramique, de splendides parures ornées d'or, d'argent, de jade, de coquillages et de plumes, des bijoux et des sculptures bizarres.

– Quelles sont les armes des guerriers ?

– Ils ne connaissent pas le métal et se servent surtout de bois et de silex pour confectionner des lances, des poignards et des flèches.

– Tu as appris tout ça en deux jours ?

– Oui. Sévétouaca est plutôt loquace.

– Qui ?

– C'est le seul homme qui parle la langue d'Enkidiev. Il l'a apprise d'une prisonnière qu'il a jadis épousée. Elle est décédée il y a deux ans d'une maladie qui l'a foudroyée. Tout le monde l'a questionné depuis que nous sommes arrivés.

L'homme et l'adolescent s'arrêtèrent à la limite septentrionale de la cité, là où commençaient les champs cultivés qui s'étendaient à perte de vue.

— Te rends-tu compte, Wellan, que toi, le plus jeune membre de notre expédition, tu t'es tout de suite intéressé aux fondements de cette civilisation, tandis que certains des plus vieux ont préféré aller s'amuser ?

— Je suis curieux de naissance.

— Moi, je pense que tu étais curieux bien avant.

Hadrian se tourna vers les volcans et poursuivit sa route. Wellan ne reprit sa place à ses côtés qu'au bout de quelques minutes.

— Ma mère dit que nous avons tous le droit d'avoir des secrets, déclara-t-il.

— Elle a raison, et jamais je ne t'obligerai à révéler le tien.

Ils revinrent à l'intérieur de la ville et virent Mali installée avec un groupe d'enfants à qui elle enseignait une chanson. Liam et Atlance étaient assis plus loin et semblaient discuter d'un sujet sérieux. « Où est Katil ? » se demanda-t-il.

— Elle est allée sur le bord de la mer avec Améliane pour parler d'affaires de filles avec Shapal, répondit Wellan qui avait entendu ses pensées.

— Où est ta mère ?

Wellan haussa les épaules comme un adolescent.

– Daiklan et Ellie ?

– Je ne les ai pas vus, ce matin.

Hadrian les appela aussitôt à l'aide de ses facultés télépathiques et apprit qu'ils étaient en train de négocier avec un noble pour obtenir quelques pièces pour leur musée. *Qu'avez-vous à offrir en échange ?* s'inquiéta l'ancien roi. *Des diamants,* répondit tout bonnement Daiklan. Ces derniers étaient certes plus faciles à transporter que des onyx d'or.

Les aventuriers se réunirent tous au repas de la fin du jour. Pendant qu'ils goûtaient pour la première fois à du potage au tapioca, Danitza ouvrit son cahier pour leur lire ce qu'elle avait appris de son côté.

– Leur économie est toute simple, mais leur structure sociale est très complexe, commença-t-elle. Il est très facile de violer leurs lois, car il y en a des milliers. Toute la population dépend des récoltes. Les paysans défrichent un terrain en saison chaude et brûlent la végétation. La cendre sert alors de fertilisant. Ils ensemencent la terre au début de la saison des pluies et procèdent à la récolte au retour des beaux jours. Une parcelle ne peut être cultivée que trois années consécutives, ensuite, il faut la laisser reposer dix ans.

– Wellan aura beaucoup de choses à vous raconter lui aussi, l'informa Hadrian. Quelqu'un sait-il quelque chose de leurs dieux ?

– Ils vouent un culte à des dieux et à des ancêtres, répondit Mali. Je dois dire que leur vision du monde est plutôt pessimiste. Ils adorent un dieu principal qui se nourrit du sang que leur offrent les Itzamans et, pour lui en fournir, ces derniers sacrifient au moins une dizaine de prisonniers par mois. Lorsqu'ils n'en ont pas, ils tirent une loterie parmi le peuple.

– C'est dégoûtant ! s'exclama Améliane.

– Dois-je vous rappeler que nous ne sommes pas ici pour réformer les mœurs des Itzamans ? intervint Hadrian avant que les esprits s'enflamment.

– Ce dieu porte le nom de Solis, poursuivit Mali. Il a l'apparence d'un félin, mais personne ne le décrit de la même façon, alors vous pouvez l'imaginer comme vous voulez : tout noir, fauve avec des taches noires, avec de courtes ou de longues pattes, avec ou sans queue.

– Puis-je aussi parler ? demanda Katil.

– Si Mali a terminé, bien sûr, fit Hadrian pour lui faire respecter les règles de la bienséance.

– Je n'ai qu'une dernière chose à dire, poursuivit la prêtresse. Contrairement à nos dieux qui vivent dans les étoiles, les leurs vivent sous terre. Les fleurs bleues proviennent tout droit de leur monde obscur. On ne peut pas les déraciner ou les cueillir sans s'attirer les foudres du panthéon au grand complet.

– Il aurait été aimable de la part de Moérie de nous mentionner ce détail, maugréa Jenifael.

– Sans doute l'ignorait-elle, la défendit Cameron.

– Si elle connaît l'existence de cette fleur, il y a fort à parier qu'elle a entendu parler de cette croyance.

– Les Elfes ne se sentent pas obligés de révéler tout ce qu'ils savent aux étrangers.

– Si nous laissions plutôt la parole à Katil ? suggéra Hadrian.

Jenifael baissa les yeux sur son écuelle de bois.

– Je me suis surtout intéressée à l'architecture, même si je suis magicienne, indiqua Katil.

– Il est bon d'avoir d'autres centres d'intérêt, la félicita Hadrian.

– Les habitations des paysans et des esclaves ressemblent aux huttes qu'on trouve chez nous, mais les maisons des nobles et les autres édifices sont tout simplement remarquables. Les blocs de pierre qui forment les murs sont parfaitement agencés sans mortier. À leurs dires, ils ne se sont pas dégradés depuis des siècles. À part la pyramide et le temple, ils ont aussi des observatoires, des stèles, des autels, des bains, des arènes de jeux, des ponts et des aqueducs souterrains partout dans leur pays. Solis est la capitale d'Itzaman, mais il y a des centaines d'autres villes comme celle-ci.

– Quelqu'un veut-il ajouter quelque chose ? demanda Hadrian, fasciné par tout ce que ses jeunes coéquipiers avaient déniché.

– Leurs connaissances mathématiques dépassent de loin les nôtres, leur dit Kira. Je n'ai jamais rien vu de tel. Ils comptent le temps de façon cyclique sur de grands calendriers en pierre et ils connaissent les constellations, bien qu'ils leur donnent des noms différents. Les éclipses sont très importantes pour eux. Elles représentent toujours un événement marquant dans leur civilisation.

– À première vue, il est difficile de croire qu'ils sont aussi avancés, laissa échapper Kirsan.

– Il ne faut jamais se fier aux apparences, lui rappela Atlance.

C'était la première fois que le jeune prince ouvrait la bouche depuis le début du repas. Hadrian allait l'encourager à s'exprimer à son tour lorsque retentirent des cors discordants.

– Est-ce le signal d'une attaque ? demanda Liam.

Malgré tous les renseignements qu'ils avaient recueillis durant la journée, personne ne put lui répondre. En quelques secondes, la cité se transforma en véritable ruche. Les habitants couraient pour aller chercher des flambeaux qu'ils plantaient un peu partout. Le merveilleux spectacle qui s'offrit alors aux aventuriers les paralysa. Dans l'obscurité naissante, la vaste pelouse s'était transformée en une sorte de voûte étoilée.

– Regardez là-bas, signala Cameron.

Ils virent une procession d'une centaine de personnes qui se dirigeait vers le centre de la ville. À sa tête marchait un

Itzaman très différent des autres. En plus d'être plus musclé que la plupart d'entre eux, il portait un pagne beaucoup plus somptueux que les guerriers et une peau de bête était jetée sur ses épaules. Un bandeau orné de pierres de couleur ceignait son front et ses longs cheveux noirs étaient tressés dans son dos.

– Qui veut parier que c'est le prince ? chuchota Kirsan.

– Les Chevaliers ne parient jamais, le reprit Ellie.

– Mais je n'en suis pas un.

L'important personnage s'arrêta et tous les nobles de la cité vinrent se prosterner devant lui, puis ce fut le tour du clergé et, finalement, celui de Karacoual. Ses grands gestes firent tout de suite comprendre à Hadrian qu'il lui expliquait l'arrivée soudaine de quatorze divinités à Solis. Le prince s'adressa brièvement à lui, puis poursuivit sa route vers son palais avec sa suite. Le grand prêtre fit signe à Sévétouaca de s'approcher et lui répéta les ordres de leur maître à tous. Le guerrier l'écouta attentivement, puis dirigea ses pas jusqu'aux étrangers.

– Vient-il nous annoncer le jour de notre mort ou nous inviter au palais ? murmura Daiklan.

– S'il a décidé de nous immoler sur son autel, Shapal ne pourra pas nous sauver cette fois, les avertit Améliane.

– Elle n'est plus de notre côté ? s'étonna Katil.

– Au contraire, elle nous adore tous, mais ce prince sait probablement faire la différence entre les adultes et les enfants

Ipocans. Compte tenu de son âge, Shapal n'aurait aucune influence sur lui.

— Alors, toi, c'est sur les Ipocans que tu as appris des choses, la piqua Kirsan.

— Il faudra me répéter tout ça, la pria Danitza.

— Je vous en prie, taisez-vous, ordonna Jenifael.

De son côté, Kira scrutait les énergies qui circulaient autour d'eux et, fort heureusement, aucune d'entre elles n'était négative. Sévétouaca se courba respectueusement devant eux. Hadrian lui rendit aussitôt son salut.

— Le prince Juguarete désire s'entretenir avec vous, les informa-t-il. Je dois vous accompagner pour qu'il puisse vous comprendre.

Ils traversèrent donc tous la cité avec lui en serpentant entre les torches qui brûlaient toujours.

— Avant de vous servir d'interprète, je tiens à m'excuser pour ma conduite honteuse, bredouilla le guerrier. Si j'avais su qui vous étiez, je ne vous aurais jamais frappé.

— Si j'avais été plus attentif, je vous aurais évité cette erreur, répliqua Hadrian. Serez-vous puni pour votre geste ?

— C'est possible. Nul ne sait ce qui se passe dans le cœur du prince. Parfois, il fait preuve de compréhension, mais bien souvent il ne veut rien entendre.

— Comme c'est rassurant, soupira Liam.

— Vous ne devez surtout pas nourrir de pensées négatives, les exhorta Mali. Ce prince m'a semblé très charmant.

Sévétouaca lui jeta un coup d'œil incrédule, mais ne se permit aucune remarque.

— D'où le prince revient-il? voulut savoir Hadrian.

— Il visite toutes les cités d'Itzaman durant la saison chaude pour entendre les différents griefs et procéder à des sacrifices. Il est important d'apaiser Solis.

Hadrian jugea inutile de lui expliquer que le sang de pauvres innocents n'empêcherait jamais la nature de suivre son cours. Tout comme les autres habitants de ce coin reculé du monde, Sévétouaca avait été endoctriné depuis l'enfance à croire cette fausseté. Il faudrait un grand malheur pour que ce peuple finisse par comprendre qu'il était plus important d'apprendre à vivre avec son prochain que de tuer ceux qui avaient des croyances différentes.

Lorsqu'ils arrivèrent enfin au palais, le prince avait fait installer son trône à l'extérieur. Chaque côté de lui se tenaient ses conseillers, ses astronomes et ses prêtres. «Pourquoi ne demandent-ils pas aussi à ses guerriers de le protéger?» s'étonna Hadrian. Ce souverain avait-il une arme secrète? Dès que les étrangers furent devant lui, il se mit à parler et Sévétouaca traduisit ses mots aussi promptement qu'il le pouvait.

– On me dit que vous êtes des dieux. Si cela est vrai, pourquoi avez-vous tenté de prendre la fleur sacrée ?

– Parce que nous en avons besoin pour sauver la vie d'un être qui nous est très cher, Majesté, et que cette fleur ne pousse qu'ici.

– Ne pouvez-vous pas le guérir par vos dons divins ?

– Il a été blessé par un serviteur de l'obscurité.

Hadrian ne savait pas comment expliquer le concept de sorcier à cet homme d'un autre monde.

– Scorpena ? demanda le prince.

– Je ne sais pas ce qu'il est.

– C'est ainsi que nous appelons les créatures qui se tapissent dans l'ombre en attendant le moment de frapper.

– Il a empoisonné notre roi et nous avons besoin de la fleur pour fabriquer une potion qui le débarrassera de ce venin.

– De grands cataclysmes risquent de s'abattre sur mon peuple si vous la déracinez.

– Ce sera la même chose dans mon monde si je ne repars pas avec elle. De quelle façon pourrions-nous les éviter ?

– En donnant quelque chose en retour.

– Dites-moi ce que vous désirez. Je suis persuadé que mon roi vous l'accordera.

– La vie de l'un d'entre vous.

Hadrian était si surpris par sa requête qu'il demeura muet.

– Choisissez celui ou celle à qui j'arracherai le cœur sur l'autel de Solis et je vous laisserai quitter Itzaman avec la fleur.

– Mais…

– J'ai parlé.

Le prince se leva et marcha vers son palais, aussitôt suivi de son cortège. Voyant qu'Hadrian ne réagissait pas, Jenifael lui saisit le bras et le tira en direction du temple.

– Nous voilà dans une belle impasse, soupira Daiklan.

– Allons en discuter en privé, recommanda Kira.

Ils accélèrent le pas afin de se tenir à une distance prudente de Sévétouaca qui comprenait leur langue.

5

D'ÂPRES NÉGOCIATIONS

Entassés à l'intérieur de la pyramide au-dessus de laquelle avaient régulièrement lieu des sacrifices sanglants, les membres de l'expédition cherchaient désespérément une solution au terrible choix que leur imposait le Prince d'Itzaman. Hadrian voulait, bien sûr, sauver son meilleur ami, mais il ne pouvait pas exiger que qui que ce soit donne sa vie pour lui.

– Tu mourrais pour lui ? s'alarma Kira.

Les jeunes écarquillèrent les yeux avec frayeur.

– C'est nous qu'Onyx tuera si nous revenons sans toi, l'avertit Daiklan.

– Puisque tu connais l'emplacement de la fleur, tu pourrais t'y transporter, la prendre et nous rejoindre sur la plage, proposa Jenifael.

– C'est contre mes principes de voler.

– As-tu envie de retourner à Émeraude les mains vides ?

— Au pire, Onyx pourrait trouver un nouveau corps, fit remarquer Kira.

— Arrêtons de parler de la mort et parlons plutôt de la vie, réclama Mali. Pourquoi verser du sang quand nous possédons d'autres merveilleux dons ?

— À quoi penses-tu, exactement ? s'inquiéta Jenifael.

— Offrons-leur quelque chose qu'ils ne possèdent pas.

— Comme quoi ? Nous n'avons rien apporté avec nous.

— Ils n'ont pas d'armes en métal, hasarda Wellan.

— Je suis contre la violence, mais c'est déjà une meilleure idée que de se faire arracher le cœur, approuva la prêtresse.

— Ce pourrait aussi être une connaissance qu'ils n'ont pas, proposa Katil. Un manuel de potions, par exemple.

— Sévétouaca parle notre langue, mais je ne suis pas certaine qu'il la lise, soupira Kira.

— Mon père possède des coffres remplis de pierres précieuses, se rappela Atlance. Il ne les a jamais ouverts.

— C'est une excellente idée ! s'exclama Ellie. Ils aiment tout ce qui brille.

— Il faudra ensuite convaincre le prince qu'aucun fléau ne s'abattra sur son peuple une fois que j'aurai déraciné la fleur, leur rappela Hadrian.

— Je suggère que nous arrêtions d'en parler ce soir, fit Mali. Peut-être l'un de nous rêvera-t-il à la résolution du problème.

— Elle a raison, l'appuya Cameron. Nous sommes tous trop fatigués pour réfléchir. Demain, nous y verrons plus clair.

— Je prends le premier tour de garde, annonça Liam.

— Je reste avec toi, indiqua Kirsan.

Hadrian venait à peine de s'allonger sur le sol que Jenifael s'accrocha à ses vêtements en se collant contre lui comme une enfant effrayée.

— Dis-moi que tu ne le feras pas, chuchota-t-elle, même si tout le monde pouvait l'entendre dans cet espace réduit.

— Il le ferait pour moi…

— Moi, je t'en empêcherai.

Elle n'ajouta rien, mais resta cramponnée à son amoureux, même lorsqu'elle sombra finalement dans le sommeil. Hadrian, lui, resta éveillé. Il repassa dans son esprit toutes les solutions possibles et regretta de ne pas pouvoir communiquer par télépathie avec Moérie. « Un pétale suffirait-il ? » De cette façon, il ne serait pas obligé de déraciner la plante…

Lorsqu'il se réveilla, tout le monde était parti. Il avait probablement dormi longtemps parce qu'il avait fermé l'œil plus tard. Il prit un fruit rosé, cette fois-ci, dans le panier à l'entrée de leur abri et se rendit aux bains. Ce matin-là, l'eau ne lui apporta aucun réconfort. Au lieu de nager, il se laissa flotter en espérant que les dieux lui fourniraient la réponse qu'il espérait, car ils ne lui avaient rien soufflé durant la nuit.

— Comment t'appelles-tu, étranger ?

L'ancien roi sursauta et se mit à genoux dans le bassin. Un jeune garçon d'une dizaine d'années était accroupi à quelques pas de lui, sur les blocs de pierre.

— Je suis Hadrian d'Argent. Comment se fait-il que tu parles ma langue ?

— Ma mère et moi l'avons apprise d'une de nos servantes.

— Mais pas ton père ?

— Il est bien trop occupé à diriger Itzaman.

— Tu es le fils du prince ?

L'enfant acquiesça d'un signe de tête.

— Je m'appelle Féliss.

— Alors, un jour, toi aussi tu régneras sur ton peuple.

— À moins que je périsse dans une bataille contre les féroces Tepecoalts.

— Tu es bien trop jeune pour aller à la guerre.

– Mais non. J'ai dix révolutions depuis le début de la saison sèche !

Son air de bravoure rappela à Hadrian le fils qu'il avait tant aimé. D'ailleurs, Gor ressemblait à ce jeune prince, au même âge. Féliss avait les cheveux noirs comme la nuit, qui descendaient en pointes inégales sur ses épaules. Ses yeux étaient si sombres qu'on ne pouvait même pas y distinguer la pupille.

– J'ai entendu votre conversation avec mon père. Ce roi dont vous parlez doit vous être très cher pour que vous risquiez la mort pour le sauver.

– Là d'où je viens, la vie, l'amour et l'amitié sont des valeurs sacrées. Nous retardons la mort tant que les dieux nous le permettent.

– Et l'amour ?

– Lorsque nous donnons notre cœur à quelqu'un, c'est pour toujours.

– Et l'amitié ?

– Il n'y a rien de plus puissant, affirma Hadrian.

– Même si votre ami peut vous trahir ?

– En réalité, c'est surtout lui qui serait perdant.

– Je ne comprends pas.

– Pourquoi trompe-t-on quelqu'un ? voulut le faire réfléchir Hadrian.

– Pour obtenir quelque chose qui lui appartient, je pense.

– Et une fois qu'on a obtenu cet objet, combien de temps cette satisfaction dure-t-elle ?

– Tout dépend de la nature de l'objet.

Il était bien trop jeune pour qu'Hadrian lui parle d'infidélité. Il devait choisir un exemple qu'il puisse comprendre.

– Si tu possédais la plus belle lance du monde entier et que ton ami finisse par te la dérober, il perdrait ton estime, mais combien de temps jouirait-il de cette arme ? Il s'en servirait avec fierté pendant quelques mois ou quelques années, puis il s'en lasserait. L'amitié est une arme mille fois plus belle, mais il l'aurait perdue pour toujours. Est-ce que tu as un ami, Féliss ?

– J'ai grandi avec Ocal, le fils d'une de nos servantes. Nous nous disons absolument tout et je l'emmène chasser le lièvre avec moi, même si je ne suis pas censé fréquenter des gens de sa caste.

– Si Ocal était en train de mourir, ne ferais-tu pas l'impossible pour le sauver ?

– Oui, car je ne pourrais imaginer ma vie sans lui.

– C'est la même chose pour moi.

Des voix de femmes se firent entendre de l'autre côté du mur.

– Ma mère me cherche, soupira l'enfant. Nous aurons l'occasion de nous reparler, Hadrian, car je vous aime bien.

– Avant de partir, dis-moi ce qui apaiserait les dieux à part le cœur de l'un d'entre nous.

– Une épouse pour le fils du prince.

– Tu as un frère ?

– Non.

Féliss sortit en courant de l'enceinte des bains, car sa mère se faisait plus insistante. Hadrian resta dans l'eau encore un moment, bien plus découragé que lorsqu'il y était entré. Le petit prince n'avait que dix ans. À Enkidiev, il était courant, surtout dans la royauté, de retrouver une grande différence d'âge entre les époux. Éléna avait plus d'une dizaine d'années que lui lorsqu'elle était devenue sa reine. « Même Médina était plus âgée que moi », se rappela Hadrian. Le prince Juguarete avait probablement déjà choisi sa belle-fille parmi les membres féminins de l'expédition et n'attendait que le moment où, désespéré, l'ancien roi la lui offrirait.

Hadrian respectait beaucoup trop la liberté individuelle pour obliger Katil, Danitza ou Améliane à devenir la future Princesse d'Itzaman. Il devait trouver une autre solution rapidement, car pendant qu'il perdait du temps, Onyx se mourait. Il se mit à la recherche des autres membres du groupe et les trouva rassemblés devant un énorme monument où était sculpté le calendrier dont Kira leur avait parlé. Ils écoutaient d'ailleurs les explications de la Sholienne sur son fonctionnement. Hadrian se mêla discrètement à eux. Même s'il était féru de nouvelles connaissances, il laissa plutôt errer son esprit au lieu de prêter attention aux paroles de Kira.

— Non seulement calculent-ils le temps de façon quotidienne, mais ils le font aussi annuellement et pour plusieurs siècles à venir, conclut-elle.

Elle alla se planter devant Hadrian et posa un regard interrogateur sur lui.

— Je ne sais pas quoi faire, avoua-t-il.

— Tu n'es pourtant jamais à court d'idées.

— L'enjeu est trop grand. Si je vole cette fleur, nous ne pourrons jamais plus remettre les pieds ici et continuer d'établir des liens avec cette civilisation. Je ne peux pas non plus sacrifier l'un de vous sur un autel pour obtenir une plante.

— Il n'y a aucune autre solution ? se désola Améliane.

— Pas même un échange ? ajouta Daiklan.

— Oh si. Le prince cherche une épouse pour son fils de dix ans.

— C'est un peu jeune pour moi, indiqua Améliane. De toute façon, mon cœur appartient déjà à quelqu'un.

– Malgré mon admiration pour ce peuple, jamais je ne laisserais Kaliska toute seule ici, affirma Kira.

– Et oubliez Cornéliane, les avertit Atlance. Même pour sauver sa propre vie, mon père n'acceptera jamais une telle union.

– Je vais aller marcher pour ruminer encore, annonça Hadrian.

Impuissants, les aventuriers le regardèrent s'éloigner vers l'est. Un plan se forma dans la tête de l'ancien roi tandis qu'il déambulait sur le rivage. La chaleur lui rappela la première invasion des hommes-insectes dans le sud de Zénor, à la frontière du Désert. Il n'avait pas passé beaucoup de temps avec Onyx, mais leur amitié s'était soudée pour la vie. Jusqu'où Hadrian était-il prêt à aller pour lui ? Pour avoir séjourné longtemps sur les grandes plaines de lumière, il savait que les jours y étaient doux. Sa femme, ses enfants, ses petits-enfants et même ses arrière-petits-enfants s'y trouvaient. Ils se demandaient probablement où il était passé. En y retournant, Hadrian priverait Jenifael de son bonheur, mais avec toutes ses belles qualités, elle trouverait certainement un mari.

– Vous ne devriez pas aller trop loin, recommanda la petite voix aiguë de Shapal.

Seules sa tête et ses épaules sortaient de l'eau.

– Pourquoi ? demanda Hadrian, sans cacher sa lassitude.

– Parce que les guerriers de Tepecoalt sont féroces.

L'ancien roi s'arrêta et s'assit dans le sable.

— Vous devriez rentrer à Solis. Ce serait plus prudent.

— J'avais besoin de m'isoler pour réfléchir.

— Ils ne veulent pas vous donner la fleur bleue, n'est-ce pas ?

— Ce sont des gens superstitieux.

— Qu'est-ce que ça veut dire ? s'enquit Shapal en sortant de l'eau.

— Ils voient des signes néfastes dans des faits tout à fait banals.

— Êtes-vous bien certain que les dieux ne se vengeront pas si vous leur volez leur plante sacrée ?

— Ils n'habitent pas sous la terre et ils ne sont pas attachés aux choses matérielles. Ce sont les hommes qui ont inventé ces croyances et qui les ont ensuite propagées pendant des siècles.

— Mais mon père m'a raconté qu'ils manifestent leur colère en faisant jaillir le feu de la montagne lorsqu'on ose s'y aventurer. Il l'a vu de ses propres yeux !

— C'est un phénomène naturel qui n'a rien à voir avec les dieux, Shapal. L'intérieur de toutes nos terres contient du feu et il s'en échappe lorsqu'il se produit une fissure.

– Je crains que vous n'arriviez pas à convaincre le prince que les choses se passent réellement ainsi.

– Je suis malheureusement de votre avis.

Hadrian ne retourna à la cité qu'au coucher du soleil. Sa troupe s'était réunie pour manger devant la pyramide. Assis près de sa mère, Wellan buvait une boisson chaude, les yeux fermés.

– Est-ce que ça va ? lui demanda l'ancien roi.

– Il faut ramener du cacao à Enkidiev, déclara-t-il avec un sourire de satisfaction.

– C'est ce que tu es en train de savourer ?

Kira lui en offrit une tasse. Rien qu'on cultivait à Enkidiev n'avait le goût du cacao.

– Je suis d'accord avec toi, déclara-t-il. Sous quelle forme le trouve-t-on ?

– Ce sont des fèves qui poussent sur un arbuste. Ils en font de la poudre qu'ils diluent dans du lait chaud auquel ils ajoutent du sucre.

– Cette boisson est réservée aux nobles, expliqua Danitza. On nous fait un grand honneur, ce soir.

Hadrian n'eut pas le temps d'en prendre une autre gorgée que Sévétouaca s'approcha pour lui demander de le suivre.

Liam se leva pour l'accompagner, mais le guerrier précisa que leur chef devait y aller seul.

– Continuez votre repas, leur dit Hadrian sur un ton apaisant. Je serai revenu avant la nuit.

Sévétouaca l'emmena jusqu'au palais et entra derrière lui dans la maison de deux étages. On y dormait probablement en haut, car il n'y avait aucun lit dans la pièce unique où Hadrian pénétra. Le prince était assis devant une table couverte de victuailles. Les étroites fenêtres laissaient entrer les rayons du soleil couchant, qui illuminait la petite salle de lumière orangée. Sévétouaca interpréta aussitôt les paroles de son souverain.

– Acceptez de manger avec moi, homme de l'ouest.

Un serviteur posa un banc de l'autre côté de la table.

– C'est une importante marque d'estime, murmura Sévétouaca à l'oreille d'Hadrian. Je ne me souviens pas qu'il ait invité qui que ce soit à partager son repas depuis le début de son règne.

Hadrian s'installa devant le chef des Itzamans qui se mit aussitôt à lui parler avec moins de réserves que la veille.

– J'ai eu une longue conversation avec mon fils, traduisit le guerrier qui avait reculé de quelques pas.

– C'est un garçon remarquable.

– Il est plus intelligent que la plupart des enfants de son âge, c'est vrai. Il ressemble davantage à sa mère qu'à moi, mais il sera tout de même un grand prince. Avez-vous un fils ?

– Oui, mais il est mort depuis longtemps.

– Alors, vous m'en voyez très désolé. Les enfants sont notre principale source de joie. Il n'y a rien que j'aime autant que laisser Féliss exprimer son opinion. Parfois, il me fait rire. D'autres fois, il me force à revoir mes positions, car il fait bien souvent preuve de plus de logique que mes prêtres.

– Il est vrai qu'ils remettent régulièrement notre jugement en question.

– Féliss est très impressionné par votre loyauté. C'est une importante leçon que vous lui avez servie aujourd'hui. Sa réaction m'a fait réfléchir. Cet homme, que vous appelez roi, doit vous être vraiment très cher pour que vous soyez venus jusqu'ici afin qu'il puisse continuer à vivre.

– Je l'aime comme un frère.

– Les Itzamans n'ont pas peur de la mort, car ils savent qu'ils iront rejoindre leurs ancêtres lorsqu'ils fermeront les yeux pour la dernière fois.

– Les habitants d'Enkidiev non plus, mais mon roi a des enfants et je veux qu'il les voie grandir.

– Je vais faire un marché avec vous, Hadrian. Je vous donnerai une fleur bleue à la condition que vous me fassiez rencontrer votre roi lorsqu'il sera remis de sa maladie.

— Il sera ravi de venir vous remercier en personne.

— Je vous impose toutefois une condition afin de m'assurer que vous ne disparaîtrez pas à tout jamais. L'un de vous devra rester ici jusqu'à votre retour. Je vous laisse la nuit pour y penser.

— Excellence, si vous permettez, on m'avait laissé entendre que personne ne déracinait cette fleur par crainte que s'abattent de grands cataclysmes sur votre peuple.

— J'offrirai aux dieux plusieurs cœurs d'esclaves pour les apaiser.

«Un bien lourd tribut à payer», se désola Hadrian. Par courtoisie, il avala quelques aliments, mais il n'avait pas vraiment faim. Après le repas, il remercia son hôte et rejoignit sa compagnie qui s'installait déjà dans la pyramide. Shapal était sur le point de repartir dans l'océan, mais elle aussi voulut savoir pourquoi le prince l'avait convoqué. Hadrian les rassembla autour de lui et leur répéta la conversation qu'il avait eue avec Juguarete.

— Combien de temps la préparation du contrepoison nécessitera-t-elle? voulut savoir Kira.

— Je n'en sais rien, avoua Hadrian, mais, la dernière fois, l'enchanteresse a mis plusieurs jours pour concocter la première partie.

— Et une fois qu'il aura été administré à Onyx, sera-t-il remis sur-le-champ?

– Il est si faible depuis des années que j'en doute.

– Alors, celui ou celle que nous choisirons devra rester ici pendant des semaines, sinon des mois, comprit Jenifael.

Ils gardaient tous le silence, se demandant de quelle façon Hadrian procéderait à la sélection.

– Nous pourrions évidemment tirer à la courte paille, indiqua ce dernier en réponse à leurs appréhensions, mais je préférerais d'abord demander s'il y a parmi vous un ou une volontaire.

– Comment sera traité cet otage ? s'enquit Améliane.

– Le prince m'a donné sa parole qu'il ferait partie de sa famille jusqu'à mon retour, les rassura Hadrian.

– Alors, ce sera moi, déclara Atlance.

– Tu veux qu'Onyx nous châtie ? s'exclama Kira.

– En fait, il faut que ce soit moi. C'est mon père qui se meurt, alors c'est à moi de faire ce sacrifice.

Ils se mirent tous à protester bruyamment, surtout Katil, qui ne voulait pas qu'il soit immolé si les Elfes n'arrivaient pas à fabriquer l'antidote. Pour sa part, Hadrian demeura silencieux, car il percevait ce qu'Atlance ne disait pas. En restant à Itzaman, le jeune homme prouverait son dévouement à son père et, surtout, son courage. Hadrian aurait aimé prendre sa place, mais les enchanteresses étaient des créatures capricieuses. Que se passerait-il si Moérie refusait de préparer la potion pour une autre personne ?

— Écoutez-moi, réclama Hadrian.

Ils se turent un à un.

— Atlance a raison, l'appuya-t-il. Cet honneur lui revient.

— Cet honneur ? se récria Katil. Nous ne connaissons rien de ce prince ! Qui nous dit qu'il tiendra parole ?

— Rien du tout, répondit Atlance, mais si nous voulons continuer d'explorer le nouveau monde, nous devons gagner la confiance des peuples qui l'habitent.

« Un roi ne l'aurait pas aussi bien dit », songea Hadrian, fier de lui. Inconsolable, Katil bondit vers l'escalier et s'enfuit dans la nuit. Atlance s'élança pour la rattraper et l'ancien roi empêcha les autres de les suivre. Le jeune couple avait besoin d'être seul.

— Si cela peut vous rassurer, je veillerai sur lui, déclara la sirène.

Atlance trouva Katil au bord de la mer, à regarder au loin. Elle ne pleurait pas, mais il sentit son désarroi en s'approchant d'elle.

— Je te jure que je resterai en vie, murmura-t-il en l'enlaçant par-derrière.

— Ces gens sont des sauvages, Atlance.

– Parce qu'ils ne connaissent pas mieux. Pendant que je vous attendrai, j'essaierai d'influencer le prince.

– Rappelle-toi ce qu'il fait aux personnes qui ne partagent pas ses convictions.

– Je n'ai pas l'intention de lui imposer les miennes, seulement de lui en parler.

Il fit pivoter la jeune magicienne et appuya son front contre le sien.

– Tu connais l'opinion que mon père a de moi, Katil. Si je veux m'épanouir un jour, je dois le faire changer d'avis. C'est l'occasion parfaite de lui prouver que j'ai du courage, moi aussi. Je t'en prie, essaie de comprendre.

– Je comprends, mais j'ai peur…

Atlance la serra dans ses bras en lui donnant des baisers dans le cou.

– Tu sais bien que tu ne pourras jamais te débarrasser de moi, la taquina-t-il.

– Et si tu changeais au bout de tous ces mois?

– Ce serait pour le mieux.

Ils s'embrassèrent un long moment avant de retourner à la pyramide. Katil avait encore la mine basse et elle ne parla à personne jusqu'à ce qu'ils se mettent tous au lit.

— C'est moi qui fais le guet le premier, cette nuit, les informa Hadrian.

— Maman, est-ce que je peux, moi aussi ? la pria Wellan.

— Avec lui, oui.

L'adolescent alla aussitôt s'installer dans l'escalier avec sa couverture.

— Tu es conscient qu'il va te questionner toute la nuit ? fit Kira à Hadrian.

— Ça me permettra de garder les yeux ouverts.

Au matin, Hadrian n'avait dormi que quelques heures, lorsque Daiklan et Ellie les avaient relevés, mais il ne voulait plus perdre de temps. Il pressa la bande de manger, puis les emmena jusqu'au palais. Comme s'il avait connu l'heure exacte de leur rencontre, le prince les attendait déjà en compagnie de son interprète et de ses prêtres mécontents du marché conclu la veille.

— Lequel d'entre vous restera à Itzaman ? leur demanda le souverain par la voix de Sévétouaca.

— C'est moi, Altesse, répondit Atlance en s'avançant. Je suis le fils du roi qui se meurt à Émeraude.

— C'est un bon choix, Hadrian. Maintenant, allez prendre ce que vous êtes venus chercher.

Le chef de l'expédition s'inclina devant Juguarete, aussitôt imité par les autres. Ils serrèrent tour à tour Atlance dans leurs bras et lui promirent de revenir le plus rapidement possible. Puis, le cœur lourd, ils se dirigèrent vers le volcan. Hadrian transplanta la fleur dans un pot de céramique, descendit sur la plage et ordonna à ses équipiers de former la chaîne qui lui permettrait de tous les ramener à Enkidiev. Lorsqu'il fut certain que tout le monde s'était bien agrippé, surtout Katil, il les transporta dans son vortex.

6

LE CONTREPOISON

Le temps lui étant compté, Hadrian ne reconduisit pas les membres de sa troupe dans leur royaume respectif. Il fila plutôt chez les Elfes et réapparut près du village de Moérie. Mali, qui s'y était fait des amis lors de ses voyages antérieurs, se mit aussitôt à leur recherche, en tirant Liam derrière elle. Les autres se dirigèrent, en compagnie de l'ancien roi, vers le chef, Tehehi.

— Te voilà enfin, Hadrian, le salua le vieil Elfe. Qui sont tes amis ?

— Je te les présenterai plus tard. Je dois d'abord voir ta fille.

— Le jour, les enchanteresses se réfugient dans la forêt, mais nous ne savons pas où elles vont, car elles ne veulent pas que nous les suivions.

— Vas-y, je m'occupe des jeunes, l'encouragea Kira.

— La princesse sans royaume, se réjouit Tehehi. Soyez les bienvenus dans mon humble village. Vous prendrez bien le thé ?

Tandis que Kira poussait tout le monde en direction de la grande hutte de Tehehi, Hadrian s'enfonça dans les bois avec Jenifael. Ils utilisèrent leurs sens invisibles pour se diriger, car rien n'était plus difficile à trouver qu'un Elfe qui n'avait pas envie d'être découvert. Ils captèrent en même temps un important tourbillon magique droit devant et accélèrent le pas. L'énergie provenait d'une clairière où se dressaient des menhirs. Lorsqu'ils sortirent enfin de la forêt, Jenifael et Hadrian s'immobilisèrent, frappés de stupeur. De la lumière tournait autour du cromlech dans lequel étaient réunies les enchanteresses.

— Nous n'avons pas le choix, il faut attendre qu'elles aient terminé, soupira l'ancien roi.

— Tu as déjà été témoin de cette cérémonie ?

— On m'en a parlé, mais je ne l'avais jamais vue de mes propres yeux.

— Combien de temps dure-t-elle ?

— Elle commence au milieu de la nuit et se termine au matin.

— D'une minute à l'autre, quoi ?

Jenifael s'assit sur le tronc d'un arbre déraciné pendant un orage, mais Hadrian préféra rester debout. Lorsque la lumière s'éteignit enfin, il posa un genou en terre et baissa la tête de façon respectueuse. Moérie sortit du cercle de pierres et marcha jusqu'à lui.

– Il est imprudent de surprendre des enchanteresses au milieu de leur transe.

– J'ai la fleur que vous m'avez demandée.

Il la lui tendit en levant les yeux vers elle.

– Elle est parfaite, se réjouit la femme Elfe. Revenez ici dans trois jours et vous aurez ce que vous demandez.

«Trois jours», se désespéra intérieurement Hadrian.

– Certaines opérations magiques nécessitent encore plus de temps, lui fit remarquer Moérie en retournant vers le cromlech.

– Que fera-t-on jusque-là? demanda Jenifael.

– J'irai reconduire les jeunes chez eux.

Ils se joignirent au reste de leur groupe dans la hutte de Tehehi et acceptèrent volontiers la boisson chaude qu'on leur tendit.

– Tu as mené ta quête à bien, à ce qu'on me dit, Hadrian, le félicita Tehehi.

– J'ai trouvé l'ingrédient que me demandait ta fille, mais la partie n'est pas encore gagnée.

– Tu réussis tout ce que tu touches. Je ne suis pas inquiet.

Après avoir répondu à toutes les questions des Elfes, Hadrian alla reconduire Améliane au Royaume des Fées et

Kirsan, au Royaume de Zénor. Quant à Cameron, il était déjà dans son pays, et Danitza exprima le vœu de rester avec lui pour apprendre à mieux connaître son peuple. Lorsque vint le tour de tous ceux qui habitaient Émeraude, il hésita, car il ne voulait pas que ses souverains apprennent tout de suite que leur fils aîné ne rentrerait pas. Daiklan et Ellie répliquèrent qu'ils n'habitaient pas le château et qu'ils n'y allaient presque jamais. Il les transporta donc jusqu'à leur musée. Il ne restait plus que Jenifael, Katil, Kira et Wellan, puisque Mali et Liam étaient introuvables.

— Je n'ai pas d'objection à passer quelques jours chez les Elfes, affirma la Sholienne. Qu'en dis-tu, Wellan ?

— Il n'y a pas grand-chose à faire, ici.

— Tehehi possède une grande sagesse. Je suis certain qu'il aimerait répondre à tes questions.

— Il y a aussi des étangs magiques, des arbres qui parlent et des artisans qui fabriquent des arcs et des bijoux, ajouta Hadrian.

— Nous restons alors, décida Wellan.

Les Elfes mirent une hutte à leur disposition et Katil alla aussitôt s'y enfermer.

— Je m'occupe d'elle, annonça Jenifael.

Le soir venu, Liam et Mali retrouvèrent leur chemin jusqu'au village de Tehehi et s'assirent avec leurs amis autour d'un feu magique, entretenu par Jenifael. Enveloppée dans une cape elfique, Katil demeurait silencieuse et mangeait du bout des lèvres. Wellan avait choisi de s'installer près du vieux chef et d'écouter ce qu'il avait à raconter, au grand bonheur de sa mère.

En attendant le retour de Moérie, Hadrian fit découvrir à ce qu'il restait de la troupe les anciens tertres qui avaient été construits par les Enkievs. Sur le chemin du retour, ils passèrent par la plaine du nord et longèrent la rivière Mardall avant d'arriver au village de Tehehi. À la grande satisfaction d'Hadrian, l'enchanteresse l'y attendait. Elle lui tendit une fiole de verre remplie d'un liquide bleuâtre.

— Il doit en avaler tout le contenu d'un seul coup, recommanda-t-elle.

— Que lui arrivera-t-il ? À quoi dois-je m'attendre ?

— Il aura chaud et il aura froid. Il voudra boire, mais vous devez l'en empêcher jusqu'à ce que le poison lui sorte par la peau.

— Pendant plusieurs heures ? Plusieurs jours ?

— Il pourra boire au bout de dix-huit heures, mais il ne sera vraiment libéré du venin qu'une semaine plus tard.

— Comment puis-je vous remercier, Moérie ?

Elle lui adressa un sourire énigmatique, puis repartit vers la forêt. Jenifael ne savait pas quoi penser de cette invitation silencieuse. Hadrian l'avait-elle captée sur son visage ou faisait-il semblant de n'avoir rien vu ? S'ils voulaient devenir un couple solide, il lui faudrait éviter de revenir sans cesse chez les Elfes. Leurs femmes exerçaient un pouvoir magnétique sur les humains, mais elles finissaient toujours par leur briser le cœur.

— Nous rentrons, annonça Hadrian.

Jenifael, Katil, Kira, Wellan, Mali et Liam formèrent la chaîne et se retrouvèrent instantanément dans la cour du Château d'Émeraude.

— Maman ! hurla une voix d'enfant.

Lazuli laissa tomber l'épée avec laquelle il était en train de s'exercer, courut à en perdre haleine et sauta dans les bras de Kira.

— Je pensais que tu ne reviendrais jamais !

— Qui t'a dit ça ? se fâcha Kira.

— Ce n'est pas moi, c'est certain, signala Wellan.

— C'est l'homme-oiseau.

L'image qui apparut dans l'esprit des Chevaliers fut celle d'Asbeth. Pourtant, Kevin avait juré l'avoir tué à Irianeth. Hadrian aurait voulu monter sans délai à la chambre d'Onyx, mais ce mystère devait d'abord être élucidé.

– Qui est cet homme ? demanda-t-il à l'enfant.

– Je ne connais pas son nom, mais il vient parfois me voir, la nuit.

– Dans tes rêves ?

– Je ne sais pas. On dirait que c'est vrai.

– De quoi a-t-il l'air ?

– Il ressemble à Wellan, mais plus grand. Il a de grandes ailes noires et blanches dans le dos et des griffes au bout des doigts.

– Puisqu'il ne s'agit pas du sorcier auquel nous pensions tous, je vais régler ce problème en famille, annonça Kira.

Hadrian savait qu'elle viendrait lui en parler si elle finissait par découvrir que cette créature n'était pas sortie tout droit de l'imagination de son cadet. Ils marchèrent vers l'entrée du palais et se séparèrent devant le grand escalier. Jenifael alla rendre visite à sa mère. Liam et Mali filèrent vers l'aile des Chevaliers, et Katil monta à la bibliothèque. Kira poursuivit sa route jusqu'à ses appartements et Hadrian se rendit à la chambre du roi.

– Halte là, fit l'un des deux serviteurs qui gardaient les portes.

– Vous ne me reconnaissez pas ? s'étonna l'ancien roi.

— Nous savons qui vous êtes, sire, mais nous devons vous fouiller avant que vous entriez dans cette aile.

— Quoi ?

— Ce sont les ordres du roi lui-même.

Les serviteurs s'assurèrent qu'il ne portait pas d'arme, puis le laissèrent passer. Quelque peu vexé, Hadrian traversa le vestibule et poussa doucement les portes de la chambre. Onyx était allongé sur son lit, encore plus maigre qu'à son départ. Son teint était presque transparent. Les rideaux étaient ouverts et une brise fraîche balayait la pièce. Toutefois, rien ne semblait apporter le moindre soulagement au souverain.

— Te voilà enfin, murmura Onyx d'une voix faible.

— Pourquoi cette inspection ?

— Pour que tu ne me poignardes pas deux fois.

— Même si c'était la seule façon de te sauver la vie ?

— Je le sais quand tu mens.

Hadrian s'arrêta au bord du grand lit.

— Puis-je m'asseoir sans te causer plus de souffrance ?

— Ça ne changera rien à ma condition. Même respirer me fait mal partout. Dis-moi que tu as l'antidote.

– Je l'ai.

Les lèvres d'Onyx s'étirèrent en un sourire.

– Qu'attends-tu pour me le donner ?

– Je veux d'abord que tu saches ce qui va se passer.

– Tant que tu ne m'agresses pas, tu peux bien faire ce que tu veux.

– Voici la potion.

Hadrian lui montra la petite bouteille et vit les yeux de son ami s'écarquiller avec anticipation. Il lui répéta les mots de Moérie et lui demanda s'il était prêt à souffrir encore un peu.

– Tu te moques de moi ? J'attends ce moment depuis des mois.

Swan arriva en trombe dans les appartements royaux, ayant appris par les serviteurs que l'ami aventurier était de retour.

– As-tu réussi ? s'exclama-t-elle, avec espoir.

– J'ai le contrepoison, mais j'ai besoin de toi pour le lui faire prendre.

– Qu'est-ce que tu es en train de préparer ? se méfia Onyx.

– Nous ne serons pas trop de deux pour t'empêcher de boire, une fois que tu l'auras avalé.

— Très drôle. Alors, tu me le donnes ou pas, cet antidote ?

Hadrian déboucha la fiole et lui rappela qu'il devait en boire tout le contenu d'une traite.

— Je suis capable de faire ça, affirma Onyx avec un sourire moqueur.

Swan aida son mari à s'asseoir et le maintint dans cette position tandis qu'il ingurgitait la potion.

— C'est dégoûtant, grimaça-t-il en redonnant la bouteille à Hadrian.

— Que va-t-il se passer, maintenant ? voulut savoir Swan.

— Il aura chaud, puis il aura froid et nous devons l'empêcher d'absorber quelque liquide que ce soit avant demain midi.

Les réactions ne furent pas longues à se produire. Onyx se mit à suer comme si on l'avait déposé dans un bain de vapeur. En quelques minutes sa tunique fut entièrement trempée. Ses amis l'en débarrassèrent et le rafraîchirent avec des compresses humides.

— Comment te sens-tu ? lui demanda sa femme.

— C'est une question stupide… haleta-t-il.

— Si je comprends bien, l'antidote va te débarrasser du poison et non de ton épouvantable caractère.

Au bout de quelques heures, Onyx se mit à frissonner et à claquer des dents. Hadrian l'enroula dans une épaisse couette et le serra contre lui, tandis que Swan lui frictionnait le dos. Ils passèrent toute la nuit ainsi à lui procurer de la chaleur. Au matin, le pauvre homme se calma et s'endormit. Hadrian le redéposa dans ses draps que les serviteurs avaient changés.

— Ça, c'était la partie facile, plaisanta Swan. Lorsqu'il va exiger de boire, nous allons avoir beaucoup de plaisir.

Tout comme l'avait prédit Moérie, dès qu'il sortit de sa torpeur, Onyx demanda du vin, ce qui lui fut évidemment refusé. Il demanda du thé, de l'eau et même du lait !

— Ma gorge est tellement sèche que j'ai du mal à respirer ! hurla-t-il.

— Tiens bon, mon amour, l'encouragea Swan.

Ses hurlements réveillèrent tous les habitants du palais.

— Papa ! Papa ! pleura Cornéliane de l'autre côté des grandes portes.

Swan avait ordonné aux serviteurs de ne laisser entrer personne jusqu'à ce que la crise soit passée. Elle aurait voulu rassurer elle-même sa fille, mais Hadrian avait besoin d'elle pour retenir Onyx sur son lit. Puis, brusquement, il cessa de se débattre et ferma les yeux.

— Est-ce fini ? demanda Swan, à bout de force.

— Je crois bien que oui, mais je vais rester auprès de lui, juste au cas où il se réveillerait. Va t'occuper de la petite.

— Merci, Hadrian.

Onyx dormit jusqu'à midi. Lorsqu'il ouvrit enfin les yeux, il chercha à se débarrasser impatiemment de la couverture qui le retenait à la manière d'un cocon. Hadrian lui donna un coup de main.

— Si tu as soif, je peux maintenant te donner tout ce que tu demandes.

— Je veux du vin et de la nourriture, et je veux prendre un bain.

Pendant que son ami transmettait ses ordres, Onyx se traîna jusqu'à la salle de bains et descendit prudemment les marches qui menaient au bassin. Des serviteurs se mirent à y verser de l'eau chaude. Encore faible, il se lava tant bien que mal et grimpa jusqu'au bord à quatre pattes. Hadrian l'attendait avec une serviette spongieuse.

— Tu es l'homme le plus obstiné que je connaisse, soupira l'ancien Roi d'Argent.

Il l'aida à marcher jusqu'à sa chambre, mais Onyx ne voulut pas retourner dans son lit. Il demanda plutôt de manger assis à la petite table de ses appartements.

— Il est important que tu ne te gaves pas, lui rappela Hadrian.

— Je sais ce que j'ai à faire !

Les portes de la suite claquèrent contre les murs et Cornéliane entra en courant, ayant échappé à la surveillance de sa mère.

— Papa !

Hadrian l'attrapa juste avant qu'elle saute sur les genoux d'Onyx.

— Il n'est pas assez fort pour ça, l'informa-t-il. Tu peux t'asseoir à côté de lui, mais pas sur lui.

Swan arriva dans la pièce en tentant de reprendre son souffle.

— Tu sais ce qui arrive quand tu me désobéis, jeune fille, haleta-t-elle.

— Oui, mais j'étais prête à tout pour voir mon père !

— Onyx, si tu dis un seul mot, gare à toi, l'avertit Swan.

Il venait de mordre dans une cuisse de poulet et n'avait certainement pas envie de s'en mêler.

— Je vous laisse entre vous, décida Hadrian en se levant.

Il marcha vers la sortie.

— Attends ! s'exclama Swan. Où est Atlance ?

– Nous en reparlerons dès que j'aurai aussi pris un bain et mangé quelque chose.

Il se courba devant la famille abasourdie et quitta les appartements royaux.

7

EFFETS SECONDAIRES

Afin d'être reposé lorsqu'il annoncerait à Onyx et Swan que leur fils était retenu par un prince dans un pays inconnu aux coutumes sanguinaires, Hadrian dormit au Château d'Émeraude. Il était si fatigué qu'il ne le sentit même pas lorsque Jenifael vint se coucher dans son dos. Leur sommeil fut cependant troublé quelques heures plus tard par la voix aiguë et suppliante de Cornéliane qui frappait à grands coups de poing sur la porte de la chambre.

– Hadrian, réveillez-vous !

Se demandant ce qui se passait, Hadrian quitta la chaleur de son lit et ouvrit la porte. Il ne portait qu'une tunique bleue et ses cheveux étaient en bataille. Son apparence ne rebuta cependant pas la princesse qui lui saisit la main et se mit à le tirer dans le corridor.

– Vous devez faire quelque chose !

– Dis-moi au moins ce qui se passe, marmonna Hadrian en faisant de gros efforts pour ouvrir les yeux.

– C'est mon père !

La possibilité qu'Onyx ait eu une rechute le réveilla complètement. Oubliant qu'il n'était pas présentable, il suivit l'enfant à travers le palais.

— Pourquoi ta mère n'a-t-elle pas envoyé un serviteur pour m'avertir ?

— Je cours plus vite.

Ils grimpèrent les marches du grand escalier en toute hâte et arrivèrent enfin devant les portes. Les gardes n'osèrent pas le fouiller et le laissèrent passer comme ils le faisaient avant. L'état dans lequel se trouvait son ancien lieutenant figea Hadrian sur place.

— Si tu ris, je te tue, l'avertit Onyx.

La peau de son visage, de son cou et de ses bras était de la même couleur que l'antidote qu'il avait absorbé la veille.

— Mais comment... ? s'étrangla Hadrian.

— C'est une réponse que j'attends de toi, pas d'autres questions !

L'Argentais s'avança prudemment en l'examinant.

— Je suis bleu partout ! tonna Onyx. Si c'est une mauvaise blague de l'enchanteresse, elle va me le payer très cher.

— Il me semble qu'elle ait parlé d'une semaine pour que tous tes symptômes disparaissent.

– Une semaine !

Pour n'importe quel malade, ce laps de temps aurait paru court, étant donné que l'empoisonnement avait duré quinze ans, mais pour le xénophobe qu'était Onyx, avoir la peau d'une autre couleur, même pendant une heure, équivalait à un véritable supplice.

– Est-ce que tu souffres ? voulut savoir Hadrian.

– Seulement dans ma dignité.

– Je suis certain que tu redeviendras normal d'ici quelques jours. Sinon, ce bleu s'agence plutôt bien à celui de tes yeux.

Hadrian évita habilement le chandelier que lui lança son ami irrité.

– Tu es beau de n'importe quelle couleur, papa, affirma Cornéliane en prenant la main d'Onyx.

Ce dernier poussa un cri de rage.

– Où est Swan ? voulut savoir Hadrian.

– Elle est allée chercher la magicienne, puisqu'on ne sait plus où est maître Hawke, répondit l'enfant.

Non seulement Katil était une novice dans les arts de la guérison, mais elle fréquentait le Prince Atlance malgré les avertissements répétés d'Onyx.

— Il serait préférable qu'elle fasse appel à Mali, je pense, lui conseilla Hadrian.

— Je vais aller la chercher.

Cornéliane quitta la chambre à la vitesse de l'éclair.

— Tu ne lui as pas encore appris à utiliser son vortex personnel ?

— Au cas où tu ne l'aurais pas remarqué, j'ai été malade ces dernières années, maugréa Onyx.

— Puis-je te toucher sans que tu m'assommes avec l'autre chandelier ?

Le souverain courroucé se contenta d'émettre un grognement. Hadrian examina sa peau bleue, la huma et la gratta du bout de l'ongle.

— C'est une condition interne, conclut-il.

— Maintenant, apprends-moi quelque chose que je ne sais pas déjà.

— À mon avis, l'antidote est en train de s'assurer qu'il ne reste plus une seule goutte de poison dans tout ton corps.

— Je ne veux pas rester comme ça !

— L'enchanteresse me l'aurait dit s'il y avait eu des effets secondaires permanents. Arrête de t'inquiéter.

Katil et Mali arrivèrent en même temps dans la chambre, suivies de Swan.

— Il y a des Fées azurées, mais je n'ai jamais entendu parler d'Enkiev bleuté, se moqua aussitôt Mali.

Hadrian s'empara du chandelier et alla le porter sur une commode, hors de portée de son ami.

— Quelqu'un vous a-t-il jeté un sort ? demanda Katil en faisant de gros efforts pour ne pas s'esclaffer.

— Si vous ne pouvez rien faire pour m'aider, sortez.

— Puis-je au moins vous examiner ?

Hadrian leur fit signe d'approcher. Onyx était un homme colérique, mais jamais il ne s'en prendrait à une femme. Katil passa une main lumineuse au-dessus du souverain.

— Ce n'est pas une maladie, découvrit-elle. Le liquide qui modifie votre pigmentation est en mouvement. Mon champ d'expertise n'est pas la guérison, mais je suis pas mal certaine que vous finirez par éliminer la substance de façon naturelle.

— Moi, ce qui me surprend le plus, c'est que vous ne soyez pas de la couleur du vin, le taquina Mali.

— C'est tout ce que vous avez à me dire ?

— Katil a raison. Votre condition est temporaire.

— Vous ne pouvez donc rien faire pour accélérer sa disparition ?

Elles secouèrent toutes les deux la tête négativement. Onyx leur pointa la porte du doigt et elles passèrent devant Swan en serrant les lèvres pour ne pas rire.

— Tu bois des centaines d'urnes de vin par année et il ne se passe rien, fit la reine en s'avançant vers le lit. Tu avales le contenu d'une toute petite bouteille et tu vires au bleu ? Tu ne trouves pas ça étrange ?

— Parlons d'autre chose, se fâcha Onyx. Je veux savoir où est mon fils.

Hadrian prit une profonde inspiration. Dans les grandes lignes, il raconta au couple son périple dans les Territoires inconnus, puis avoua enfin que le Prince d'Itzaman avait gardé Atlance auprès de lui en échange de la fleur bleue essentielle à la préparation du contrepoison.

— Il le retient prisonnier ? tonna Onyx en se redressant.

— Je dirais plutôt qu'il est le gage que nous tiendrons la promesse que je lui ai faite.

— Emmène-moi tout de suite là-bas. Cet insolent va apprendre à ses dépens qu'on ne touche pas à mes enfants.

— Mais tu es tout bleu, mon amour…

«Comme certains des Ipocans», ne put s'empêcher de penser Hadrian.

– Qui sont-ils ? demanda Onyx qui surveillait tant les pensées de son ami que celles de sa femme.

Pour l'apaiser, l'Argentais s'installa dans un fauteuil près du lit et raconta sa dernière aventure dans tous ses détails. La description de ces terres nouvelles raviva dans l'âme du Roi d'Émeraude ses anciennes ambitions de devenir un jour empereur, mais il se garda bien de l'avouer à son vieil ami qui contrecarrait toujours ses projets de conquête.

✻ ✻ ✻

En entrant dans ses appartements au Château d'Émeraude, Kira fut accueillie par ses deux plus jeunes enfants qui se collèrent à elle comme des aimants à un morceau de fer. Incapable de s'approcher, même pour l'embrasser, Lassa attendit patiemment que Kaliska et Marek terminent de lui manifester tout leur amour. Kira parvint à les persuader d'aller s'asseoir au salon et de parler un à la fois. Wellan s'installa près de Lassa tandis que sa sœur et ses frères se disputaient pour rester près de leur mère.

– Vous n'avez pas fait de bêtises en mon absence, au moins ? demanda Kira.

– Seulement Marek, lança Lazuli en pointant son frère du doigt.

– Ce n'est pas vrai ! se défendit le plus jeune.

Kira consulta son mari du regard et il lui fit signe que ce n'était rien de grave.

– Vous avez obéi à papa ?

– Ils se sont très bien comportés, affirma Lassa. Je suis content que vous soyez de retour sains et saufs.

– Moi aussi. Vous m'avez tous manqué.

– Surtout moi, hein, maman ? voulut s'assurer Marek.

– Nous allions justement manger, annonça le père. Avez-vous faim ?

– Je rêve de ma nourriture habituelle depuis plusieurs jours, avoua Kira.

Elle poussa ses enfants à table et en profita pour leur raconter leur long voyage en bateau, leur rencontre avec les sirènes et leurs négociations avec les Itzamans, en omettant leurs menaces de mort et de sacrifices sur l'autel. Les petits l'écoutaient en mâchant leurs aliments mécaniquement, surpris d'apprendre l'existence de créatures qui respiraient sous l'eau et d'hommes qui ne connaissaient pas les chevaux. Le repas s'éternisa toute la soirée. Lassa alluma les bougies et les lampes et écouta lui aussi toutes les questions de leur couvée. Patiemment, Kira répondit à chacune d'elles à la satisfaction de celui qui la posait.

Lorsqu'elle mit finalement au lit les deux plus jeunes, la Sholienne était épuisée. Elle entendit bavarder Lazuli et Wellan dans la chambre de ce dernier, mais ne les importuna pas. Elle alla plutôt rejoindre Lassa dans le salon, qui l'attendait avec une coupe de vin. Elle commença par se blottir dans ses bras.

— Ton odeur m'a beaucoup manqué, chuchota-t-elle.

— Moi, c'est ton sourire.

Ils s'embrassèrent pendant un long moment, puis sirotèrent leur vin sans se presser.

— Maintenant dis-moi ce que tu ne leur as pas révélé, réclama Lassa.

— Les Itzamans ont gardé Atlance en otage.

— Les Chevaliers d'Émeraude devront-ils aller le chercher ?

— Je n'en sais rien encore. Pour une raison qui nous échappe, le prince veut rencontrer Onyx. Nous verrons bien ce qu'en pensera Hadrian.

— Il me semblait qu'il ne voulait plus être commandant.

— Il a ça dans le sang.

Lassa but tout le contenu de sa coupe en regardant Kira dans les yeux. « Il hésite à me dire quelque chose », comprit celle-ci.

— Comment s'est comporté Wellan ? demanda-t-il finalement.

— Comme un vétéran. Pourquoi me poses-tu cette question ?

— Parce que plus il grandit, plus il se comporte comme mon défunt maître. Il utilise les mêmes expressions. Il passe des heures à la bibliothèque. Il manie déjà l'épée comme un homme, alors qu'il n'a que quinze ans.

Kira baissa la tête, hésitant à trahir la promesse qu'elle avait faite à son aîné.

— Il te l'a avoué, n'est-ce pas ? continua Lassa.

— Oui et il ne veut pas rendre la nouvelle publique afin de ne pas troubler Bridgess et Jenifael. Il est heureux d'être revenu parmi nous en temps de paix et il ne désire pas raviver de vieilles blessures.

— Dans ce cas, nous respecterons sa volonté.

— Moi, c'est de Lazuli que j'aimerais te parler.

— De son homme-oiseau ?

— Existe-t-il réellement ? s'inquiéta Kira.

— Je n'en sais rien. Il dit que cette créature lui rend visite durant la nuit. J'ai fait installer des volets à la fenêtre de sa chambre, que je verrouille moi-même lorsqu'il va se coucher. Apparemment, cela n'empêche pas l'homme-oiseau de se rendre jusqu'à son lit. J'ai saupoudré de la farine sur le sol entre le lit de Lazuli et la fenêtre, mais il n'y a jamais de traces le matin. J'en suis donc venu à la conclusion qu'il l'a créé dans ses rêves.

— Mais si tu te souviens bien, Wellan, Kirsan et lui m'en ont parlé à Zénor lorsque nous avons rendu visite à ton frère, il y a quelques années, et ils n'étaient pas en train de dormir.

— Ils l'ont peut-être inventé ensemble et puisque Lazuli est plus jeune et plus impressionnable, il a continué d'y croire.

— En d'autres mots, je n'ai aucune raison de m'inquiéter ?

— Aucune. Surtout qu'il me dit que cet homme est gentil avec lui. Il lui raconte des histoires, lui donne des conseils et lui recommande d'obéir à ses parents.

— C'est trop beau pour être vrai.

— Sois compréhensive avec lui. Il est à un âge difficile, entre l'enfance et l'adolescence. Il y a des jours où il veut être un petit garçon et d'autres où il veut être un adulte.

— Je tenterai de ne pas m'énerver avec ça.

Elle termina son vin et tira son mari sur ses pieds.

— Viens. Je rêve d'un vrai lit depuis des semaines !

Kira dormit comme un bébé dans les bras de Lassa et ne se réveilla que lorsque les petits pieds froids de Marek se posèrent dans son dos.

— Debout ! s'écria le bambin. Il ne fait plus noir !

— Couche-toi un peu avec nous, Marek, bâilla la mère.

— J'ai faim.

— Je m'occupe de lui, décida Lassa.

Il embrassa Kira sur le nez et se leva en attrapant son fils par la taille.

— Je veux que ce soit maman ! hurla le petit tandis que son père le transportait à l'extérieur de la chambre.

Marek était le plus têtu de leurs quatre enfants. Lorsqu'il voulait quelque chose, il n'en démordait pas. Il se mit à tempêter dans la cuisine, si bien qu'il réveilla tous les membres de la famille au bout de quelques minutes. Kira s'étira en se promettant de faire une sieste plus tard et alla prêter main-forte à son mari.

— Un seul mot de plus, jeune homme, et tu vas passer le reste de la journée dans ta chambre, l'avertit-elle.

— Je t'aime, maman...

— Moi aussi, quand tu te conduis comme un grand garçon.

Kaliska entra dans la pièce, les yeux fermés, et grimpa sur sa chaise.

— Comment vas-tu, ma petite chérie ?

— J'ai fait un drôle de rêve.

— Tu veux nous le raconter ? se risqua Kira en déposant de la nourriture sur la table.

— Je ne m'en souviens plus...

« C'est beaucoup mieux ainsi », songea la mère.

Les aînés se joignirent à eux quelques minutes plus tard. Dès que tout le monde eut mangé, Kira prit un bain chaud avec Kaliska et lui brossa les cheveux avec beaucoup de plaisir. « Ma vie de famille m'a vraiment manqué », constata la Sholienne. « Je ne suis plus une vraie guerrière, comme avant. » Lassa leur proposa alors d'aller faire un pique-nique à la campagne. Depuis que la guerre était terminée, ils pouvaient quitter la forteresse sans la moindre inquiétude. Ils allèrent donc chercher de la nourriture aux cuisines du château, placèrent le tout dans un grand panier et sellèrent les chevaux. Les trois plus vieux grimpèrent sur leur propre bête et Kira plaça son petit Marek devant elle sur le dos du cheval que lui avait acheté son mari, puisque Hathir passait désormais tout son temps au nord de la Montagne de Cristal à faire des petits poulains.

Ils s'installèrent sur la colline où Bridgess avait emmené Kira lorsqu'elle était adolescente et qu'elle sortit pour la première fois de l'enceinte du palais. On pouvait y voir tout le château. Les garçons se chamaillèrent avec leur père, tandis que Kaliska tentait de les séparer en disant qu'il ne devait y avoir aucune violence dans leur famille. Kira resta assise sur sa couverture à les observer. Elle était vraiment heureuse. Puis elle se mit à penser à Onyx et à Swan. Comment avaient-ils réagi en apprenant que leur aîné était retenu à l'autre bout du monde ?

Exténués, les hommes de sa vie vinrent s'allonger sur la couverture. Kaliska aida sa mère à préparer le goûter, puis tenta de montrer les bonnes manières à son petit frère qui se salissait tout le temps en mangeant. Lorsqu'ils reprirent le chemin de la maison, Kira se retrouva derrière avec Lazuli, tandis que Wellan avait pris la tête de la file pour ralentir le cheval de Kaliska. Le petit Marek dormait contre la poitrine de Lassa qui lui chantait une chanson en gardant sa monture au pas.

— Lazuli, veux-tu me parler de cet homme-oiseau qui te rend visite la nuit ? demanda la mère en faisant bien attention de ne pas adopter un ton angoissé. Que te dit-il ? T'a-t-il donné quelque chose ?

— Il me décrit son pays où tout le monde a des ailes. Quand j'étais petit, il nous avait donné un œuf qui exauçait les vœux, mais tu l'as confisqué. Avant-hier, il m'a remis un bijou.

— Est-ce que tu le portes sur toi ?

— Non. Je l'ai caché pour que Marek ne le prenne pas. Je te le montrerai ce soir.

Lazuli tint sa promesse et, lorsque les plus jeunes furent au lit et endormis, il rejoignit sa mère au salon.

— Où est papa ? s'étonna-t-il.

— Il est à la bibliothèque avec Wellan. Ils veulent essayer de trouver des livres ou des documents sur les Territoires inconnus.

L'enfant aux cheveux noirs parsemés de mèches mauves tendit la main à sa mère et écarta les doigts. Kira arrêta de respirer lorsqu'elle reconnut la pierre de Jahonne que Sage, son premier mari, avait jadis retrouvée sur un étal lors des fêtes de Parandar.

— C'est lui qui te l'a donnée ? parvint-elle à articuler, au bout d'un moment.

— Oui. Il a dit qu'elle renferme beaucoup de souvenirs.

La dernière fois que la Sholienne avait vu ce pendentif, c'était Asbeth qui le faisait balancer devant ses yeux en lui répétant que Sage n'était pas mort.

— Sais-tu pourquoi il tenait à te l'offrir ?

— Il a dit qu'il m'aimait beaucoup.

— Est-ce qu'il t'a révélé son nom ?

— Il me l'a dit une fois, mais c'était trop compliqué pour que je m'en souvienne. Pourquoi es-tu si triste, maman ? Tu aurais voulu qu'il te le donne à toi ?

— Je suis surtout inquiète pour toi, mon chéri. Je n'aime pas que des étrangers entretiennent des contacts avec mes enfants à mon insu.

— Mais il est vraiment gentil, je t'assure.

— Les prédateurs le sont parfois lorsqu'ils veulent attirer leur proie. La prochaine fois qu'il te rendra visite, fais-lui savoir que s'il ne se fait pas connaître de tes parents, il ne pourra plus revenir.

— D'accord.

— Tu es un bon petit garçon, Lazuli d'Émeraude.

— Je ne suis plus petit, voyons.

— C'est vrai que tu grandis pas mal vite.

— Je vais bientôt être plus grand que toi.

— Je l'espère bien.

— Me montreras-tu bientôt à me servir d'une épée double ?

— Je t'en fais la promesse.

Lazuli étreignit sa mère, l'embrassa sur la joue et annonça qu'il avait sommeil. Kira le regarda disparaître dans le couloir qui menait aux chambres en rêvant du jour où ses deux plus jeunes deviendraient aussi raisonnables. Dès qu'elle fut seule, ses pensées se tournèrent vers son premier mari. Sage avait trouvé la mort à Irianeth et, à part Wellan, le Roi Shill et Hadrian, personne n'était jamais revenu des grandes plaines de lumière, à moins d'être né maître magicien. Sage l'avait-il été ? Pourtant, ils n'avaient jamais eu de secrets l'un pour l'autre... Si c'était vraiment lui, pourquoi entretenait-il une relation avec son cadet et non avec elle ? Elle se rappela du rêve qu'elle avait fait avant la naissance de Lazuli, pendant lequel le défunt avait partagé son lit. Avait-elle vraiment rêvé ?

Une heure plus tard, Lassa et Wellan revinrent de leur quête les mains vides. Kira en profita pour s'esquiver et aller voir si la potion de l'enchanteresse produisait l'effet escompté. Elle frappa à la porte des appartements royaux, malgré l'heure tardive. Swan vint lui ouvrir.

– Étais-tu couchée ?

– Non.

Swan la fit entrer dans le salon privé du roi et lui offrit du vin.

– Je voulais savoir si tous nos efforts avaient porté des fruits.

Un large sourire se dessina sur les lèvres de la reine.

– Oui, mais avec une variante, répondit-elle. L'antidote a eu un effet secondaire indésirable. Il a changé la couleur de la peau d'Onyx.

– De façon permanente ?

– J'espère que non. Il est déjà insupportable et, en ce moment, il tourne en rond dans notre chambre, car il veut s'assurer que personne ne le voit ainsi.

– Fais-lui savoir de ma part qu'on se débrouille très bien dans la vie, même quand on est mauve. Est-il trop indiscret de te demander de quelle couleur il est ?

– Pas du tout, même s'il risque de m'étrangler quand il saura que j'en parle. Il est du même azur que ses yeux. J'ai essayé de lui faire comprendre que ça aurait pu être pire. Il aurait pu être vert pomme, rouge cerise ou rose tendre.

Les deux femmes éclatèrent de rire, puis le visage de Swan redevint sérieux.

— Crois-tu que mon fils soit en danger? demanda-t-elle, inquiète.

— Atlance est assez diplomate pour ne pas mettre les pieds dans le plat. Et puis, même si nous n'aimons pas voir les enfants quitter le nid, il est important qu'ils le fassent pour devenir des adultes. Cette expérience ne peut que lui être bénéfique.

— Il est vrai que je l'ai beaucoup trop couvé après son enlèvement. Le pauvre amour avait peur de tout.

— Tu as appris, tout comme moi, que la peur est le pire ennemi d'un Chevalier. Espérons que son séjour chez les Itzamans lui donnera l'occasion de prendre confiance en lui.

Elles bavardèrent encore un peu, puis Kira rentra chez elle. Même si Swan était une bonne amie, elle n'avait pu se résoudre à lui révéler ses angoisses. La Sholienne n'avait personne à qui se confier...

8

L'HOMME-OISEAU

Avant de se mettre au lit, Lazuli attacha le pendentif autour de son cou. Il aimait bien cette pierre transparente qu'il imaginait avoir autant de valeur que les diamants qu'il avait vus parmi les trésors d'Émeraude. Contrairement à son grand frère Wellan, qui se posait constamment des questions existentielles et qui préférait la lecture à l'équitation, Lazuli était simple et il aimait les choses simples. Jamais il n'avait pensé à interroger l'homme-oiseau sur ses origines ou sur la raison de son intérêt pour lui, mais sa mère venait de semer un doute dans son esprit. Cette créature était-elle un prédateur qui raffolait des garçons de douze ans ?

Il se coucha en se rappelant ce que son père lui avait expliqué au sujet de la mort. Même si elle frappait surtout les gens âgés, personne ne pouvait y échapper, même en bas âge. Pour cette raison, les enfants devaient faire preuve de prudence et ne pas se mettre dans une position qui les ferait quitter prématurément cette vie. Lassa avait été obligé d'enseigner cette leçon à son cadet qui était d'une imprudence légendaire. Heureusement, plus il grandissait, plus Lazuli s'assagissait.

L'enfant s'endormit en songeant à l'homme-oiseau et, comme s'il l'avait entendu, au milieu de la nuit, l'intriguant personnage apparut au pied de son lit. Peu d'humains avaient bénéficié du même privilège que lui. Au lieu de se diriger vers les grandes plaines de lumière, au moment de sa mort, le corps et l'âme de Sage d'Espérita avaient été recueillis par Métarassou, du panthéon des dieux ailés. Contrairement aux ghariyals et aux félidés, ces divinités s'intéressaient de près à la vie de leurs sujets.

Même si Sage n'avait jamais vénéré les falconiformes, car il ignorait leur existence, à son arrivée à Émeraude, il avait soigné un faucon blessé sans savoir qu'il s'agissait d'une déesse. Métarassou n'avait jamais oublié sa bonté et, lorsqu'il avait été tué à Irianeth, elle était revenue vers lui pour le sauver à son tour.

Sage s'était réveillé dans un autre monde. Il était couché dans un grand nid, comme ceux des aigles, et il ne voyait que le ciel bleu au-dessus de sa tête. Intrigué, il s'était redressé. Un mouvement derrière lui l'avait aussitôt fait sursauter. Il avait fait volte-face, mais l'étrange présence s'était déplacée en même temps que lui. Un magnifique faucon s'était alors posé sur le bord du nid, puis s'était transformée en une jolie jeune femme aux longs cheveux bruns. Elle portait une courte tunique de cuir marron et dans son dos venaient de se refermer de belles ailes. Pour sauver l'Espéritien de la mort, elle l'avait transformé en demi-dieu. Ce qu'il captait furtivement derrière lui, c'étaient ses propres ailes ! Métarassou lui avait alors donné un nouveau nom : Sparwari.

Avec le temps, il avait appris à voler et à apprécier la nourriture des falconiformes, soit du pain très léger qui poussait partout dans des arbres de petite dimension. Ces divinités n'étaient carnivores que lorsqu'elles quittaient leur univers. Sage avait aussi développé de nouveaux pouvoirs magiques, dont celui de se matérialiser dans le monde des humains et de passer à travers portes et murailles. La mémoire de sa première vie lui était également revenue, et il était retourné auprès de son premier amour. Puisque c'était au milieu de la nuit, Kira avait cru qu'elle rêvait, alors elle n'avait même pas résisté à ses étreintes. Lorsqu'il découvrit, plusieurs mois plus tard, qu'elle lui avait donné un fils, Sage avait régulièrement rendu visite à l'enfant qui lui ressemblait beaucoup. Il s'était même fait un devoir de devenir son principal protecteur.

Debout à quelques pas de Lazuli, Sage admirait son visage endormi. Il grandissait si vite. Bientôt, il serait un homme et il pourrait lui révéler qu'il était son père, mais pas maintenant. Il ne voulait pour rien au monde le priver de l'innocence de l'enfance. L'homme-oiseau était si absorbé dans ses pensées qu'il ne sentit pas la présence d'une autre personne dans la pièce.

En reconnaissant son visage, Kira s'était immobilisée à l'entrée de la chambre de son fils. Elle voulait seulement s'assurer que Lazuli dormait paisiblement et voilà qu'elle se retrouvait devant le premier homme qu'elle avait aimé de tout son cœur.

– Je ne voulais pas que tu me voies, murmura Sage en tournant doucement la tête vers elle.

– Tu es mort… balbutia Kira.

– Il est vrai que je n'appartiens plus à ton monde.

Elle s'approcha à pas hésitants, tendit une main tremblante devant elle et étouffa un cri de surprise lorsqu'elle s'aperçut qu'il était vraiment là.

– Pourquoi n'es-tu pas revenu vers moi ? demanda-t-elle, la gorge serrée.

– Je l'ai fait, une fois.

Lazuli se retourna dans son lit. Il risquait de se réveiller d'une seconde à l'autre. Kira prit la main de son ancien mari et l'entraîna au salon, loin des chambres.

– C'était un rêve, se rappela la Sholienne.

– En es-tu bien certaine ?

– Si cette nuit-là était bien réelle, alors pourquoi ne m'as-tu pas emmenée avec toi ?

– Je ne suis plus seul, maintenant. Tout comme toi, j'ai refait ma vie.

– Je ne me serais jamais mariée si j'avais su que tu avais transcendé la mort…

– Justement, c'est grâce à ma nouvelle compagne que je ne suis pas entré dans les grandes plaines de lumière. Elle m'a soigné et elle m'a redonné le goût de vivre. Je lui dois tout.

– Sait-elle que tu as partagé mon lit il y a treize ans ?

Il secoua négativement la tête.

— Alors, pourquoi l'as-tu fait ?

— J'avais envie de sentir le parfum de tes cheveux et de caresser ta peau une dernière fois.

Des larmes montèrent aux yeux de la femme mauve.

— Puisque tu me connais mieux que moi-même, tu savais que tu me briserais le cœur.

— Oui, et je m'étais juré de ne plus jamais revenir, mais...

— Nous avons conçu un enfant. Lazuli est ton fils, n'est-ce pas ?

— J'ignore comment cela a pu se produire, puisque je suis né infertile.

— Tu étais hybride, jadis. Celle qui t'a sauvé t'a sans doute transformé plus profondément que tu le crois.

Sage n'avait pas songé à cette éventualité. De retour dans son univers aviaire, il avait volontairement effacé ses souvenirs pour se consacrer à sa nouvelle patrie. Toutefois, au bout de quelques mois, il avait commencé à entendre les pleurs d'un bébé. Il l'avait cherché dans tous les nids, sur toutes les branches, pour finalement comprendre que l'énergie du petit provenait d'ailleurs. Une nuit, pendant que Métarassou chassait, il avait suivi les cris jusqu'au palais d'Émeraude et s'était introduit par la fenêtre. Il avait aussitôt reconnu l'essence de l'enfant, car c'était la sienne.

– Deviendra-t-il un oiseau, lui aussi ? demanda Kira en le tirant de sa rêverie.

– Je n'en sais rien.

– Tu ne serais pas revenu pendant toutes ces années s'il en était autrement. Dis-moi à quoi je dois m'attendre.

– Je l'ignore.

– Je ne supporterais pas d'entrer un matin dans la chambre de mon fils et de ne pas l'y trouver.

– S'il me suit un jour là où je vis, ce sera de son propre gré.

– Ça n'arrivera jamais, Sage. Je veux qu'il mène une vie normale, qu'il choisisse un métier et qu'il ait à son tour des enfants. Les dieux n'ont jamais rien apporté de bon à cette famille.

– Les tiens, peut-être, mais pas les miens. Les ghariyals ne se préoccupent pas des rejetons qu'ils conçoivent dans ton monde et dans bien d'autres. Les falconiformes sont différents. Lorsqu'ils tombent amoureux d'un mortel et que de cette union naît un enfant, ils reviennent vers lui pour en prendre soin jusqu'à ce qu'il puisse voler de ses propres ailes. Ouvre les yeux, Kira. Ce qu'on vous a enseigné n'est qu'une partie de la vérité.

– Kira ? appela alors la voix de Lassa. Que se passe-t-il ?

– Rien du tout, répondit-elle en regardant en direction du couloir.

Elle se tourna vers Sage et constata qu'il n'était plus là.

– Non… geignit-elle.

Lassa arriva dans le salon, les yeux à moitié fermés.

– Mais qu'est-ce que tu fais toute seule dans le noir ? s'étonna-t-il.

D'un geste de la main, il alluma magiquement toutes les bougies. Les larmes, qui coulaient maintenant à grands flots sur le visage de Kira, achevèrent de le réveiller.

– Es-tu blessée ? s'alarma-t-il en prenant son visage dans ses mains.

– Pas dans mon corps… sanglota-t-elle.

Il la serra contre lui en l'examinant avec ses sens magiques, pour être bien sûr que ce n'était pas le cas.

– Dis-moi ce qui te cause tant de détresse ?

– Je ne saurais pas par où commencer…

Il l'emmena s'asseoir sur le grand divan et l'étreignit jusqu'à ce qu'elle se calme.

– Je suis si confuse, murmura-t-elle.

– Quel événement a déclenché ce désarroi ? Est-ce moi ?

– Non, Lassa. Tu n'as apporté que du bonheur et de l'équilibre dans ma vie. C'est tout le reste qui va de travers.

– Tout le reste ? Ce n'est pas très rassurant.

Kira essuya ses yeux et décida de lui révéler toute la vérité, même si cela devait dissoudre leur union pour de bon. Lassa savait déjà que Wellan n'était pas son fils et il avait encore des incertitudes quant à Marek, même s'il était celui qui lui ressemblait le plus.

– Lazuli est le fils de Sage, laissa-t-elle tomber.

– Je me suis toujours douté qu'il n'était pas de moi, mais Sage est mort bien avant la naissance de Wellan.

Elle lui répéta tout ce que l'homme-oiseau venait de lui apprendre. Lassa écarquilla les yeux, mais demeura muet jusqu'à ce qu'elle termine son récit.

– Je me moque qu'il soit son véritable père, c'est moi qui l'ai élevé ! se fâcha-t-il. S'il veut le reprendre, il devra d'abord me passer sur le corps !

– Que ferons-nous s'il lui pousse des ailes ?

– Nous les lui arracherons !

Kira n'avait jamais vu son mari dans un tel état. Depuis qu'ils avaient uni leur vie, il n'avait jamais élevé la voix, préférant se taire lorsqu'il était malheureux. Lassa lui fit promettre de le réveiller si Sage osait remettre les pieds dans leurs appartements et jura de protéger Lazuli jusqu'à son dernier souffle.

— Je t'aime, murmura Kira lorsque le visage de son mari reprit ses couleurs.

— Pas autant que moi. Je ne suis pas démonstratif, mais ça ne veut pas dire que je suis indifférent à tout.

— Je le sais.

Elle l'embrassa et se blottit dans ses bras en analysant ses émotions. Si Sage lui avait proposé de le suivre, elle lui aurait probablement demandé de revenir après la mort de son mari, car en tant qu'hybride, elle était certaine de lui survivre. Pour l'instant, elle était parfaitement heureuse avec Lassa et elle tenait à son bonheur.

9

UNE DURE LEÇON

Portant l'insulte à son comble, la peau d'Onyx continua de bleuir de plus en plus au lieu de reprendre sa couleur normale. Même s'il recouvrait ses forces, il refusait de quitter ses appartements et devint tout à fait insupportable. Sa fille, qui pourtant l'adorait, se mit à l'éviter, tout comme la plupart des serviteurs d'ailleurs. Swan se porta donc volontaire pour lui procurer ses repas et écouter ses doléances. De son côté, Hadrian essayait de comprendre le curieux phénomène. Comment une aussi petite quantité de liquide avait-elle réussi à affecter toute la surface du corps de son ami ? Un envoûtement était-il à l'œuvre ?

Pour en avoir le cœur net, Hadrian se rendit à la bibliothèque afin de consulter les livres de sortilèges. Il y trouva la jeune Katil, plongée dans la lecture d'un vieux traité de magie. Puisqu'elle étudiait cette matière depuis un moment, sans doute pourrait-elle lui épargner une perte de temps. L'ancien roi se tira une chaise devant sa table et attendit qu'elle lève les yeux du texte.

– Êtes-vous prêts à repartir ? s'informa-t-elle.

– Pas tout à fait. Le Prince Juguarete veut rencontrer Onyx, mais il n'est pas vraiment en état de quitter Émeraude.

— Parce qu'il a la peau bleue ?

— La potion préparée par les Elfes l'a libéré du poison, mais elle a hélas des effets secondaires dont nous devons le débarrasser. J'ai besoin de ton aide.

— Moi ? Mais je ne connais presque rien aux potions.

— Et aux enchantements ?

— Je me débrouille plutôt bien.

— Y en a-t-il qui modifient la pigmentation de la peau ?

— Pas à ma connaissance, mais il existe quelques ouvrages que je n'ai pas encore consultés.

Elle se rendit à la section où les livres de magie étaient classés par ordre alphabétique et promena le bout de son index sur leur dos. Elle en retira quelques-uns qu'elle tendit à Hadrian, puis d'autres qu'elle transporta elle-même jusqu'à sa table.

— Il y a certains sorts qui altèrent le corps humain, expliqua la jeune femme. Ils font pousser les cheveux ou les ongles plus rapidement. Ils peuvent aussi rajeunir ou faire vieillir quelqu'un en une seule nuit. J'en ai également vu qui peuvent momentanément modifier la structure du visage.

— Mais rien sur la couleur ?

Katil secoua la tête négativement. Elle ouvrit le premier volume devant elle et le parcourut rapidement, à la recherche de mots clés représentant une transformation du teint. Hadrian en fit autant. Au bout de quelques heures, tous les deux durent s'avouer vaincus.

– J'imagine que les Elfes gardent jalousement leurs recettes pour eux, conclut-elle.

Hadrian la remercia et se rendit au hall afin de manger avec les occupants du château. Jenifael l'attendait, perdue dans ses pensées. Il s'installa auprès d'elle sur le long banc de bois et se servit parmi les nombreux plats étalés sur la table.

– Qu'as-tu fait de ta journée ? voulut-il savoir.

– J'ai réfléchi.

– Cette réflexion a-t-elle abouti à quelque chose ?

– Nous sommes des êtres diamétralement opposés.

– Tu ne t'en étais pas aperçue avant ? s'étonna-t-il.

– Quand on est amoureux de quelqu'un, au début on ne voit que ses yeux. On regarde ses lèvres, mais on ne comprend pas le sens des mots qu'elles forment.

Hadrian n'avait jamais fait l'expérience de ce phénomène avec sa femme, mais en se rappelant le jour où il avait vu le visage de Médina, il avait vécu quelque chose de semblable.

– Le premier contact est purement physiologique. Puis, lorsque la fascination s'amenuise, on cherche à en apprendre davantage sur la personne qui fait battre notre cœur. On note les similitudes et les différences et ensuite on se demande si elle veut les mêmes choses que nous dans la vie.

– Et c'est en examinant notre couple de la sorte que tu en es venue à cette conclusion ?

– Tu veux vivre dans une tour loin de tout, tandis que j'aime la vie de château. Tu préférerais ne plus avoir d'enfants, alors que j'aimerais en avoir plusieurs.

– Plusieurs, c'est combien ?

– Cinq ou six.

– Par expérience, je peux te dire qu'avec deux, on est déjà bien occupés.

– Le nombre est-il vraiment important, puisque tu ne désires plus être père ?

– Je ne suis pas complètement fermé à cette idée, mais je ne suis apparemment pas aussi pressé que toi de fonder une famille.

– Tu aimes la solitude alors que j'aime l'énergie de la vie communautaire.

– Avant d'aller plus loin, écoute-moi, je t'en prie. La meilleure façon de séparer un couple, c'est de procéder à ce genre d'analyse dès le début. La vie à deux, c'est une exploration constante et mutuelle l'un de l'autre. En vieillissant, nos goûts et nos aspirations changent. En les cataloguant dès les premiers temps, tu t'empêches de faire de belles découvertes. Je suis certain qu'il y a un million de choses que tu ne sais pas à mon sujet.

– C'est bien possible, compte tenu de ton âge, le taquina-t-elle.

– Je n'ai pas l'intention de me dévoiler d'un seul coup.

– Ça commence à devenir intéressant. Continue.

– Un couple ne doit pas laisser l'habitude tuer l'amour qu'il partage. Il doit constamment se renouveler.

– Je préfère ton approche à la mienne. Quand commence-t-on à faire des bébés ?

Hadrian éclata de rire.

– Quand mon vieil ami sera redevenu lui-même.

– Si je me construisais un palais quelque part, pourrait-on vivre en alternance chez toi et chez moi ?

– Ce pourrait être stimulant.

Jenifael mangea en silence, les sourcils froncés. « Qu'est-elle encore en train de mijoter ? » se demanda l'ancien roi en l'observant de côté. Par respect, il ne voulait pas écouter ses pensées. La déesse se tourna brusquement vers lui.

– Est-ce que nous ne devrions pas commencer par nous marier ? lança-t-elle.

– Je suggère plutôt que nous prenions le temps d'y penser pour que ce mariage dure toute notre vie.

– Je suis immortelle…

– Alors, il faut doublement y réfléchir, puisque j'aspire à vivre encore deux cents ans.

– Dans ce cas, je vais te suivre absolument partout pour t'étudier.

– Comme mon ombre ?

– Si on veut. Je compte observer comment tu réagis en toute circonstance et suivre le cheminement de tes pensées afin de m'assurer que nous sommes compatibles.

– Je participerai à ton expérience à une seule condition.

– Nomme-la.

– Que tu ne mettes pas le feu à ma tour, même si tu es très fâchée.

– Ça me semble raisonnable.

Il lui parla ensuite de son intention de retourner chez les Elfes afin d'en apprendre davantage sur la composition de la potion que lui avait préparée l'enchanteresse.

– Quand veux-tu partir ? s'enquit-elle.

– Ce soir. C'est le meilleur moment pour trouver ces insaisissables magiciennes.

Dès qu'ils eurent terminé leur repas, ils allèrent enfiler des vêtements plus chauds et chaussèrent de solides bottes. Étant donné qu'ils étaient tous deux magiciens, ils ne prirent pas d'armes. De toute façon, aucun danger ne les guettait à Enkidiev depuis qu'ils s'étaient débarrassés des hommes-insectes. Hadrian offrit son bras à la jeune déesse et ils voyagèrent instantanément jusqu'au Royaume des Elfes. Des feux magiques brillaient dans le village. Les Elfes s'étaient rassemblés devant la hutte de Tehehi et écoutaient les récits des conteurs. C'était ainsi que ces êtres sylvestres transmettaient les connaissances de leur clan, car ils ne consignaient rien.

Les Chevaliers s'installèrent au pied d'un grand arbre, ne désirant pour rien au monde interrompre cette importante soirée. Jenifael portait le nom elfique que sa mère avait choisi pour elle lorsqu'elle l'avait trouvée dans ce royaume. Toutefois, la jeune déesse n'avait jamais entretenu de liens avec ce peuple. Elle ne comprenait donc pas un mot de l'histoire qu'ils relataient. Voyant son désarroi, l'ancien roi lui en chuchota une traduction sommaire à l'oreille. Lorsque les sveltes créatures se dispersèrent pour aller dormir, Hadrian s'empressa de s'adresser à Tehehi afin de retrouver sa petite-fille.

– Je l'ai vue se diriger vers le plus grand des étangs magiques, l'informa le vieil homme, mais elle pourrait être n'importe où dans la forêt. Les enchanteresses n'obéissent à personne. Elles ne font que ce qu'elles veulent.

— C'est ce que j'ai constaté, en effet.

— Es-tu en train de me dire que sa potion n'a pas fonctionné ?

— Je crains que Moérie n'ait pas tout à fait compris ce que nous attendions d'elle.

— Je suis vraiment navré, mon ami.

— Ce n'est pas ta faute, Tehehi, et je suis certain que ta petite-fille acceptera de corriger la situation.

Hadrian se courba devant lui avec respect et se risqua dans la sombre forêt avec sa compagne. Il prit la direction du bassin enchanté, mais, au bout de quelques minutes, il ne sut plus où il était rendu. Ressentant sa confusion, Jenifael décida de lui venir en aide. Elle avait été formée comme tous les Chevaliers d'Émeraude avant elle, mais ses facultés étaient plus considérables. Tout en marchant derrière Hadrian, elle scruta attentivement les bois, jusqu'à ce qu'elle capte une étrange magie.

— Par là, fit-elle en orientant son ami vers la droite.

Hadrian lui fit confiance et, quelques minutes plus tard, ils découvrirent un cromlech dans une clairière. Il n'y avait personne, mais la faible lueur qui enveloppait encore les menhirs démontrait que les magiciennes venaient de terminer leur obscur rituel.

— Vous désirez le changer de couleur ? fit une voix moqueuse que les Chevaliers reconnurent aussitôt.

– Pourquoi nous as-tu trompés, Moérie ? s'indigna Hadrian.

– Le roi tueur de dragons avait besoin d'une leçon.

L'enchanteresse émergea de la forêt. Elle portait une longue tunique noire à capuchon, qui lui permettait de se tenir dans l'ombre sans qu'on puisse la voir.

– Depuis quand les Elfes jugent-ils les dirigeants de ce monde ?

– Il fallait que quelqu'un le fasse, car le visage du renégat revient toujours dans nos plus inquiétants oracles. Vous savez pourtant que nous échappons à l'autorité du Roi Hamil et de tous les chefs de clan.

-Mais pas à celle des dieux, lui rappela une voix puissante.

Au même moment, Danalieth se matérialisa devant le trio. Il commença par s'incliner devant les Chevaliers, puis se tourna vers la magicienne.

– N'allez surtout pas croire que vos petits écarts de conduite passent inaperçus dans le monde céleste, indiqua-t-il sur un ton cassant. Nos lois s'appliquent à toutes les créatures d'Enkidiev, y compris les enchanteresses.

– Lorsque nous nous apercevons que les dieux omettent de réformer le cœur d'un roi qui ne désire que s'emparer des couronnes de ses pairs, nous sommes forcées de le faire à leur place, répliqua Moérie.

– Ils ont déjà choisi quelqu'un pour tenir ce rôle.

– Et lorsqu'il sera trop tard ?

– Ne me forcez pas à sévir, Moérie.

Elle ne cacha pas son déplaisir. Hadrian ne put s'empêcher de constater que, dans son temps, les enchanteresses étaient beaucoup moins arrogantes.

– Donnez au Roi d'Argent ce qu'il est venu chercher, exigea Danalieth.

À contrecœur, l'Elfe tendit une petite fiole à Hadrian.

– Je vous en remercie, dit ce dernier avec soulagement.

Sans même le regarder, Moérie pivota sur ses talons et s'enfonça dans la forêt.

– Les temps ont bien changé, soupira Danalieth.

– Je pensais justement la même chose, avoua Hadrian. Je vous en prie, ne référez plus à moi comme étant le Roi d'Argent, puisque j'ai cédé ma place à ma descendance.

– Il en sera fait comme vous le voulez.

– Je suis heureux de vous revoir, Danalieth.

– Moi de même, Hadrian d'Enkidiev.

Ce nouveau nom fit sourire l'ancien roi.

– Déesse, votre mère est très fière de vous.

À la grande surprise de son amoureux, Jenifael n'eut pour toute réponse qu'un haussement d'épaules.

– Ce nouvel élixir rendra-t-il à Onyx son teint original ? voulut savoir Hadrian.

– Sans l'ombre d'un doute. Vous avez fait un travail remarquable auprès de ce tyran en puissance, sire, mais la partie n'est pas gagnée.

– Je le tiendrai à l'œil.

– En tant qu'Immortel, pouvez-vous nous aider à reprendre son fils Atlance qui est entre les mains d'un autre peuple, de l'autre côté des volcans ? fit soudain Jenifael.

– Enlilkisar ne relève pas de ma juridiction. C'est un territoire régi par d'autres dieux.

– Nous irons donc le chercher nous-mêmes, conclut Hadrian. Mais dites-moi, Danalieth, comment Parandar a-t-il pris votre retour dans son royaume ?

– Il était et est toujours quelque peu contrarié, mais j'ai l'appui des déesses. N'hésitez pas à faire appel à moi si vous êtes en difficulté.

La feuille de chêne en cristal qui pendait à la chaînette qu'il portait autour du cou se mit à briller.

– Pour éviter que je m'évade une seconde fois, le panthéon a limité mes excursions hors de son monde, expliqua Danalieth avec un sourire amusé. À bientôt, Chevaliers.

Le demi-dieu disparut, car il était temps pour lui d'aller s'abreuver aux sources divines.

– Nous ne le reverrons pas souvent, puisque c'est à Enlilkisar que nous aurons désormais le plus de problèmes, laissa tomber Jenifael.

Hadrian prit sa main et les ramena tous les deux dans le vestibule du palais d'Émeraude.

– Pourquoi ce manque d'enthousiasme lorsque Danalieth t'a parlé de ta mère ? demanda Hadrian en l'entraînant dans le grand escalier.

– Theandras m'a enfantée, mais elle ne m'a pas élevée. Je ne veux pas qu'elle se mêle de ma vie maintenant.

Ils se présentèrent devant les serviteurs qui gardaient les portes des appartements royaux. La mine découragée, ils firent signe au couple d'entrer. Hadrian et Jenifael traversèrent le vestibule. Ils pouvaient déjà entendre Swan qui tentait de raisonner son mari.

– Si les choses ne s'améliorent pas bientôt, je m'emparerai d'un autre corps avant mon décès ! hurla Onyx.

– Mais en quoi est-ce si terrible d'avoir la peau d'une autre couleur ? riposta Swan.

– Personne ne me prendra au sérieux !

– Pourtant, à l'intérieur de cette enveloppe différente, se trouve l'âme du même homme. Onyx, n'as-tu pas pensé que cette épreuve t'a été envoyée pour que tu comprennes enfin ce que ressentent les créatures comme Kira, Jahonne, Cyndelle et Éliane ?

– Es-tu en train de dire que je manque d'empathie ?

– J'avais plutôt le mot raciste en tête.

– Moi ? hurla le Roi d'Émeraude.

Ayant traversé le vestibule, Jenifael et Hadrian se tenaient devant les portes de la chambre royale.

– Peut-être devrions-nous revenir plus tard, signala la jeune déesse.

– Je pense plutôt que le moment est parfaitement bien choisi de lui servir une leçon, répliqua Hadrian en mettant la main sur la poignée.

Ressentant leur présence, Onyx se tourna brusquement vers l'entrée. Ses deux visiteurs furent incapables de dissimuler leur étonnement en constatant que sa peau azurée était passée au bleu marine.

– Qu'est-ce que vous voulez ? tonna le souverain courroucé.

– Les dieux m'ont chargé d'une mission, annonça son ami.

Hadrian n'allait certainement pas lui révéler la véritable origine de la potion qu'il transportait sur lui, car il y avait fort à parier qu'Onyx n'accepterait rien qui provienne des enchanteresses.

— Ils veulent que je m'assure que tu adopteras désormais un comportement plus conciliant envers ceux qui ne te ressemblent pas.

— Tu sais pourtant ce que je pense de l'opinion des dieux, lui rappela Onyx, sur un ton sec.

— Je sais aussi que tu veux reprendre ton apparence habituelle.

Le Roi d'Émeraude foudroya son ami du regard, mais ce dernier savait pertinemment que sa colère n'était pas dirigée contre lui.

— Je ne te dirai pas quoi faire, Onyx, ajouta-t-il.

— Moi, si, intervint Swan. Fais ce qu'il te demande, mon chéri, sinon je retourne chez ma mère.

— Mais c'est n'importe quoi ! explosa son mari.

— Il est vrai que tu fais preuve d'intolérance envers certaines personnes. La seule façon de te le faire comprendre, c'était sans doute de faire en sorte que tu te mettes dans leur peau.

Onyx bouillait sur place, car il se savait acculé au pied du mur.

– La sagesse s'acquiert de diverses façons, lui rappela Hadrian. Tout ce que veulent les dieux, c'est que tu prennes conscience de ton comportement et que tu le modifies. L'Onyx que j'ai connu jadis avait une rare faculté d'adaptation.

– Bon, ça va, vous gagnez ! Que faut-il que je fasse pour redevenir moi-même ?

Hadrian ouvrit la main, révélant la petite bouteille remplie d'un liquide vert clair.

– Non, non, non, non… s'effraya Onyx en reculant.

Swan mit aussitôt ses mains sur sa bouche pour ne pas éclater de rire.

– Je te jure que ses effets sont différents, fit son vieil ami d'Argent en s'approchant de lui.

– Pas vert…

– Si tu ne bois pas cette potion, c'est un roi bleu qui fera la connaissance de celui qui détient ton fils.

– Es-tu certain que c'est la bonne, cette fois ?

– Oui.

Hadrian déposa la fiole dans la main d'Onyx et lui ordonna d'en avaler le contenu. Il l'examina pendant quelques secondes avant de se décider à en arracher le bouchon. Il prit une profonde inspiration et porta la bouteille à sa bouche. L'effet de la potion fut instantané. Sa peau bleu foncé se mit à s'éclaircir jusqu'à reprendre sa couleur d'origine.

— Maintenant, on peut partir, déclara Onyx, satisfait.

— Pas au milieu de la nuit, s'opposa Hadrian. Va dormir un peu. Nous partirons à l'aube.

Hadrian s'inclina devant lui avec respect, prit la main de Jenifael et l'entraîna hors de la chambre.

— Pourquoi lui as-tu menti ? lui reprocha-t-elle lorsqu'ils furent dans le corridor.

— Je voulais qu'il ingère l'élixir.

— Mais les Chevaliers sont censés dire la vérité.

— Je ne mens jamais, Jeni, mais avec Onyx, aucune règle habituelle ne s'applique. Allons dormir, au lieu de nous disputer. La journée sera longue, demain.

✳ ✳ ✳

Swan attendit que leurs visiteurs soient partis et que son mari se soit calmé pour s'approcher enfin de lui.

— Ça va mieux, maintenant ?

Onyx l'attira brusquement dans ses bras et l'embrassa avec passion.

– Il ne reste que quelques heures avant le lever du soleil, signala-t-elle entre deux baisers. Tu devrais te reposer.

Faisant la sourde oreille, il la fit reculer jusqu'à leur grand lit où il s'étendit avec elle.

10

DES DIEUX ET DES HOMMES

nyx se leva avant le soleil et ne réveilla pas Swan qui dormait près de lui. Avant de partir à l'autre bout du monde, il voulait s'assurer que ses enfants qui resteraient à Émeraude comprenaient bien la situation. Il se purifia dans ses bains privés, puis revêtit ses vêtements préférés : un pantalon de cuir noir, une chemise noire taillée dans la soie la plus douce de Jade et ses bottes. Il descendit les marches du grand escalier quatre à quatre, heureux de recommencer à circuler dans son palais, et s'arrêta d'abord aux cuisines. Lorsque les servantes le reconnurent, elles se prosternèrent sur le plancher.

— Je veux juste un peu de pain et de miel, leur dit le roi, étonné.

Elles coururent toutes en même temps vers les étagères.

— Juste un peu, répéta-t-il.

Il accepta finalement la baguette de pain tranchée en deux recouverte d'une épaisse couche de miel de la première qui la lui apporta et s'empressa de s'éclipser avant d'être obligé d'en avaler une douzaine d'autres. Tout en mangeant, Onyx descendit dans la cour où, même à cette heure matinale, il savait qu'il trouverait l'un de ses fils. Maximilien n'était pas de son sang, mais il l'avait élevé depuis le berceau. Il ignorait qui étaient ses véritables parents. On lui avait seulement dit qu'ils étaient des paysans pauvres. Le bébé n'avait manifesté aucune aptitude pour la magie, mais cela n'avait pas empêché Onyx de l'aimer tout autant que ses aînés.

Aucun des quatre enfants du couple royal ne se ressemblait. Atlance avait les cheveux sombres et soyeux de son père ainsi que ses yeux azurés. Fabian était blond cendré avec les yeux bleus plus foncés de Swan. Maximilien était un brun aux yeux noisette. Quant à Cornéliane, elle était blonde comme les blés, avec les yeux encore plus pâles que ceux de ses parents. Tout ce qu'Onyx voulait, c'est que sa progéniture soit heureuse, mais selon sa définition à lui du bonheur, ce qui l'avait rendu moins populaire vis-à-vis des plus vieux.

Le Roi d'Émeraude entra dans l'écurie et remonta l'allée centrale. Maximilien venait d'y attacher un cheval qu'il allait bouchonner. Il entendit des pas et tourna la tête en se demandant de qui il s'agissait. Lorsqu'il reconnut la silhouette de son père, il poursuivit son travail sans se préoccuper de lui.

— Est-ce qu'il t'arrive de dormir ? demanda Onyx en caressant le museau de l'animal.

— Tu n'as jamais remarqué que je me couche tôt ?

— Pas depuis que tu n'as plus besoin de tes parents pour te dire quoi faire, en tout cas.

Onyx percevait la colère qui montait en son fils.

– Pourquoi es-tu fâché contre moi ? Qu'est-ce que je t'ai fait, Maximilien ?

– Tu ne m'as pas dit la vérité à mon sujet.

– Tu étais trop jeune pour l'entendre.

– Je ne suis plus un enfant, et il a fallu que je l'apprenne de la bouche d'un augure.

– Ça faisait quinze ans que je dépérissais. La dernière chose que je voulais, c'était de t'annoncer que je t'avais adopté et de ne pas avoir la force de te rassurer.

– Pourquoi mes parents se sont-ils débarrassés de moi ?

– Ça ne s'est pas du tout passé ainsi, Max. Ton père est mort, tué par un cheval qui ruait, et ta mère a perdu la vie en te mettant au monde. C'est le Chevalier Santo qui t'a ramené à Émeraude et en te voyant pour la première fois, je n'ai plus voulu te laisser partir.

– Où suis-je né ?

– Dans une auberge, à quelques kilomètres au sud du château.

– Je n'ai donc pas une seule goutte de sang royal.

– Pas naturellement, mais de par la procédure d'adoption, tu es mon fils et le troisième dans l'ordre de succession au trône d'Émeraude.

— Mais je ne suis pas un vrai prince.

— Qu'est-ce qui te prend, ce matin ? Pourquoi n'essaies-tu pas de comprendre que ce qui compte, c'est le présent et non le passé ?

— Et l'avenir, lui ?

— Tu peux en faire ce que tu veux, évidemment, mais jamais tu ne seras chassé de ce palais. Tu es chez toi, ici.

— Est-ce que tu m'en voudrais si je partais à la recherche de frères ou de sœurs que je pourrais avoir quelque part ?

— Pas du tout. Je vous ai élevés en vous répétant que je voulais que mes enfants soient heureux dans la vie. As-tu oublié tout ce que je vous ai dit ?

— Non, je me souviens de tout, mais je n'ai jamais compris pourquoi j'étais si différent de vous tous, jusqu'à tout récemment. J'ai reçu une éducation royale, mais je ne me sens pas chez moi dans un palais avec des serviteurs. Je suis bien quand je suis dans cette écurie ou à la campagne avec les chevaux.

— Dans ce cas, je t'encourage à trouver ta propre voie, mais je veux que tu saches que même si tu n'as pas grandi dans le ventre de Swan, tu seras toujours mon fils.

Maximilien interrompit son travail et étreignit son père avec affection.

— Je suis content que tu sois enfin rétabli.

– C'est pourquoi je pars ce matin chercher Atlance dans le nouveau monde, lui annonça Onyx. En fait, ce que je suis venu te dire, c'est de t'occuper de ta sœur et de ta mère s'il devait m'arriver malheur.

– Qu'est-ce qui pourrait bien terrasser un grand sorcier comme toi ? fit le prince, surpris.

– Un mage plus puissant que moi. On ne sait rien de ces terres inconnues.

– Mais Fabian ?

– Je vais lui demander la même chose. J'ai fait beaucoup d'efforts pour me hisser là où je suis et je tiens à ce que mes fils conservent le trône d'Émeraude si je ne devais pas revenir.

– Nous ferons ce que nous pourrons.

Onyx l'embrassa sur le front et quitta l'écurie. Le soleil commençait à poindre à l'est. Il se servit de ses sens invisibles et apprit que Fabian était dans le hall des Chevaliers. « À cette heure ? » s'étonna le père. Il utilisa son vortex pour s'y rendre plus rapidement et apparut près de l'âtre, faisant sursauter son fils.

– J'en conclus que tu es parfaitement remis.

– Grâce à mon ami Hadrian.

Onyx s'assit devant le jeune homme qui ressemblait à Swan, mais qui avait les cheveux blonds, et lui tint le même discours qu'à son jeune frère.

— La couronne ne m'intéresse pas, mais je ferai tout ce qu'il faut pour que Cornéliane en hérite, un jour. J'ai mes propres ambitions.

— Parle-m'en.

— C'est bien la première fois que tu t'intéresses à mes projets.

— Il y a un début à tout.

Fabian continua de manger en l'observant avec méfiance. Onyx avait été un bon pourvoyeur. Sa famille n'avait jamais manqué de rien. Cependant, il avait sa propre idée de ce que devraient faire ses enfants dans la vie. Ce n'était un secret pour personne qu'il refusait de céder sa place à Atlance qu'il jugeait incapable. Fabian aurait été un bon choix, car il avait beaucoup de caractère. Toutefois, il n'avait aucune compassion pour les autres et il aurait vite fait de s'attirer la rancune du peuple. Maximilien affirmait depuis l'âge de cinq ans qu'il serait éleveur de chevaux et rien d'autre. Il ne restait que Cornéliane qui était tout le portrait d'Onyx.

— Je veux devenir sorcier, laissa tomber le jeune homme.

— Ah oui ?

— Si je suis bien ton fils, je devrais pouvoir y arriver.

— On ne devient sorcier qu'au contact d'un autre sorcier, Fabian.

– Ou d'un dieu.

– Tu t'imagines qu'il suffit de claquer des doigts pour qu'ils acceptent de nous enseigner leur magie ?

– Quelque chose comme ça.

– S'agirait-il plutôt d'une sorcière ?

Le jeune homme déposa sa cuillère et regarda son père dans les yeux.

– Pourquoi me poses-tu ces questions si tu sais déjà tout ? grommela-t-il.

– Pendant que j'étais malade, j'ai entendu toutes sortes de choses et je n'étais pas en état de les vérifier.

– Je veux bien te confirmer cette rumeur, mais ne perds pas ton temps à me donner des conseils. Je sais ce que je fais.

– On dirait bien que je n'ai élevé que des enfants indépendants.

– Tu as toi aussi été formé par un dieu, jadis, alors ne viens pas me faire la morale.

– Formé ? explosa Onyx. Il ne m'a pas enseigné son savoir, il me l'a inculqué de force ! J'étais déjà un puissant magicien avant que Nomar se mette à déformer mon esprit.

– Et tu es devenu plus fort.

— Les dieux et les Immortels ne nous rendent jamais plus forts, Fabian. Lorsqu'ils s'intéressent aux humains, c'est pour servir leurs propres desseins.

— Je connais beaucoup d'humains qui ont aussi cette manie.

— Je ne t'empêcherai pas de vivre tes propres expériences, car tu as l'âge de faire ce que tu veux, mais mon rôle de père est de te mettre en garde. Aquilée est la fille du dieu suprême du panthéon des falconiformes. C'est une déesse cruelle et exigeante.

— Si tu as lu ça dans un livre, alors son auteur a écrit n'importe quoi. D'ailleurs, c'est elle qui est venue vers moi, et pas le contraire.

— Voulez-vous savoir pourquoi ? fit une voix provenant de l'entrée.

Onyx et Fabian se tournèrent vivement vers la femme qui s'y tenait. Kira se dirigeait vers les cuisines quand elle surprit la conversation entre le père et le fils. Elle allait poursuivre sa route lorsque le roi se mit à parler des falconiformes.

— Possèdes-tu plus de renseignements que moi ? s'étonna Onyx.

— Je les détiens d'un dieu-oiseau.

— Approche.

La Sholienne vint s'asseoir près d'Onyx en se demandant comment lui apprendre la nouvelle sans provoquer sa colère.

– Qu'est-ce que tu attends ? la pressa-t-il.

– Contrairement aux dieux reptiliens, les falconiformes surveillent de près la croissance des petits qu'ils ont engendrés avec des humains, laissa-t-elle tomber.

– Quoi ? s'indigna Onyx.

– Ils se tiennent près de leur berceau la nuit lorsqu'ils sont bébés et viennent leur offrir des présents et des conseils quand ils sont plus grands. Et lorsqu'ils sont devenus adultes, ils essaient de les attirer dans leur monde.

Onyx planta si durement son regard dans celui de son fils qu'il le fit frémir.

– Il n'y est pour rien, intervint Kira. Il n'a pas choisi d'être le fils d'un homme-oiseau.

– Moi ? s'étonna Fabian.

– Lorsqu'un dieu, peu importe son panthéon, tombe amoureux d'une femme, il utilise tous les artifices à sa disposition pour la séduire. Il peut conserver sa propre apparence ou adopter celle du mari de cette femme.

– Un dieu s'est fait passer pour moi dans le lit de Swan ? hurla Onyx en se redressant.

– Aquilée ne s'intéresserait pas à Fabian s'il n'était qu'un homme ordinaire. Elle a sûrement un lien de parenté avec son père. Je ne voulais pas t'irriter, mais seulement te mettre en garde, car les falconiformes vont tenter de le reprendre.

Le visage empourpré, le Roi d'Émeraude se dématérialisa sans rien ajouter. Kira posa alors sur le jeune prince un regard infiniment triste.

— Pourquoi m'ont-ils fait ça ? s'étrangla Fabian.

La Sholienne ne savait pas quoi lui répondre. Au moins, le fait qu'il n'ait pas encore d'ailes à vingt ans la rassura quant au sort qui attendait Lazuli.

✳ ✳ ✳

Onyx réapparut dans sa chambre à coucher, mais Swan n'était pas là. Il lança son esprit à sa recherche et la localisa dans la salle des bains. D'un pas furieux, il y entra. Sa femme était en train de s'habiller après sa séance de purification.

— As-tu couché avec un autre homme que moi ? demanda-t-il sans détour.

— Seulement avec Farrell. Pourquoi me poses-tu cette question ?

— As-tu déjà rêvé que tu recevais un homme ou une créature étrange dans ton lit ?

— Une créature ? répéta-t-elle, horrifiée.

Elle alla aussitôt poser la main sur le front d'Onyx pour voir s'il faisait de la fièvre.

— Je suis lucide, affirma-t-il.

— Pourtant, tes propos indiquent le contraire.

— Je viens d'apprendre que les dieux-oiseaux font des enfants avec les humaines qu'ils trouvent de leur goût.

— Pourquoi crois-tu que c'est peut-être mon cas, Onyx ?

— Parce que ces dieux reviennent vers ces enfants une fois qu'ils sont nés.

Swan ne mit qu'un instant à comprendre ce qu'il tentait de lui expliquer.

— Fabian…

— C'est pour ça qu'il est blond, grommela Onyx.

— Mais je n'ai jamais couché avec un oiseau, ni en rêve ni autrement ! affirma sa femme.

— Ils ont aussi le pouvoir de transformer leur apparence.

— Tu crois qu'un tel dieu aurait pu me faire croire qu'il était toi ? Mais c'est ignoble !

— Je détestais déjà les dieux d'Enkidiev, mais maintenant, ce sont tous ceux de l'univers qui me dégoûtent.

— Calmons-nous.

Même si elle était de nature guerrière, la reine arrivait toujours à se raisonner plus rapidement que son bouillant mari. Elle l'emmena donc s'asseoir dans leur salon privé où personne ne les entendrait.

— Admettons que ce soit vrai, concéda Swan. Qu'est-ce que cela change à notre vie, en ce moment ?

— Fabian est ton fils, mais pas le mien.

— Je tiens à te faire remarquer tout de suite que Maximilien n'est pas de notre sang non plus et que nous l'adorons au même titre que les enfants dont nous sommes les parents biologiques.

— Sauf que lui, il ne risque pas de lui pousser des plumes.

— Onyx, je commence à me demander si ce n'est pas la potion des Elfes qui te fait proférer ces aberrations.

— Si tu ne me crois pas, adresse-toi à Kira qui en sait drôlement plus que moi sur le sujet.

— Avant que tu enfermes Fabian dans une cage pour le restant de ses jours, c'est exactement ce que je vais faire.

Elle bondit vers la porte et quitta les appartements royaux. Onyx resta sur place un moment, puis se dirigea vers le corridor des chambres pour finalement entrer dans celle de sa fille. Cornéliane dormait encore, ses longs cheveux épars sur son oreiller. «Elle est blonde, elle aussi», s'angoissa-t-il. Ce dieu-oiseau avait-il fait succomber sa femme deux fois?

— Non… pleura le roi en s'assoyant sur le bord du lit.

Cette enfant était la prunelle de ses yeux, celle à qui il voulait léguer tout son royaume, celle pour qui il aurait donné sa vie…

Onyx cacha son visage dans ses mains et sanglota amère-ment.

11

ENFANTS DE LYCAON

Avant d'aller frapper aux appartements de Kira à une heure aussi matinale, Swan la chercha grâce à sa faculté de repérage et la trouva dans les jardins intérieurs. Pieds nus, ne portant qu'une simple tunique, la reine traversa tout le palais et sortit dehors. Kira était assise sur un banc de pierre, les jambes repliées contre sa poitrine.

— Dis-moi que mon mari est en train de perdre la raison, exigea Swan en se plantant devant la Sholienne.

— Si tu fais référence aux dieux-oiseaux, alors je suis devenue folle, moi aussi.

— Mais qu'est-ce que c'est que cette histoire ?

Kira lui raconta ce que Sage lui avait révélé.

— Es-tu certaine que tu n'as pas rêvé à lui, tout simplement ?

— Malheureusement, non. En y repensant bien, il est arrivé plusieurs choses étranges depuis que Lazuli est tout petit. Il n'a jamais cessé de prétendre qu'un homme avec des ailes lui rendait souvent visite. Nous avons toujours pensé que c'était son ami imaginaire, une créature qu'il avait inventée pour se rassurer la nuit. Lorsque j'ai surpris Sage au chevet de mon fils, il y a quelques jours, j'ai compris que le petit disait la vérité.

– Pourquoi toi et moi ? Et y en a-t-il d'autres ?

– Dans mon cas, je peux comprendre que Sage ait eu envie de me serrer dans ses bras une dernière fois, mais je ne m'explique pas comment la même chose ait pu t'arriver.

– Tu penses que c'est Sage aussi ?

– Non. Je pense plutôt qu'Aquilée n'est pas étrangère à la situation.

– Mais c'est une femme-oiseau ! s'exclama Swan. Elle ne peut pas être la mère de mon fils puisque je l'ai moi-même mis au monde !

– C'est peut-être sa tante…

Les deux femmes demeurèrent assises l'une devant l'autre un long moment en silence, à réfléchir.

– Je connais quelqu'un qui pourrait nous renseigner ! affirma soudain Swan.

– Mann ! s'écrièrent-elles en même temps.

Onyx était pressé d'aller chercher son aîné à Itzaman et de voir si ces terres pourraient éventuellement être annexées aux siennes. Toutefois, il considéra plus urgente la requête de sa femme qui voulait questionner l'augure. Il informa Hadrian de la situation et ce dernier, surtout par curiosité, offrit de les accompagner jusqu'à l'antre de l'augure.

Puisque aucun d'entre eux ne savait où il habitait exactement, ils se transportèrent magiquement à la frontière du Royaume de Jade et se mirent à sa recherche à partir de cet endroit. Onyx, Swan, Hadrian, Jenifael et Kira sondèrent les alentours.

Ce fut le Roi d'Émeraude qui le repéra le premier en utilisant des facultés que ne possédaient pas ses frères d'armes.

— C'est par là, annonça-t-il.

Ils s'enfoncèrent dans la forêt et, au bout d'une heure, aboutirent devant une hutte dressée dans une boulaie.

— Mann ? l'appela Kira.

L'ancien Chevalier aux boucles blondes repoussa le tapis qui lui servait de porte et s'avança devant le groupe.

— Je savais que vous viendriez. Il n'y a malheureusement pas assez d'espace dans mon refuge pour tous vous recevoir, mais je continue de l'agrandir. Un jour prochain, je pourrai tenir ces entretiens chez moi.

— Installons-nous ici, dans ce cas, décida Onyx.

Il fit apparaître des bancs qu'il avait subtilisés dans son palais.

– Je vois maintenant pourquoi le Roi Lynotrach et son magicien ont eu si peur de Corindon, souligna Mann en s'assoyant.

– Nous ne sommes pas ici pour une leçon d'histoire, l'avertit Onyx.

– Non. Vous voulez savoir pourquoi les dieux ailés s'aventurent de plus en plus chez les adorateurs d'autres panthéons.

– Plus exactement, nous aimerions savoir s'ils sont en train de semer des héritiers partout, précisa Swan.

– Tout ce qui est en haut est comme ce qui est en bas, leur dit Mann. Les dieux aiment, se marient et ont des enfants, et il arrive que ceux-ci se querellent ou tentent de se nuire.

– Que peut-on faire pour mettre fin à ces procréations condamnables ? demanda Hadrian.

– Il appartient aux dieux de régler leurs comptes entre eux. Vous n'êtes que des pions sur l'échiquier où se déroulent leurs attaques mutuelles.

– Je croyais qu'ils faisaient preuve de plus de considération envers leurs créatures, soupira Swan.

Son mari la regarda d'un air agacé, car il lui avait répété d'innombrables fois que le peuple céleste se moquait pas mal d'eux.

– Si tu peux réellement voir l'avenir, comment cette querelle se terminera-t-elle ? voulut savoir Jenifael.

– C'est une déesse qui me pose cette question ? s'étonna l'augure.

– Je n'ai pas été élevée par ma mère biologique.

Les yeux de Mann se fixèrent et se mirent à pâlir. Les compagnons échangèrent un regard inquiet, mais ne firent rien pour sortir l'homme de sa transe.

– La guerre ne fait que commencer... murmura-t-il. Les hommes devront choisir leur camp ou périr... Lycaon et Étanna en ont assez de l'indolence de Parandar... Selon eux, tous les dieux doivent protéger leurs créations...

– Vraiment ? laissa échapper Onyx, incrédule.

– Avant de juger les dieux, observez ce qui se passe dans votre propre famille, roi du peuple.

Piqué au vif, Onyx se redressa d'un bond. Hadrian lui saisit immédiatement le bras et, d'un regard, lui recommanda de ne rien faire.

– Qui est le père de mon fils Fabian ? s'enquit Swan, même si elle craignait la réponse.

– C'est Lycaon lui-même.

– Mais comment ?

– Il ne lui est pas difficile de changer de visage.

– S'il s'est fait passer pour moi, il va cruellement le regretter, grommela Onyx.

– Ces dieux ont-ils conçu d'autres enfants avec des Émériennes ? voulut savoir Kira.

– Seulement quatre et leurs tourments rassembleront tout un peuple.

– Tourments ? répéta Swan en reprenant déjà courage.

– Comme je vous l'ai déjà dit, ils devront se ranger d'un côté ou de l'autre.

Mann baissa la tête avant que Kira puisse le questionner davantage.

– Je suis désolé, s'excusa l'augure. La vision s'est estompée…

– Dis-nous qui sont ces autres enfants, exigea Swan.

– Je vois leurs visages, mais je ne connais pas leurs noms.

– Si ce n'est que ça, fit Onyx en se défaisant de l'emprise d'Hadrian.

Il se leva, posa la main sur la tête de l'augure et la retira presque aussitôt en écarquillant les yeux.

– Qui as-tu vu ? le pressa Swan.

— Deux garçons et deux filles.

— Leurs noms ?

— Mon fils, le fils de Kira, la fille de Morrison et l'autre, je pense que c'est la fille de Falcon.

— As-tu vu autre chose, Mann ? voulut s'assurer Hadrian.

— Non, rien. Je suis désolé.

— Si jamais tu avais d'autres révélations, il serait très important que tu nous les communiques.

L'état second dans lequel avait sombré Mann avait exigé une importante quantité d'énergie, alors Hadrian décida de le laisser se reposer. Il le remercia pour les précieux renseignements et ramena tout le groupe au château, y compris le mobilier emprunté.

L'augure retourna dans sa hutte, mais, à sa grande surprise, il constata qu'un escalier de pierre descendait dans l'abri qu'il était en train de creuser. Ce n'était pourtant pas lui qui avait installé ces marches. En fait, elles n'étaient pas là lorsque ses visiteurs étaient arrivés. Il alluma ses paumes pour éclairer ses pas et descendit, étonné de la nouvelle profondeur de son antre. Lorsqu'il atteignit la dernière marche, il s'immobilisa, sidéré. Une vaste caverne s'étendait devant lui.

— Onyx… murmura-t-il en reconnaissant son énergie.

✳ ✳ ✳

Pour que ne s'ébruite pas trop rapidement la nouvelle, Hadrian fit apparaître ses compagnons dans le salon privé des appartements royaux. Avant de partir pour Itzaman, ils avaient besoin de parler de cette étrange affaire de dieux ailés.

— Lazuli, Cyndelle et Aurélys ont à peu près le même âge, leur fit remarquer Kira.

— Cela veut-il dire que d'autres enfants de leur âge pourraient être des moitiés de créatures célestes ? s'inquiéta Swan.

— Je n'en sais rien, avoua Onyx. Mann n'en a vu que quatre, pour l'instant.

— Fabian est plus vieux que les trois autres, ajouta Hadrian.

— Ils font sans doute partie d'un mystérieux plan destiné à contrarier Parandar.

— Je ne laisserai personne faire du mal à Lazuli, gronda Kira.

— Pour Fabian, je crains qu'il ne soit trop tard, déplora Swan. La déesse-oiseau l'attire avec une facilité déconcertante. Elle lui apprend même à se métamorphoser.

Soudain très inquiète, la reine pivota vers son mari.

— Tu m'as dit que les magiciens ordinaires ne pouvaient pas y arriver, mais si Fabian est le fils d'un dieu… ?

Onyx baissa la tête en étouffant un juron.

— Il faut faire quelque chose ! ragea Kira.

— Si j'ai bien compris l'augure, s'imposa Hadrian, l'un des panthéons s'est servi de vous pour nuire aux autres. Notre seul recours serait, à mon avis, d'empêcher ces jeunes de devenir des oiseaux ou, si cela s'avère impossible, de les laisser partir sans réclamer la vengeance de Parandar.

— Tu as peut-être bien saisi ce que nous a dit Mann, mais tu oublies que nous aimons nos enfants, répliqua Kira. Je suis certaine qu'aucun de nous n'acceptera d'offrir ses petits à des dieux dont nous ignorons tout.

— Ils n'ont commencé à s'intéresser à Fabian que tout récemment, fit remarquer Swan. C'est peut-être parce que leur progéniture ne peut pas se métamorphoser avant d'avoir atteint son âge. Les trois plus jeunes ne sont donc pas en danger, pour le moment.

— Fabian est si obnubilé par cette déesse qu'il ne veut rien entendre, soupira Onyx.

— Nous pourrions l'enfermer dans l'une des tours, suggéra Swan.

— Ça ne servirait à rien, les avertit Kira. Sage réussit à se rendre jusqu'à Lazuli malgré les épais volets que nous avons installés à la fenêtre de sa chambre. Lassa a toutefois suggéré de lui arracher les ailes s'il vient à lui en pousser.

— C'est une excellente idée, affirma Swan.

– Allons chercher Atlance, maintenant, réclama Onyx, qui avait hâte aussi de voir le nouveau monde.

– Il ne serait pas honnête de partir sans avertir les parents des fillettes de ce qui les attend, s'opposa Hadrian.

– Faisons-le au retour, puisqu'elles ne risquent pas de s'envoler avant longtemps.

– Nous ne sommes certains de rien.

Si Onyx n'avait pas eu besoin d'Hadrian pour se transporter à Itzaman, où il n'avait jamais mis les pieds, il lui aurait immédiatement faussé compagnie.

– Ça ne prendra que quelques minutes, tenta de l'amadouer son vieil ami.

– Tu dis toujours ça et ce n'est jamais vrai.

– Mets-toi à la place de Morrison et de Falcon.

– N'essaie pas de me manipuler, Hadrian.

– Si tu ne veux pas m'accompagner, j'irai seul. Attends-moi ici.

– Tout compte fait, c'est une excellente idée, accepta Swan. Mais ne tarde pas.

– C'est promis.

Juste avant que l'ancien Roi d'Argent disparaisse, Jenifael posa la main sur son bras et fut emportée dans son vortex. Leur premier arrêt fut la forge de Morrison. Le géant martelait le fer dans l'atmosphère étouffante de son atelier, le visage et le cou couverts de sueur. Lorsqu'il aperçut les deux Chevaliers, il laissa son travail et marcha jusqu'à eux en s'essuyant les mains.

— Ne me dites pas que vous allez me commander d'autres armes, s'affligea le forgeron.

— Non, répondit Jenifael. Nous sommes venus te parler de Cyndelle.

— Elle est censée être à l'école, au palais. Lui est-il arrivé malheur ?

— C'est plutôt un événement qui perturbera sa vie plus tard.

— Je déteste qu'on me parle à demi-mot.

Hadrian lui résuma donc ce que Mann leur avait révélé. Le visage de Morrison passa de l'inquiétude à l'effroi.

— Non, pas ma fille… Cet augure s'est-il déjà trompé ?

— Pas à ma connaissance. Je suis venu te prévenir pour que tu veilles davantage sur la petite.

— Cette histoire d'oiseau pourrait-elle être reliée à la chouette qui se perche régulièrement sur ma cheminée ?

— Peut-être bien.

— Je vais capturer ce rapace pour voir si c'en est un vrai.

— Sois prudent, recommanda Hadrian.

Le couple piqua ensuite vers le ranch de Falcon, au pied du versant nord-est de la Montagne de Cristal. En le voyant apparaître au bout de l'allée clôturée qui menait à la maison, Wanda poussa un cri de joie. Elle déposa le panier de légumes qu'elle ramenait du jardin et courut à la rencontre des deux visiteurs.

— Quel bon vent vous amène ?

— Nous avons besoin de vous parler, à Falcon et à toi, répondit Hadrian.

— On dirait que c'est grave…

— Pas si nous réagissons à temps.

Wanda communiqua immédiatement avec son mari par voie télépathique, car il se trouvait aux enclos les plus éloignés. S'étant vu retiré, après la guerre, ses bracelets qui lui permettaient de se déplacer avec un vortex, le Chevalier arriva quelques minutes plus tard sur le dos d'une magnifique jument-dragon. Il sauta à terre et vint étreindre son ancien commandant avec affection.

— Il était temps que tu nous rendes visite ! s'exclama Falcon, content de le voir.

– Malheureusement, je suis venu pour vous mettre en garde.

– Contre quoi ?

– Une guerre se prépare entre les dieux ailés et les dieux reptiliens.

– Lesquels sont les nôtres ? voulut savoir Wanda, intriguée.

– Les seconds, ceux qui ressemblent à Akuretari lorsqu'ils adoptent leur véritable apparence.

« Je ne ressemble pourtant pas à un alligator », ne put s'empêcher de penser Jenifael, qui était la fille de Theandras.

– Tu crois donc que les humains sont dans leurs lignes de tir ? s'enquit Falcon.

– D'une certaine manière. Ce que je vais vous dire ne sera pas facile à accepter, mais vous savez que la vérité est très importante pour moi. Tromper les gens pour leur éviter des souffrances ne fait pas partie de mon code d'honneur.

– Mais de quoi s'agit-il ? le pressa Wanda.

– Afin de provoquer nos dieux, les divinités oiseaux ont conçu quatre enfants avec des humains et des hybrides. Nous pensons que lorsque ces enfants seront grands, elles reviendront les chercher, probablement pour irriter Parandar.

– Ce qui engagera les hostilités, comprit Falcon.

– Si tu es ici, c'est pour nous annoncer que l'un de nos enfants fait partie de ce groupe, n'est-ce pas ? s'alarma Wanda.

Hadrian hocha doucement la tête en ressentant sa peine.

– Lequel ? s'étrangla la mère.

– Aurélys.

Falcon attira sa femme dans ses bras pour lui indiquer qu'elle n'affronterait pas cette épreuve seule.

– Qui sont les autres ? voulut-il savoir.

– Fabian, Lazuli et Cyndelle, répondit Jenifael.

– Ils vivent tous au château, mais pas nous.

– Nous y résidions au moment où je suis tombée enceinte, lui rappela Wanda. Mais je n'ai pourtant jamais été approchée par un autre homme que mon mari.

– Ils peuvent prendre l'apparence de leur choix, expliqua Jenifael.

– Que pouvons-nous faire pour empêcher ces dieux malhonnêtes de nous enlever notre fille ? demanda Falcon.

– Nous sommes à la recherche de solutions, affirma Hadrian. Pour l'instant, il vous suffit seulement d'ouvrir l'œil et ne pas laisser Aurélys s'approcher de quelque rapace que ce soit.

– Facile à dire quand on habite au pied d'une falaise où nichent plusieurs espèces.

– Nous veillerons sur elle, assura Wanda, qui reprenait courage.

Hadrian promit à son ancien compagnon d'armes de revenir le voir dès qu'il aurait complété sa mission pour le roi et disparut avec Jenifael. En se matérialisant dans le salon privé d'Onyx, ils trouvèrent ce dernier le dos appuyé contre le mur, les bras croisés.

– Peut-on partir, maintenant ?

– Je viens avec vous, annonça Swan.

– Mais Cornéliane ?

– J'ai fait quérir Armène par un serviteur. De toute façon, nous serons de retour avant que notre petite princesse se réveille.

Onyx ne fit pas connaître ses inquiétudes à sa femme ni à son meilleur ami. Cornéliane était encore plus blonde que Fabian et il craignait qu'elle ne soit, elle aussi, le fruit d'une offense des falconiformes.

– Conduis-moi à mon fils, fit-il plutôt.

Jenifael et Onyx placèrent une main sur les bras d'Hadrian et Swan glissa la sienne dans celle d'Onyx. Ils se transportèrent par vortex au pied des volcans au sud d'Enkidiev et les contournèrent à pied par la plage, afin de franchir leur barrière magnétique, puis ils empruntèrent une autre fois la voie magique pour réapparaître enfin à Itzaman, sur la grande place, devant l'immense pyramide. Quelle ne fut pas leur surprise de se retrouver au milieu d'une bataille qui opposait les habitants du pays à une autre race de guerriers à la peau dorée, vêtus de pagnes rouges. En l'espace d'une seconde, Onyx fit apparaître son épée double dans ses mains et freina la course de deux hommes qui fonçaient sur eux. Swan n'était pas armée. Elle n'était même pas habillée pour le combat ! Elle chercha une arme du regard et vit le poignard que tenait encore à la main un Itzaman mort. Elle se pencha, le lui prit et déchira le bas de sa robe pour la transformer en tunique courte dans laquelle elle risquait moins de s'empêtrer.

Pour sa part, Jenifael s'éloigna vivement d'Hadrian et se transforma en boule de feu que les combattants des deux camps s'empressèrent d'éviter. Tout comme Swan, l'ancien Roi d'Argent ne portait pas d'arme. Il y avait bien longtemps qu'il n'avait pas eu recours à son épée double. Il tenta d'oublier ce qui se passait autour de lui et se concentra sur l'endroit où il l'avait cachée. Elle se matérialisa immédiatement dans sa main, à son grand soulagement. Les Chevaliers ne passèrent pas pour autant à l'attaque, puisqu'il ne savait pas très bien dans quel camp ils voulaient se ranger. Ils ne firent que se défendre contre ceux qui les assaillaient, mais il continuait d'en arriver de plus en plus, comme une colonie de fourmis quittant précipitamment son nid.

Jenifael n'eut pas besoin qu'on lui dise quoi faire. Elle analysa rapidement la situation. Les opposants portaient des pagnes différents. Les Itzamans se vêtaient en beige, alors les rouges étaient leurs ennemis. Elle tendit le bras et éleva un mur de feu qui les sépara graduellement. Effrayé par ce pouvoir qu'il ne connaissait pas, l'envahisseur rebroussa chemin en poussant des cris de terreur. La jeune déesse attendit qu'ils aient tous disparu à l'horizon pour mettre fin à sa magie en éteignant les flammes. C'est à ce moment qu'elle vit les Itzamans prosternés tout autour d'elle.

– Qu'est-ce qui se passe, ici ? hurla Onyx, furieux.

Un homme portant une coiffe de plumes blanches, et qui saignait abondamment d'une blessure au thorax, s'approcha en titubant.

– Les guerriers de Tepecoalt ont fondu sur nous à la vitesse de l'éclair, haleta-t-il.

– Où est le prince, Sévétouaca ? lui demanda Hadrian.

– Je ne sais pas…

Jenifael s'approcha aussitôt du blessé qui recula, craignant d'être brûlé.

– Nos mains peuvent aussi guérir, le rassura-t-elle.

En un rien de temps, elle referma sa plaie et arrêta l'hémorragie interne. Sans le savoir, elle venait de gagner un serviteur pour la vie.

– Il faut trouver Juguarete, indiqua Hadrian.

– Je ne sais même pas à quoi il ressemble ! lui fit remarquer Onyx. Si tu n'y vois pas d'inconvénient, je vais plutôt chercher mon fils.

Ils se séparèrent sur la grande pelouse qui servait de lieu de rassemblement au peuple, entre les bâtiments de pierre, et examinèrent les visages de tous ceux qui gisaient sur le sol. Contrairement à Onyx, Swan, Jenifael et Hadrian prirent le temps de refermer promptement les plaies de ceux qui n'étaient pas morts. Ce fut finalement la jeune déesse qui trouva le Prince d'Itzaman couché sur le dos, un poignard planté dans le ventre.

– Surtout ne bougez pas, l'avertit-elle.

Sévétouaca, qui suivait la jeune femme de près, traduisit ses paroles.

Elle évalua les blessures internes en effleurant la peau autour de la lame et commença à soigner les organes atteints.

– Vous devez m'aider, Sévétouaca, réclama-t-elle.

– Dites-moi quoi faire.

– Retirez le poignard très lentement.

Le guerrier Itzaman fit ce qu'elle demandait. Dès que la lame de silex fut dégagée de la chair du prince, Jenifael referma la plaie et termina son travail de guérison. Le souverain murmura quelques mots, au bord de l'inconscience.

– Vous êtes revenus, traduisit Sévétouaca.

– Les Chevaliers d'Émeraude tiennent toujours leurs promesses, Majesté. Savez-vous où est Atlance ?

– Je l'ai vu juste avant le raid.

– Faites-le transporter chez lui, recommanda Jenifael. Ce dont il a besoin maintenant, c'est de repos.

Tout comme ses compagnons, elle continua de ratisser le champ de bataille, à la recherche du Prince d'Émeraude. Onyx revenait vers elle, après avoir regardé tous les visages des blessés et des morts.

– Il n'est nulle part, annonça-t-il.

– Les combats se sont peut-être poursuivis plus loin, en direction du territoire de Tepecoalt.

– C'est de quel côté ?

Elle l'emmena vers l'est, mais au bout de plusieurs minutes, ils constatèrent l'absence de corps sur le terrain. L'assaut s'était concentré sur la grande place de la pyramide. Ils revinrent donc en direction du palais où les survivants avaient commencé à aligner les morts. Swan et Hadrian s'empressèrent de les rejoindre.

– Apparemment, les guerriers de Tepecoalt ont capturé plusieurs Itzamans, leur apprit Hadrian.

– Que font-ils avec leurs prisonniers ? s'inquiéta Swan.

Hadrian et Jenifael gardèrent le silence, mais ne purent supprimer de leur esprit les images qu'ils s'étaient faites des sacrifices sanglants qui se déroulaient sur l'autel de Solis après chaque guerre. *Atlance!* hurla le père, par télépathie. *Papa?* répondit-il sur un ton étonné. *Comment se fait-il que je puisse t'entendre malgré les interférences des volcans?* Onyx ferma les yeux avec soulagement. *C'est parce que je suis dans les Territoires inconnus,* l'informa le père. *Où es-tu?*

Dans une forêt, sur les épaules d'un guerrier qui court comme un lapin. Onyx lui suggéra de se débattre, mais Atlance l'assura que c'était impossible, car son ravisseur lui serrait les cuisses et les bras si fort qu'il lui coupait la circulation. *Sais-tu où on t'emmène?* Le jeune homme l'ignorait. En fait, il ne savait même pas quelle direction avait pris les fuyards. *Dis-moi où est le soleil,* exigea Onyx. *Je ne peux même pas relever la tête et je risque à tout moment d'être frappé au visage par des branches. Je sais seulement qu'il fait jour.* Refusant de se décourager, le père indiqua qu'il le pisterait. *Communique avec moi dès que vous vous serez arrêtés quelque part. Donne-moi des indices valables.*

– Nous le retrouverons avant qu'on lui arrache le cœur, promit Jenifael.

Les parents du pauvre jeune homme lui décochèrent un regard chargé de reproches.

– Allons respecter l'engagement d'Hadrian, puis nous nous mettrons en route, décida Onyx.

Les Chevaliers se rendirent à la porte du palais, mais les gardes du corps du Prince Juguarete refusèrent de les laisser passer. Avant qu'Hadrian puisse entamer des négociations avec ceux-ci, son ancien lieutenant utilisa sa magie pour les écarter brutalement et les faire rouler plusieurs mètres plus loin.

– Onyx, ce n'est pas ainsi que nous consoliderons des liens politiques avec ces gens, reprocha Hadrian.

– La seule chose qui me préoccupe, en ce moment, c'est de sauver mon fils.

Le Roi d'Émeraude pénétra dans l'édifice rectangulaire de deux étages. Compte tenu de l'épreuve qu'il avait subie, Juguarete n'avait pas été transporté en haut par ses serviteurs. Ils l'avaient plutôt allongé sur une couche recouverte de peaux de bête au milieu de la pièce principale.

En apercevant l'étranger, le Prince d'Itzaman sut tout de suite qu'il était le père de son otage, car il lui ressemblait beaucoup. Il murmura quelque chose à la femme penchée près de lui. Elle se releva et se faufila derrière les étrangers.

– Parlez-vous ma langue ? demanda Onyx.

– Non, répondit Hadrian pour lui. Je pense qu'il vient de mander son seul interprète.

– Heureusement qu'il n'a pas été tué durant la bataille, réfléchit Swan tout haut.

– On peut toujours se faire comprendre par des signes, indiqua Jenifael.

— Mais il est facile de mal interpréter ceux de mon mari.

— Ce n'est pas le moment de faire de l'humour, grommela Onyx. Où est cet interprète ?

Sévétouaca entra alors dans la pièce et s'agenouilla près de son souverain.

— Veuillez pardonner mon retard. Il a fallu que j'empêche les gardes de rassembler ce qu'il reste de nos guerriers pour vous expulser du palais.

— C'est à nous de nous excuser de les avoir brutalisés, répliqua Hadrian.

Onyx n'eut pas le temps de lui dire qu'il ne regrettait rien du tout, car Juguarete se mit à parler à voix basse.

— Le prince aurait aimé vous rencontrer en d'autres circonstances, répéta le guerrier dans la langue d'Enkidiev. Il souhaite la bienvenue au grand roi qui a su gagner le respect de ses sujets au point où ceux-ci sont prêts à risquer leur vie pour sauver la sienne.

— Je suis content aussi de faire sa connaissance, mais je dois partir à la recherche de mon fils.

Pour l'empêcher de faire demi-tour, Hadrian agrippa solidement le bras de son ami.

— Mon fils aussi a été capturé par le peuple de la Lune, poursuivit le traducteur.

– Alors, je vous le ramènerai en même temps que le mien. Savez-vous où ils les ont emmenés ?

– Il y a une grande pyramide près de l'océan, de l'autre côté de la rivière aux trois doigts. Je l'ai vue une fois, lorsque mon père gouvernait Itzaman.

Onyx ne connaissait évidemment rien à la géographie d'Enlilkisar. Il suivrait donc les pistes les plus rapprochées du rivage jusqu'à ce qu'il atteigne ce monument, même s'il n'avait aucune idée de ce qu'était une pyramide. La femme revint au chevet du prince et adressa quelques mots à Sévétouaca.

– Elle vous demande de partir, car son mari a besoin de récupérer des forces.

– Ça me convient parfaitement, lâcha Onyx.

Il salua brièvement Juguarete de la tête et quitta le palais.

– Je ne peux pas croire qu'en cinq cents ans tu n'aies rien appris de moi, se désespéra Hadrian.

– Moi, je ne comprends pas pourquoi tu continues à me faire la morale, grommela son vieil ami. Je ne serai jamais comme toi.

– Messieurs, ce n'est pas le moment de vous quereller, les sépara Swan.

– Tu as raison, concéda Onyx. C'est quoi déjà, une pyramide ?

Jenifael pointa du doigt celle qui s'élevait droit devant eux.

— C'est la pyramide du Soleil, expliqua-t-elle. Les Itzamans l'ont construite pour se rapprocher des dieux lorsqu'ils procèdent à des sacrifices.

— J'espère que ce sont les dieux qu'ils mettent à mort, railla Onyx.

— Comme si c'était possible, soupira Swan.

— Donc, c'est une construction du même genre qu'on cherche.

Le Roi d'Émeraude contourna l'édifice de pierre et poursuivit sa route vers la plage. Il fut bien surpris de découvrir que les plages de ce continent n'étaient pas composées de galets, mais de sable blond. Au bout de quelques pas, il comprit qu'il n'avancerait jamais avec ses bottes qui s'enlisaient de plus en plus. Il s'assit et les enleva. C'est alors qu'une créature humanoïde sortit de l'océan. Jenifael eut aussitôt la bonne idée de se planter devant Shapal, lui évitant ainsi d'être frappée à bout portant par les halos qui se formaient sur les bras d'Onyx.

— Mais qu'est-ce que c'est que ça ? grommela-t-il.

— C'est l'Ipocane dont nous t'avons parlé, répondit Hadrian.

— Elle nous a beaucoup aidés, l'informa Jenifael, les poings sur les hanches.

— Vous ne m'avez pas dit qu'elle était verte !

— Tiens, tiens, intervint Swan avec un sourire moqueur. Peut-être que les Elfes lui ont préparé une potion magique à elle aussi.

— Il me semblait t'avoir dit que les Ipocans vivent au fond de la mer, à la sortie du détroit qui mène jusqu'ici, ajouta Hadrian. Leurs écailles et leurs cheveux sont de toutes les couleurs.

Shapal s'étira le cou près du coude de Jenifael pour observer les nouveaux venus.

— On dirait Atlance, se réjouit-elle.

— C'est sa version grincheuse, précisa Swan.

— Si vous continuez à me critiquer, je vais tous vous expédier à Émeraude, les avertit Onyx.

— Les prêtresses de la Lune ont lancé une attaque en représailles au dernier raid mené par les Itzamans, leur dit Shapal. Ils ont fait des prisonniers.

— Pourquoi n'es-tu pas intervenue comme tu l'as fait à notre arrivée ici ? voulut savoir Jenifael.

— Les Tepecoalts sont différents. Ils ne respectent pas les êtres de la mer.

Onyx se leva, ses bottes dans les mains.

— Pouvons-nous atteindre leur royaume avant la nuit ? demanda Hadrian.

– Pas sur vos pieds, affirma Shapal.

– Malheureusement, nous n'avons pas d'ailes et encore moins des nageoires, riposta Onyx.

Soudain, une barque atterrit brutalement à quelques mètres d'eux en eaux peu profondes. Shapal plongea sous les flots et les Chevaliers se placèrent en position de défense. Ils reconnurent alors Kira parmi les navigateurs.

– Que faites-vous ici ? s'étonna le Roi d'Émeraude.

– Vous êtes partis sans nous ! s'exclama Kirsan.

– Nous ne vous avons rien demandé !

– Désolée, mais nous avons commencé cette aventure ensemble, ajouta Améliane.

La tête de la sirène sortit de l'eau lorsqu'elle reconnut les voix des nouveaux arrivants.

– Shapal ! s'exclamèrent-ils en chœur.

– Les dieux répondent toujours à nos requêtes, se réjouit la femme-poisson. Montez tous dans l'embarcation et je vous conduirai à la pyramide avant la nuit.

Onyx manifesta son mécontentement, mais laissa Swan l'entraîner vers l'océan.

12

TEPECOALT

es aventuriers étant repartis à Enkidiev afin de préparer l'antidote qui sauverait le Roi d'Émeraude, Atlance avait choisi d'occuper son temps de façon constructive. Il avait d'abord cru que les Itzamans étaient belliqueux et sanguinaires, mais en participant à leur vie quotidienne, il s'en était fait une tout autre idée. À part leur croyance que les dieux n'étaient apaisés que par les sacrifices humains, leur civilisation était fascinante.

Atlance avait étudié les mathématiques sous l'égide de maître Hawke lorsqu'il était petit, mais les calculs qu'effectuaient les astronomes des Territoires inconnus allaient au-delà de tout ce qu'il avait pu imaginer. Ce que le jeune Émérien avait pris pour des dessins sur les murs de la pyramide de Solis étaient en réalité des équations complexes qui aboutissaient à la distance entre Itzaman et les astres qui brillaient la nuit. Ils pouvaient même prédire des centaines d'années à l'avance les éclipses de Lune et de Soleil et le passage des étoiles de feu.

Du côté de la baie, un interminable escalier menait jusqu'au sommet de l'imposant monument. Sur chacune de ses marches, des symboles, qui représentaient également des sons dans la langue de ce peuple, racontaient l'histoire de tous les souverains d'Itzaman. Tous les jours, après s'être purifié dans les bains, Atlance s'attardait devant les pictogrammes qu'il apprenait à déchiffrer avec l'aide du jeune Féliss. Lorsque le soleil commençait à devenir insupportable, il contournait la pyramide pour se tenir à l'ombre.

Le Prince Juguarete lui avait défendu de participer aux travaux de la terre, qui étaient réservés aux paysans. Il préférait qu'il s'instruise, comme un véritable prince devait le faire. Atlance avait tenté de s'exercer au combat, mais il avait été forcé de constater, au bout de quelques séances, que cela ne faisait peut-être pas partie de ses talents. Même Féliss arrivait à le terrasser. Il avait donc décidé de s'en tenir à l'étude des étoiles et de la religion.

Il avait ainsi appris que les principales tensions entre Itzamans et les contrées voisines provenaient de leurs croyances différentes. Les habitants de Tepecoalt vénéraient des dieux ailés, tandis que ceux de Mixilzin adoraient des êtres reptiliens. Les Itzamans, quant à eux, révéraient des divinités félines. Atlance ne pouvait tout simplement pas comprendre comment des hommes pourtant doués de raison pouvaient s'entredéchirer pour plaire à des créatures invisibles qui se moquaient pas mal de leurs sacrifices, de leurs danses rituelles et de leurs offrandes. Le jeune prince était persuadé qu'il suffisait de se recueillir pour que ses prières soient entendues, car il leur avait demandé de rencontrer la femme de sa vie et Katil avait croisé sa route…

Ses amis étaient absents depuis de nombreux jours lorsque le malheur frappa la cité de Solis. Assis à l'ombre d'un acajou, Atlance s'évertuait à reproduire le symbole du soleil avec un bout de craie sur une plaque d'ardoise, lorsque des guerriers peints en rouge avaient surgi de nulle part, semant la panique dans la cité. Les femmes s'étaient aussitôt emparées des enfants et couraient en direction du volcan, tandis que les hommes se défendaient à l'aide des pierres qu'ils trouvaient à leurs pieds ou avec leurs poings.

Dès qu'ils entendirent les cris de détresse, les combattants d'Itzaman abandonnèrent leur entraînement et foncèrent en direction de la pyramide avec leurs poignards en silex à la main. Atlance était si effrayé qu'il n'osa même pas bouger. Les guerriers se heurtaient en poussant des hurlements féroces. Lorsque les combats se rapprochèrent de lui, l'Émérien comprit qu'il serait tué s'il restait là. Il laissa tomber son matériel et piqua vers la mer, où il devait rencontrer Shapal au coucher du soleil. Il espérait qu'elle avait perçu l'assaut et qu'elle lui viendrait en aide.

Les jambes à son cou, il franchit la pelouse qui entourait le monument, mais n'atteignit pas le sable chaud. Quelque chose le frappa aux jambes, le paralysa et le fit tomber face contre terre. Effrayé, il se retourna pour voir ce qui avait interrompu sa course. Des bolas s'étaient enroulées de ses chevilles à ses genoux !

— Atlance ! l'appela la sirène.

— Ne reste pas ici, Shapal ! hurla le jeune prince en la voyant sortir de l'eau.

Des bras puissants le saisirent par-derrière et le déposèrent sur de larges épaules. Le guerrier qui venait de le capturer ne s'attarda pas. Il traversa la mêlée en évitant habilement les armes qui tentaient de l'écorcher au passage et s'enfonça dans la forêt. Au lieu de se débattre, Atlance sombra dans son plus horrible souvenir : un alligator marchant sur deux pattes l'avait emmené loin sous la terre… En état de choc, le captif perdit la notion du temps. Ce fut finalement une voix familière qui le ramena à la réalité. *Papa ?* répondit-il, étonné. Son père l'informa qu'il se trouvait non loin et qu'il tentait de le retrouver.

« Mon père me délivrera, cette fois », s'encouragea le prisonnier qui se faisait malmener par les mouvements irréguliers du guerrier qui sautait par-dessus les racines et les pierres. Il crut qu'il allait mourir lorsque ce dernier se jeta dans une rivière et que sa tête fut submergée pendant plusieurs secondes. Puisqu'il était important que les victimes qui seraient sacrifiées à la déesse de la Lune soient encore vivantes au moment où elles seraient allongées sur son autel, le Tepecoalt retourna Atlance et passa son bras autour de son cou, maintenant ainsi son visage hors de l'eau. Au grand malheur de l'Émérien, son ravisseur traversa de la même façon deux autres rivières. À la troisième, celui-ci lui serra la gorge si fort qu'il perdit conscience.

Atlance ne revint à lui que lorsqu'il fut brutalement projeté sur le sol, dans un grand enclos où on gardait les prisonniers de guerre. Il vit pour la première fois le visage du Tepecoalt qui l'avait capturé lorsqu'il se pencha sur lui et lui planta un anneau de métal dans le lobe de l'oreille droite. Le pauvre garçon hurla de douleur, mais personne ne vint à son secours. Tandis que le guerrier s'éloignait, il porta la main à sa tête et vit qu'il saignait. Terrorisé, il resta immobile un long moment, puis se rappela les parole d'Onyx. Il se releva donc lentement en regardant autour de lui. Curieusement, les autres détenus ne semblaient pas aussi effrayés que lui. Ils lui parurent même résignés. Ils se trouvaient dans une grande prison extérieure dont les hauts murs tressés auraient sans doute pu être gravis s'il n'y avait pas eu autant de gardiens de l'autre côté.

Le prince s'en approcha lentement en examinant les alentours. Il devait trouver des indices qui permettraient à son père de se rendre jusqu'à lui. Si Onyx était le sorcier le plus puissant de son époque, il n'avait pas jugé bon d'enseigner à ses enfants comment recourir à leur magie pour se défendre, alors Atlance ne songea même pas à utiliser ses facultés particulières pour se sortir de ce mauvais pas.

Les habitants de ce pays belliqueux partageaient des traits physiques avec les Itzamans, mais ils ne se vêtaient pas tout à fait comme eux. Au lieu d'enrouler un pagne autour de leurs hanches, ils passaient une étoffe rectangulaire entre leurs jambes, qu'ils attachaient avec des ceintures de cuir, laissant pendre les deux extrémités devant et derrière. Leurs corps étaient couverts de dessins qui n'avaient rien à voir avec ceux qu'il étudiait à Solis depuis quelques jours.

Atlance remarqua alors que des Tepecoalts le pointaient du doigt en murmurant entre eux. Ils se demandaient sûrement pourquoi sa peau n'était pas de la même couleur que celle de leurs autres prises. Le prince fit de gros efforts pour demeurer calme et continuer d'observer ce qui l'entourait. Toutefois, lorsque ces guerriers ouvrirent la porte de l'enclos et marchèrent dans sa direction, il tourna les talons pour s'enfuir. En moins de deux, les geôliers s'emparèrent de lui. Atlance avait entendu tellement de récits relatant des sacrifices depuis son arrivée à Enlilkisar qu'il s'imagina le pire. Il se démena sans succès, puis finit par se soumettre et se laisser traîner en direction d'un bâtiment rectangulaire construit au sommet d'une petite colline. Tous ceux qu'il croisait écarquillaient les yeux en l'apercevant.

Les Tepecoalts le firent pénétrer dans l'édifice de pierre qui ne ressemblait pourtant pas à une pyramide et ne s'arrêtèrent que lorsqu'ils furent dans une grande pièce qui lui rappela vaguement le hall du château de son père. On le força à s'agenouiller devant un trône de bois décoré de plumes de rapace. «Je suis chez les adorateurs des dieux ailés», comprit l'Émérien. Une dizaine de femmes franchirent alors une porte à sa droite. Elles étaient habillées comme les hommes. De larges colliers de pennes couvraient leurs seins et leur tête était encerclée de minces fils d'or. Elles se divisèrent en deux groupes et se placèrent de chaque côté du duveteux fauteuil. Leurs yeux noirs comme la nuit scrutèrent le prisonnier de la tête aux pieds.

«Ce sont peut-être des princesses... ou bien des prêtresses», songea Atlance, persuadé que le roi de ce pays allait bientôt faire son entrée. À sa grande surprise, c'est une autre femme qui vint se poster devant le trône. Elle ressemblait à toutes les autres, sauf que ses yeux étaient bleus. Ce devait être la reine ou la grande prêtresse. Elle s'adressa à l'étranger dans sa propre langue qu'il ne comprenait évidemment pas.

– Je m'appelle Atlance d'Émeraude, répondit-il, croyant qu'elle lui demandait son nom.

La Tepecoalt eut un mouvement de recul en entendant sa voix, mais sa stupéfaction ne dura qu'un instant. Téméraire, elle s'approcha du jeune prince et s'agenouilla lentement devant lui sans cacher sa fascination. Puis, du bout d'un de ses longs ongles, elle gratta la peau de sa joue.

– Eh non, je ne suis pas de la même couleur que vous.

Elle adressa quelques paroles aux guerriers qui se mirent aussitôt à reculer. La femme attendit qu'ils aient tous quitté la pièce avant de poursuivre son examen du captif. Avec un sourire mystérieux, elle retira la pierre ronde qui ornait la bague qu'elle portait à l'index, révélant un petit dard. Sans avertissement, elle le planta dans la poitrine d'Atlance.

– Mais qu'est-ce que vous faites ?

Il n'eut pas plus mal que si un insecte l'avait piqué, mais sa tête se mit aussitôt à tourner.

– Que Dressad me protège…

Atlance ne sut pas qui le transporta dans la chambre de la grande prêtresse, ni qui lui lava le corps avec une eau parfumée. Lorsqu'il ouvrit les yeux, il était encore étourdi, mais suffisamment lucide pour capter ce qui se passait autour de lui. La femme aux yeux bleus s'assit près de lui et posa une main sur sa propre poitrine.

– Nayaztlan, lui dit-elle.

« Ce doit être son nom », crut comprendre l'Émérien.

– Moi, c'est Atlance.

— Atlanz…

— C'est à peu près ça. Qui êtes-vous ? Où suis-je ?

Le jeune prince baissa les yeux sur son corps.

— Et pourquoi suis-je nu dans votre lit ? s'alarma-t-il en cherchant à se couvrir avec les draps colorés.

Nayaztlan éclata de rire devant sa pudeur et alla lui chercher un morceau d'étoffe rouge et une ceinture en or. Elle lui fit ensuite signe de se lever.

— Je suis parfaitement capable de m'habiller seul.

Ne comprenant pas sa langue, elle crut qu'il lui demandait de le vêtir et passa le tissu étonnamment doux entre ses jambes.

— Je vous en prie, c'est très embarrassant…

Elle plaça la main droite d'Atlance sur sa poitrine pour qu'il y maintienne la partie supérieure de l'étoffe, puis sa main gauche dans son dos sur la partie arrière, pendant qu'elle attachait la ceinture autour de sa taille. Puis, elle écarta les bras de l'Émérien, ce qui eut pour effet de faire retomber le vêtement en place. Nayaztlan recula de quelques pas et l'admira avec un sourire de satisfaction.

— Azcatchi ? demanda-t-elle.

— Je ne comprends pas.

Elle pointa le plafond puis imita le vol d'un oiseau avec ses bras gracieux.

– C'est encore moins clair…

La grande prêtresse alla chercher ce qui ressemblait à une petite ceinture semblable à celle qu'elle avait utilisée pour fixer l'étrange pagne, mais l'attacha plutôt autour de la tête d'Atlance.

– Azcatchi?

– Si ça veut dire prince, alors oui. Sinon, je ne sais pas.

– Nayaztlan Azcatchi.

– Si vous vous mettez à ajouter d'autres mots, je peux vous assurer que je n'arriverai jamais à vous comprendre.

Une femme adressa alors quelques mots à la reine de l'autre côté de la porte. Cette dernière ne cacha pas son déplaisir, mais répondit tout de même à son interlocutrice. Dans un geste rapide, elle découvrit une seconde fois le dard empoisonné de sa bague.

– Non! s'alarma Atlance.

Il n'eut pas le temps de l'esquiver. Nayaztlan l'aida à se recoucher et quitta sa chambre afin de se rendre à la salle d'audience de son palais. Non seulement elle était la grande prêtresse de Tepecoalt, mais elle en était aussi l'une de ses reines.

— Faites-les entrer, ordonna-t-elle aux gardiens des portes.

Une dizaine de ses guerriers d'élite vinrent se prosterner devant elle.

— Qu'y a-t-il de si important pour que vous me dérangiez ainsi ?

— Nous avons attaqué la cité du Soleil, comme vous nous l'avez ordonné, l'informa l'un des hommes peints en doré.

— Et ? s'impatienta Nayaztlan.

— Des dieux sont venus à leur rescousse.

La grande prêtresse se redressa, menaçante.

— Les avez-vous reconnus ?

— Non, ma reine. Ce n'étaient pas des aigles ni des jaguars.

— Des lézards, alors ?

— Non plus.

Nayaztlan n'en croyait pas ses oreilles. Existait-il des divinités dont les ancêtres ne leur avaient pas parlé ?

— Décrivez-les-moi, exigea-t-elle.

— J'ai vu prendre feu une femme dont les cheveux brillaient comme un soleil couchant.

– Elle s'est immolée devant vous, c'est ça ?

– Non, ma reine. Elle vivait dans les flammes et elle les commandait.

– Et elle s'est rangée du côté des Itzamans ? Auraient-ils renoncé à Solis ?

– Nous pensons qu'elle est sortie des volcans...

La grande prêtresse avait entendu suffisamment de légendes de la bouche de certains esclaves Itzamans et Mixilzins pour croire, elle aussi, que de telles créatures puissent y vivre.

– De quelle couleur était sa peau ?

– Blanche comme les nuages.

Le prisonnier qu'on lui avait emmené avait lui aussi un teint lunaire... Y avait-il un lien entre les deux ?

– Qu'a-t-elle fait ?

– Elle a ordonné aux flammes de courir sur le sol pour nous séparer de notre ennemi.

– Était-ce du vrai feu ?

L'un des hommes lui montra son bras brûlé.

– C'est un pouvoir vraiment étonnant. Il me le faut.

Les guerriers échangèrent un regard inquiet, car ils ne voyaient pas comment elle pourrait s'en emparer.

— Sortez, maintenant.

Ils reculèrent en restant courbés très bas. Nayaztlan ne se souciait déjà plus d'eux. Elle venait de diriger toutes ses pensées sur l'étranger qui l'attendait dans sa chambre. Les jeunes prêtresses immobiles de chaque côté de son trône arrivaient habituellement à deviner ses intentions, mais cette fois, elles n'y comprenaient plus rien.

Nayaztlan marcha jusqu'à une grande table de marbre et se mit à répéter l'incantation qui lui permettait de communiquer avec les dieux aigles. Quelques minutes plus tard, les prêtresses en firent autant et tout le palais résonna de leurs prières, jusqu'à ce que se fit entendre le cri perçant d'un oiseau de proie.

— Séléna, ton humble servante veut connaître ta volonté, l'implora Nayaztlan.

Le rapace poursuivit sa complainte pendant un moment.

— Les dieux sont fâchés, car nous n'avons pas capturé suffisamment d'Itzamans pour les apaiser, interpréta la reine. Ils ordonnent que les sacrifices commencent ce soir, dès que la Lune sera haute dans le ciel.

— Il en sera fait ainsi, répondirent en chœur les prêtresses.

Nayaztlan retourna dans sa chambre pendant qu'elles préparaient la cérémonie. La grande prêtresse n'avait pas encore décidé si l'homme blanc qui dormait dans son lit serait immolé. La prophétie mentionnait que le dieu Azcatchi reviendrait vivre au milieu des Tepecoalts qu'il avait créés. Ces derniers le reconnaîtraient à sa peau pâle, à ses yeux bleus et à ses étonnants pouvoirs magiques. Atlance possédait deux de ses caractéristiques, mais la reine ne l'avait rien vu faire d'extraordinaire. Pis encore, l'un de ses soldats l'avait ramené d'Itzaman. «Pourquoi celui qui nous protège se serait-il trouvé en territoire ennemi?» Il ne méritait pas de vivre.

Lorsque tout fut prêt pour les sacrifices, Nayaztlan réveilla Atlance et le mit debout. Encore sous l'effet de la drogue, le jeune homme la suivit comme un petit chien lorsqu'elle lui prit la main et qu'elle l'entraîna dehors. Il faisait nuit. Des flambeaux éclairaient les pas de la reine et des prêtresses tandis qu'elles marchaient solennellement vers la pyramide. Plus il avançait, plus le Prince d'Émeraude reprenait ses sens. Toutefois, il eut la présence d'esprit de ne pas le faire voir à sa geôlière. Les yeux à demi fermés, il tentait de repérer une brèche dans la foule qui s'était rassemblée autour du gigantesque autel.

Nayaztlan confia alors l'étranger au commandant de son armée en qui elle avait une confiance aveugle. Sans se soucier des vêtements royaux que portait Atlance, le guerrier le poussa vers le groupe d'Itzamans qui attendaient d'être exécutés pour la gloire des dieux. L'Émérien continua d'agir comme une marionnette, jusqu'à ce qu'il aperçoive Féliss parmi les captifs. Le sang de ses parents se mit alors à bouillir dans ses veines.

Enfin libéré de toute surveillance étroite, Atlance se rapprocha lentement du fils de Juguarete. Apparemment, l'enfant avait su tenir sa langue puisqu'il n'était pas traité différemment des autres prisonniers. Le visage de Féliss se crispa lorsqu'il reconnut les traits de l'otage de son père sous son déguisement de Tepecoalt. Atlance mit aussitôt le bout de son index sur ses lèvres pour lui recommander le silence. Il glissa ensuite ses doigts entre les siens et l'entraîna très lentement vers l'arrière du troupeau d'hommes qui attendaient d'être immolés comme des agneaux.

Curieusement, il n'y avait que deux guerriers derrière eux pour les empêcher de s'enfuir. Au lieu de se positionner dans des endroits stratégiques d'où ils pourraient surveiller tout le monde, ils marchaient de long en large, en sens opposé l'un à l'autre en marmonnant des prières. Leur dévotion fut leur distraction. Dès qu'ils se furent croisés vers le centre du groupe de prisonniers et qu'ils se mirent à s'éloigner l'un de l'autre, Atlance tira sur la main de Féliss et courut vers la forêt.

Un cri d'alarme retentit derrière les fugitifs, ce qui les fit redoubler d'ardeur. Il faisait noir comme dans un four, alors Atlance utilisa ses facultés magiques pour repérer les obstacles devant lui et les éviter. À moins que les Tepecoalts aient des yeux de chat, ils ne pourraient pas les rattraper facilement. Les deux princes ne savaient pas très bien où ils se dirigeaient. Tout ce qui leur importait, c'était d'échapper au poignard cérémonial des prêtresses de la Lune.

Au bout d'un certain temps, Atlance sentit que ses poursuivants gagnaient dangereusement du terrain, alors il utilisa une fois de plus sa magie. Il s'arrêta net, serrant Féliss contre sa poitrine et fit appel à son pouvoir de lévitation. D'un seul coup, ils se retrouvèrent à la cime d'un arbre, assis sur une grosse branche. Les guerriers passèrent sous leurs pieds sans se douter de rien. Atlance tendit l'oreille pour déterminer la direction qu'ils prenaient. « Ils continuent tout droit », conclut l'Émérien. Celui-ci ne pouvait évidemment pas resté juché là, car, bientôt, le soleil allait se lever et il serait repéré. Il redescendit donc au sol avec son protégé et les deux coururent en direction opposée, espérant qu'ils se dirigeaient vers Itzaman.

13

AZCATCHI

Si la barque n'avait emporté qu'Onyx, Swan, Kira, Hadrian et Jenifael, la femme-poisson aurait été capable de la tirer à très grande vitesse vers Tepecoalt, mais en ajoutant tous leurs compatriotes, la charge ralentit considérablement Shapal. Les renforts n'arrivèrent donc en vue du temple de la Lune qu'au milieu de la nuit. Les sacrifices étaient terminés, mais le tumulte que les aventuriers pouvaient entendre au loin, lorsqu'ils débarquèrent finalement sur la grève, leur recommanda d'être prudents.

– Quelle est cette odeur ? demanda Danitza en se pinçant le nez.

– C'est du sang, répondit Onyx en marchant vers l'imposant monument.

Le reste de la troupe le suivit, mais Shapal demeura allongée sur le ventre, dans le sable, à reprendre son souffle. Elle avait fait sa part et elle attendrait plutôt leur retour.

Kira était la seule à posséder une vision nocturne, alors elle prit les devants avec Onyx. Une fois qu'ils furent au pied du grand escalier qui grimpait jusqu'au sommet de la pyramide, elle alluma ses paumes. Ils écarquillèrent les yeux avec horreur en voyant le sang qui continuait de couler sur les pierres. Même Onyx n'avait jamais rien vu de pareil.

— Je pense que je vais vomir, gémit Améliane.

— Il est frais, les informa le Roi d'Émeraude, et il ne provient pas d'animaux.

Wellan et Kirsan dépassèrent le groupe, mais s'arrêtèrent brusquement quelques secondes plus tard.

— Les victimes ont été décapitées, annonça Wellan.

Onyx et Hadrian se hâtèrent auprès des jeunes. En effet, une centaine de têtes étaient amoncelées au pied des buissons jusqu'où elles avaient roulé, après avoir dégringolé les marches. Onyx s'accroupit et alluma l'une de ses mains, tandis que de l'autre, il attrapait les têtes par les cheveux pour regarder leur visage. Seul Hadrian trouva le courage d'aider son ami à fouiller parmi les têtes. Le reste de l'équipe préféra se tenir à l'écart.

— C'est une coutume vraiment barbare, grommela Jenifael. Je ne peux pas croire que les dieux exigent une pareille offrande.

— Ils n'adorent pas le même panthéon que nous, lui rappela Cameron.

— Il n'y a qu'une seule déesse et elle rayonne de bonté, déclara Mali, offusquée.

– Avant que vous condamniez ces gens, intervint Kira, tâchez de vous rappeler qu'ils n'ont pas évolué de la même façon que nous. L'impénétrable barrière montagneuse qui nous sépare d'eux nous a empêchés de leur transmettre nos valeurs.

– Le contraire aurait pu être vrai aussi, leur fit remarquer Wellan. S'il n'y avait pas eu de volcans, il y aurait peut-être des pyramides partout à Enkidiev aujourd'hui.

– Je te serais reconnaissante de ne pas démolir mes tentatives de réconfort, jeune homme, l'admonesta sa mère.

– C'était seulement une hypothèse.

Danitza s'était réfugiée dans les bras de Cameron et sanglotait. Son compagnon Elfe, même s'il ne comprenait pas l'irrationalité de ce rituel sanglant, observait le tout sans manifester d'émotions. Son peuple avait très longtemps condamné la violence, mais durant la deuxième invasion des hommes-insectes, il avait dû se résigner à protéger ses terres. Le jeune prince avait appris le maniement de l'arc, lorsque ses parents l'avaient emmené vivre chez les Elfes, mais il n'avait jamais abattu qui que ce soit.

Mali, qui avait vécu la moitié de sa vie chez les Enkievs, avait déjà assisté à des sacrifices, mais seulement d'alligators et d'autres bêtes féroces dont ils réclamaient la force. Les siens ne tuaient que les criminels et cela n'arrivait pas souvent. Le sang qui continuait de se répandre à ses pieds lui rappela qu'elle avait failli subir le même sort que ces pauvres Itzamans quelques années auparavant. Heureusement, Liam l'avait sauvée.

Voyant qu'Améliane reculait pour échapper aux vibrations négatives qui tourbillonnaient autour de la pyramide, Jenifael s'empressa de la rattraper.

— Les habitants de ce pays sont trop dangereux pour que je te laisse t'éloigner du groupe.

— Ce massacre était inutile et barbare, gémit la jeune Fée. Je ne peux pas rester ici.

— Dès qu'Onyx aura...

Les mots s'étranglèrent dans la gorge du commandant des Chevaliers d'Émeraude, car elle venait de saisir l'horreur de retrouver ainsi le visage de son enfant. Elle se retourna vivement, cherchant des yeux la jeune Katil qui était amoureuse d'Atlance. Celle-ci était tombée sur ses genoux, craignant le pire.

— Je m'occupe d'elle, annonça Kira.

Une fois remise du choc de voir autant de têtes coupées et de penser que celle de son fils puisse se trouver parmi elles, Swan écouta plutôt son cœur de mère. *Atlance ?* l'appela-t-elle. *Maman ?* En entendant la voix du prince, Onyx et Hadrian se redressèrent. *Où es-tu ?* poursuivit Swan. Elle ne reçut aucune réponse. *Atlance ?*

— Il est sans doute parmi les prisonniers qui n'ont pas encore été exécutés, suggéra Hadrian.

— Pourquoi ne me dit-il plus rien ? s'alarma Swan.

– Il a peut-être été assommé, avança Wellan.

– Il faut nous en assurer, mais sans faire de gestes hostiles, recommanda Kira. Bien que nous soyons tous capables de nous défendre avec nos armes ou notre magie, notre but est de retrouver Atlance, pas de contrarier des peuples qui pourraient éventuellement nous envahir.

– Il n'en tient qu'à eux de ne pas me provoquer, maugréa Onyx.

– Y en a-t-il parmi vous qui préféreraient retourner à la barque ? demanda Jenifael.

Le silence des aventuriers lui fit comprendre qu'ils voulaient poursuivre cette recherche avec eux.

– Allons-y et n'échangez des commentaires qu'au moyen de vos facultés télépathiques, ordonna-t-elle.

Ils pénétrèrent prudemment à l'intérieur du pays, en longeant la dense forêt, où il leur serait facile de se camoufler. Les deux rois prirent les devants, étonnés de ne trouver aucune sentinelle sur leur route. Kira jugea plus prudent de protéger leurs arrières. Au bout d'un moment, les meneurs s'accroupirent dans l'herbe haute. Les autres les imitèrent. *Restez là,* les avertit Hadrian en rampant jusqu'au faîte d'une petite colline en compagnie d'Onyx. Ils auraient tous aimé voir ce qui se passait de l'autre côté, mais jugèrent plus prudent d'obéir.

Le son des tambours et les cris de joie étaient assourdissants. Les deux hommes s'immobilisèrent à plat ventre et observèrent les réjouissances avec attention. Un grand feu brûlait devant un imposant édifice en pierres massives et les participants à cette fête y faisaient cuire des morceaux de viande, au bout de longues piques. *Onyx, vois-tu ce que je vois?* demanda son ami grâce à la faculté de communiquer individuellement par l'esprit que son ancien lieutenant lui avait enseignée des centaines d'années auparavant.

Au-delà des guerriers portant des ailes et des casques en forme de tête d'aigle et qui dansaient autour des flammes, des femmes dépeçaient les corps des cadavres décapités. *Nous avons aussi mangé nos ennemis, jadis,* répliqua Onyx. *Ce n'étaient pas des êtres humains,* lui fit remarquer Hadrian. Le roi semblait indifférent devant les coutumes cannibales des Tepecoalts, alors qu'en réalité, il faisait de gros efforts pour ne pas laisser éclater sa colère. Il possédait certainement la puissance requise pour pulvériser tous ces barbares d'un seul coup.

Vois-tu ton fils? demanda Hadrian. Onyx secoua la tête négativement. *Atlance, où es-tu?* l'appela-t-il. *Je n'en sais rien!* haleta le Prince d'Émeraude. Les traits du père se décrispèrent. *Pourquoi n'as-tu pas répondu à ta mère il y a quelques minutes?* reprocha-t-il. *J'essaie d'échapper à mes poursuivants! Je ne peux pas courir et penser en même temps!* Onyx leva les yeux vers le ciel avec découragement. *Il faudrait que je pique vers les volcans, mais la plaine grouille de guerriers qui dansent autour des feux,* expliqua Atlance. Son père ne pouvait pas lui demander de lui signaler sa position de façon lumineuse, car les Tepecoalts fondraient sur lui. *Je vais suivre ta trace, tiens bon,* l'encouragea-t-il.

Les deux rois redescendirent de la colline. Swan suivit aussitôt son mari dans la forêt, bien décidée à protéger son enfant contre tous les dangers. Le reste du groupe les suivit en silence.

— Allons-nous rencontrer des indigènes armés ? chuchota Danitza à Cameron, car elle ne possédait aucune faculté magique et ne pouvait pas capter les ordres télépathiques des Émériens.

Si vous n'aviez pas l'intention de vous battre pour sauver votre peau, il fallait rester chez vous ! éclata Onyx, furieux.

— Tout ira très bien, murmura Cameron à sa douce.

Hadrian aurait voulu ramener tout de suite au château ceux qui n'avaient pas reçu de formation militaire, mais il ne pouvait pas laisser non plus ses anciens soldats affronter seuls les guerriers qui tentaient de capturer Atlance.

✳ ✳ ✳

Atlance tenait fermement la main de Féliss tandis qu'il courait entre les arbres en se servant de ses facultés de repérage. Les guerriers n'étaient pas très loin derrière. Puis, soudain, ils cessèrent de le poursuivre. « Pourquoi se sont-ils arrêtés ? » se demanda le prince. Ces hommes étaient agiles. Ils auraient dû les rattraper depuis bien longtemps. Quelque chose les avait-il effrayés au point de leur faire abandonner la chasse ? « Ce ne peut certainement pas être mon père », songea Atlance. « Il est rapide, mais pas à ce point. Pour se déplacer instantanément d'un point à un autre, n'importe où dans l'univers, il doit y être déjà allé. » C'est alors qu'il entendit des grondements de fauves et comprit qu'ils avaient fait déguerpir les guerriers.

– Ce sont les jaguars, nos alliés, lui apprit Féliss.

« Comme si nous n'avions pas suffisamment de problèmes », se découragea Atlance.

– Fais-tu référence à une caste de guerriers ou à des bêtes sauvages ?

– Les jaguars sont de grands chats, évidemment.

– Eh bien, au cas où ils ne te reconnaîtraient pas dans cette obscurité, accélérons le pas, d'accord ?

La nuit s'achevait lorsqu'ils débouchèrent sans ennui devant de grands champs cultivés. Au loin, ils pouvaient entendre les roulements du tonnerre. Un orage approchait. Atlance s'immobilisa et sonda les environs à l'aide de ses sens invisibles. Heureusement pour les fugitifs, toute la population s'était donné rendez-vous au palais. Il ne restait plus personne dans les environs, pas même un seul guetteur. Ses parents ne se trouvaient pas par là non plus. La pluie se mit alors à tomber, pinçant la peau des deux princes.

– Il y a une hutte là-bas, indiqua Atlance au jeune Itzaman qui continuait de s'accrocher à sa main.

– Nous ne devrions pas nous arrêter…

– J'ai besoin de me reposer, Féliss. Fais-moi confiance.

Ils avancèrent prudemment en direction de cet abri providentiel et y entrèrent juste à temps pour éviter d'être trempés. « Ce n'est pourtant pas la saison froide », s'étonna Atlance. Ce continent était vraiment différent du sien. Pour voir ce que contenait la paillote, l'Émérien alluma l'une de ses paumes. Il y avait divers outils appuyés contre les murs et une natte couvrait le sol. Les ouvriers devaient se servir de l'abri, eux aussi, pour se protéger du mauvais temps.

– Il faut faire bien attention aux vipères, l'avertit Féliss. Elles aiment se cacher dans les maisons.

– Je te promets qu'elles ne nous importuneront pas.

– Parce que tu es un dieu ?

Atlance aurait aimé réfuter cette idée absurde qui s'était propagée à Itzaman, mais il ne savait pas non plus comment expliquer ses facultés magiques. Il fit asseoir son protégé au milieu de la cabane et alluma un cercle de flammes autour d'eux.

– Il est imprudent d'allumer un feu dans une hutte ! s'effraya l'enfant.

– Ce n'est pas un feu comme les autres, Féliss. Il ne consume pas la matière, mais il diffuse de la chaleur. C'est très utile lorsque nous sommes loin de chez nous et que nous avons besoin de protection. Les serpents ne savent pas qu'il s'agit d'une illusion, alors ils se tiendront loin de nous.

L'Émérien s'allongea sur le sol. La pluie qui tombait dru ne semblait pas vouloir inonder leur refuge, du moins pour l'instant. Féliss imita l'adulte et se colla contre lui. Il tremblait.

— Tu n'as rien à craindre, murmura Atlance.

— Les Tepecoalts ne laissent jamais leurs proies s'échapper. Ils finiront pas nous retrouver.

— Dans ce cas, ils auront toute une surprise, parce que mon père est à notre recherche.

— Tes amis ont dit qu'il était en train de mourir !

— Rien ne peut abattre mon père, Féliss. C'est une force de la nature. L'antidote fabriqué à partir de la fleur bleue a certainement fait effet, puisqu'il est ici.

— Comment le sais-tu ?

— Il me l'a dit, dans ma tête. Tu ne vas pas me croire, mais il est si puissant qu'il exterminera à lui seul tous les Tepecoalts qui tenteront de l'empêcher de se rendre jusqu'à moi.

— C'est le chef de tous les dieux ?

Atlance éclata de rire, achevant de rassurer l'enfant.

— Il aimerait certainement ce titre, mais non, ce n'est pas lui, répondit-il après s'être calmé. C'est le Roi d'Émeraude, notre pays.

— Est-il juste et bon ?

— Pas toujours, mais il a un grand ami qui le ramène dans le droit chemin lorsqu'il s'égare. Il a bien des défauts, mais je préfère penser à ses qualités. C'est un homme qui adore sa femme et ses enfants plus que tout au monde, même s'il est souvent bien exigeant envers eux. Il a participé à deux guerres importantes à Enkidiev et il s'y est distingué par son audace et son habileté à manier les armes. J'irais même jusqu'à dire que sans lui, nous aurions perdu notre continent.

– C'est un brave guerrier.

– Le plus courageux d'entre tous.

– J'ai hâte de le rencontrer.

– Je suis certain que tu l'aimeras beaucoup. Maintenant, essaie de dormir un peu.

Féliss se blottit dans les bras de l'Émérien.

– Est-ce que je peux te faire une confidence, Atlance ?

– Oui, bien sûr.

– Je suis le fils du Prince d'Itzaman. Un jour, je devrai devenir un grand guerrier et prendre sa place à la tête de notre peuple, mais aujourd'hui j'ai vraiment eu très peur. Ce n'est pas un comportement digne d'un chef.

– Eh bien, sache que nous sommes exactement dans la même situation, jeune homme. Moi aussi, j'ai eu peur, et je suis le fils d'un grand roi. Arrête d'y penser et ferme les yeux.

Délicatement, Atlance appuya la main sur la nuque du garçon et lui transmit une vague d'apaisement qui le fit sombrer dans le sommeil. Quant à lui, l'Émérien commença par écouter les bruits de la nuit, étouffés par le déluge, puis inspecta les alentours avec ses sens subtils. Rien ne les menaçait. «Mon père arrivera-t-il à retrouver mon énergie dans cet orage?» se demanda-t-il. Si Atlance ne savait pas tenir convenablement une épée, il était par contre doué pour la magie. La trace qu'il avait laissée dans la forêt serait-elle suffisamment profonde pour qu'Onyx puisse la suivre sans difficulté? Il indiqua à son esprit de le réveiller juste avant le lever du soleil et s'assoupit.

✳ ✳ ✳

Onyx était en effet un homme d'un acharnement hors du commun. Une fois qu'il eut détecté l'énergie de son fils dans le sol de la forêt, il se mit à la suivre sans se méfier des guerriers qui sillonnaient déjà la zone. La tempête le força toutefois à s'arrêter. Pour protéger tout le groupe de la pluie torrentielle, le Roi d'Émeraude l'enveloppa dans une large bulle invisible. Puis il se croisa impatiemment les bras, espérant ne pas avoir aussi à éloigner les nuages d'orage.

– Mais où as-tu appris à faire ça? s'étonna Hadrian.

– Ce pouvoir faisait déjà partie de l'arsenal de Farrell, avoua son ami. C'est pour ça que tu ne m'as jamais vu m'en servir, lors de la première invasion.

Farrell n'était plus qu'un lointain souvenir pour Swan qui le revoyait parfois dans certains gestes d'Atlance. Fabian tenait d'elle et Cornéliane était le portrait vivant de son père. Au lieu de se tourmenter, la femme Chevalier utilisa plutôt ses facultés pour repérer elle aussi son fils. Tout comme les autres magiciens de la bande, elle avait capté la piste d'Atlance et elle était de plus en plus forte. « Il n'est pas loin », se rassura-t-elle. Contrairement à Onyx qui exigeait l'excellence chez leurs enfants, Swan préférait cultiver leur grandeur d'âme. Ce n'était pas toujours facile, car dans leurs veines coulait le sang de conquérant de leur père, mais elle savait que son apport aurait un impact positif plus tard dans leur vie. Elle allait tenter une communication télépathique avec Atlance lorsqu'elle sentit la présence de guerriers Tepecoalts.

– Nous ne sommes pas seuls, s'alarma Wellan.

Il n'avait pas prononcé le premier mot qu'Onyx et Kira s'étaient déjà placés en position de défense. Ils formèrent un cercle, poussant Danitza à l'intérieur, car elle ne savait pas se battre, et attendirent que l'ennemi se manifeste.

– Cet écran qui nous protège de la pluie, nous gardera-t-il aussi des armes ? voulut savoir Hadrian.

– Non, répondit Onyx, aux aguets.

Les éclairs, qui les aveuglaient par intermittence, les obligèrent à se fier davantage à leurs pouvoirs de localisation.

– Je capte la présence d'une cinquantaine d'individus, confirma Ellie.

– Et ils manœuvrent pour nous cerner de toutes parts, ajouta Améliane.

– Préparez-vous à vous défendre, mais ne bronchez pas avant qu'ils aient fait le premier geste, les avertit Jenifael. Ils veulent peut-être simplement nous parler.

Onyx haussa un sourcil, incrédule. Il avait appris, par expérience, que les gens qui voulaient parlementer n'agissaient pas ainsi. La pluie cessa subitement de s'abattre sur la forêt et les grondements du tonnerre leur semblèrent plus distants. Le Roi d'Émeraude fit disparaître leur abri invisible afin de disposer de toute sa puissance. Il alluma ensuite ses paumes pour éclairer les alentours et vit une armée d'archères vêtues de pagnes et de colliers de plumes qui dissimulaient leur poitrine. Leur expression grave fit comprendre aux aventuriers qu'elles n'hésiteraient pas à laisser partir leurs flèches s'ils osaient faire le moindre mouvement. Une autre femme, non armée celle-là, se faufila alors entre les guerrières. Contrairement à ces dernières, son visage rayonnait de bonheur.

– Azcatchi… se réjouit-elle.

– Qu'est-ce qu'elle dit ? grommela Onyx.

– Je suis désolée, mais c'est une langue que je ne comprends pas, s'excusa Mali. Mais si on me donne un peu de temps, je pourrais…

– Assez ! ordonna le roi qui avait besoin de toute sa concentration.

En souriant, l'inconnue lui tendit une main apparemment amicale.

– Si tu la touches, tu le regretteras amèrement, l'avertit Swan.

– S'il ne fait rien, nous sommes tous morts, répliqua Hadrian.

Puisqu'il demeurait immobile, Nayaztlan comprit qu'il ne se servirait pas de sa sorcellerie contre elle. Elle dégagea la pierre qui masquait le dard de sa bague, s'avança et effleura la paume lumineuse d'Onyx en écarquillant les yeux comme une enfant ravie.

— Essaie la diplomatie d'abord, recommanda Hadrian.

— Je suis à la recherche de mon fils, laissez-nous passer.

À la vitesse d'un serpent, Nayaztlan planta l'aiguillon dans la chair de sa proie. Surpris par son geste, Onyx n'eut pas le temps de réagir que le venin se répandait déjà dans son sang. Il chancela et tomba sur les genoux devant la reine.

— Onyx ! s'écria Swan en voulant se porter à son secours.

Les pointes de flèche en pierre des deux archères qui se postèrent aussitôt de chaque côté de leur souveraine freinèrent son élan.

— Que lui avez-vous fait ? se fâcha Swan.

Nayaztlan ne se préoccupa pas d'elle et regarda plutôt Onyx droit dans les yeux.

— Ils sont plus clairs que ceux d'Atlanz, remarqua-t-elle avec satisfaction. Tu possèdes aussi les pouvoirs d'Azcatchi. Sois le bienvenu chez toi, ô mon dieu.

Elle aida Onyx à se lever, prit son bras et entraîna l'homme avec elle sans qu'il lui oppose de résistance. En se rapprochant davantage de leurs prisonniers, les guerrières leur firent assez facilement comprendre qu'ils devaient les suivre.

Hadrian, il faut faire quelque chose, implora silencieusement Kira. *Attendons de voir où elles nous emmènent,* répondit-il de façon à ce que tous les autres l'entendent. *De toute façon, dans la forêt, il nous est plus difficile de réagir qu'en terrain découvert.* Il avait raison : derrière les arbres pouvaient se dissimuler d'autres combattantes qui pourraient les surprendre.

Ils marchèrent donc à la suite de Nayaztlan sur un sentier qui menait derrière le grand bâtiment qu'ils avaient aperçu à leur arrivée. Les festivités se poursuivaient de l'autre côté, alors la grande prêtresse choisit de faire pénétrer les captifs dans le palais par une porte secrète.

14

LE DIEU SALVATEUR

Poussés par les guerrières de Tepecoalt, les aventuriers suivirent Onyx et Nayaztlan jusqu'à une grande salle où les prêtresses étaient rassemblées en prière. Elles reconnurent l'homme qui accompagnait leur maîtresse. Folles de joie, elles vinrent se prosterner aux pieds du Roi d'Émeraude. *Cela devrait rassurer ton ego pendant un petit moment,* se moqua Swan. Sous l'effet de la drogue que lui avait injectée Nayaztlan, Onyx ne réagit même pas.

– Est-ce bien lui ? voulut savoir l'une des femmes.

– Oui, affirma la reine. L'autre n'était qu'un dieu mineur. Cette fois, le ciel a répondu à nos supplications.

Que disent-elles ? demanda Liam à ses équipiers. Personne ne comprenait cette langue. *J'espère qu'elles ne désirent pas nous manger,* s'alarma Kirsan. *Ce serait une bonne idée que tu commences à faire des rêves prophétiques qui nous empêcheraient de tomber dans de tels pièges,* lui reprocha Améliane. *Je ne peux pas forcer ces visions !* se défendit le jeune Zénorois. *Les enfants, ce n'est pas le moment de vous quereller,* les gronda Kira. *Aidez-nous plutôt à nous faire comprendre de ces femmes.* Ils jetèrent tous un regard de côté vers Mali qui était la seule qui puisse leur servir d'interprète, mais malgré tous ses efforts, l'Enkiev ne parvenait pas à décortiquer la langue de Tepecoalt.

– Écoutez-moi, exigea Onyx qui vacillait encore. Je suis…

L'expression troublée sur son visage alarma Hadrian, car même après plusieurs tonneaux de vin, Onyx se souvenait au moins de son nom.

– Dis-moi que tu le fais exprès de me rendre inquiet, se méfia l'ancien Roi d'Argent.

– Je reconnais ton visage, mais je ne sais plus ton nom, bredouilla Onyx.

– On dirait qu'il est sous l'emprise d'un charme, remarqua Kira.

– Je ne sens pourtant aucune magie chez cette femme, s'étonna Daiklan.

– C'est peut-être une substance qui agit sur sa mémoire, suggéra Wellan.

Onyx continuait d'étudier les visages de ses compatriotes comme s'ils étaient de parfaits inconnus.

– Allez me chercher un interprète, ordonna alors Nayaztlan, désireuse d'en apprendre davantage sur ces étrangers à la peau pâle.

Les prêtresses se consultèrent un instant, puis l'une d'elles disparut dans l'un des nombreux couloirs gardés par les archères.

– Lorsque tu m'auras expliqué qui sont tous ces gens, ô dieu crave, nous les immolerons pour toi, lui dit Nayaztlan avec un sourire enjôleur.

Les prêtresses se mirent alors à servir aux aventuriers des cratères en terre cuite remplis d'un liquide doré. *Attendez avant de boire*, recommanda Kira. Utilisant ses sens plus aiguisés que ceux des humains, elle flaira la boisson et y trempa le bout de la langue.

Fascinée par la peau mauve et les cheveux violets de la Sholienne, Nayaztlan s'approcha d'elle et caressa ses boucles.

– Ipoca ? demanda la reine.

– Non, affirma Kira qui comprenait au moins ce mot. Je suis d'Enkidiev.

Est-ce qu'on peut boire, maintenant ? demanda Kirsan qui mourait de soif. *J'ai besoin d'une seconde opinion*, lança Kira. *Je m'en occupe tout de suite, déesse,* offrit Mali. Elle fit sa propre analyse de la substance ambrée.

On dirait du cidre, déclara-t-elle, au bout d'un moment. *Je n'y goûte rien d'anormal.* Mali ignorait évidemment que les Tepecoalts étaient passés maîtres dans la fabrication de poisons et de drogues indétectables. Assoiffés, tous les aventuriers avalèrent la délicieuse boisson, sauf Hadrian qui demeurait sur ses gardes. Curieux, Daiklan et Ellie circulèrent dans la salle pour admirer les sculptures, les fresques et les objets d'art. Les prêtresses les suivaient des yeux, sans les empêcher d'aller où ils voulaient. De toute façon, les archères bloquaient toutes les issues.

Swan voulut s'approcher de son mari pour le maintenir en équilibre sur ses jambes, mais Nayaztlan se plaça entre elle et lui. *Hadrian, je crois que ce serait le bon moment d'utiliser ton vortex pour rentrer,* le supplia la femme Chevalier qui aimait de moins en moins l'intérêt que manifestait la grande prêtresse pour Onyx. *J'y pensais, justement,* répondit-il. *Préparez-vous à faire la chaîne.* Jenifael fit un pas pour rejoindre son amoureux, mais s'écroula sur ses genoux. Danitza et Améliane, qui se tenaient tout près d'elle, s'accroupirent pour l'empêcher de poursuivre sa chute jusqu'à sur le plancher en pierre.

— Jeni, que se passe-t-il ? s'alarma Hadrian en se penchant sur elle.

— Tout tourne autour de moi…

— Nous avons été drogués ! se révolta Wellan.

— En es-tu certain, mon chéri ? voulut s'assurer Kira, qui ne ressentait rien.

Ellie s'écroula dans les bras de Daiklan, puis ce fut au tour de Katil et de Liam. Seuls Hadrian, Kira et Améliane ne semblèrent pas touchés par le poison. Sur le point de s'affaisser lui aussi, Onyx observait ces événements comme s'ils ne le concernaient pas.

— Que nous avez-vous fait ? cria Liam qui se sentait sombrer dans l'inconscience.

Il faut vous rapprocher les uns des autres, ordonna Hadrian. *Partons avant d'être décapités à notre tour.* Daiklan, qui avait déjà du mal à se mouvoir, réussit à traîner Ellie jusqu'à l'endroit où ses compagnons étaient maintenant assis sur le sol. Kira et Améliane tentèrent d'aider les victimes de l'empoisonnement à se rassembler au même endroit, mais entendirent aussitôt se tendre les cordes des arcs autour d'elles. Courageuses, elles poursuivirent leur travail en feignant de vouloir soigner leurs amis plutôt que de les aider à se relever.

Comme si elle comprenait ce que tentaient de faire les inconnus, Nayaztlan poussa doucement Onyx loin des membres de l'expédition. Ce n'est qu'une fois tous ces derniers enfin réunis au centre de la pièce qu'Hadrian constata que celui qu'il devait absolument tirer d'affaire était hors de sa portée. Il s'avança donc d'un pas résolu pour saisir son ami que protégeait maintenant la grande prêtresse. Le geste de l'ancien roi fut immédiatement interprété comme une attaque de la part des guerrières. Une flèche partit et se ficha dans l'épaule gauche d'Hadrian, lui causant une atroce douleur.

— Hadrian ! s'écria Kira, horrifiée.

Ne bougez pas. Demeurez les uns près des autres, commanda-t-il d'une voix souffrante. *Si tu persistes, elles te tueront,* s'alarma la Sholienne. *Si je ne fais rien, elles garderont Onyx.* Kira secoua vivement la tête. *Il n'est pas question que je ramène des cadavres chez nous,* protesta-t-elle.

Je n'abandonnerai pas mon frère. Partez sans moi. Sauve-les, Kira.

La Sholienne se tourna vers les aventuriers, mais n'eut pas le temps de leur demander de se prendre par la main. Un solide coup derrière sa tête la fit tomber sur le ventre. Elle tenta de se redresser malgré l'étourdissement. Un deuxième choc la fit sombrer dans l'inconscience.

Hadrian avait vu la guerrière s'en prendre à Kira. Malgré la présence du silex dans sa chair, il avait tenté d'empêcher son assaillante de la frapper de nouveau, mais il reçut une seconde flèche dans l'épaule à un centimètre de la première, un peu plus près du cœur. Les Tepecoalts n'avaient donc pas l'intention de les tuer, enfin pas au milieu de cette salle cérémoniale.

– Emmenez-les et séparez les femmes des hommes! ordonna Nayaztlan.

Améliane, toujours en possession de ses moyens, leva un regard suppliant vers son chef blessé. *Ne résiste pas,* lui recommanda ce dernier. *Nous allons trouver un moyen de nous en sortir.* La jeune Fée marcha donc avec les archères qui avaient chargé ses compagnes sur leurs épaules, et Hadrian fut entraîné avec le groupe qui emmenait les hommes. Les aventuriers inconscients furent déposés sur des nattes, dans deux pièces différentes du palais. L'ancien Roi d'Argent se retrouva assis dans un coin. Liam, Cameron, Daiklan, Wellan et Kirsan étaient sans connaissance. Il ne pourrait donc pas compter sur eux pour extraire les projectiles. Pourtant, il devait le faire rapidement, sinon il risquait de perdre l'usage de son bras. Il arriverait probablement à retirer la première, mais il pourrait aussi s'évanouir avant d'avoir refermé la plaie. Il mourrait au bout de son sang…

Il prit une profonde inspiration, agrippa solidement la tige de bois d'une main et plaça l'autre sur sa poitrine, prête à intervenir. Il ferma les yeux et tira de toutes ses forces sur la flèche qui céda avec un horrible bruit de succion. D'un seul coup, tout le corps d'Hadrian se couvrit de sueur. En tremblant, il appliqua sa paume illuminée sur la plaie pour la refermer et remettre ses tissus musculaire et conjonctif en bon état. Avant de procéder à la deuxième opération, il décida de se désaltérer et laissa son esprit errer dans les alentours. Il trouva finalement une cruche de grès qu'une paysanne venait de déposer sur la margelle d'un puits et la fit disparaître sous les yeux de la pauvre femme effarée.

Hadrian but la moitié de l'eau et rassembla une fois de plus son courage. Il empoigna fermement la deuxième flèche et tira en poussant un grondement sourd. Au bord de l'évanouissement, il soigna la dernière blessure et but le reste de l'eau, avant de se laisser glisser sur le dos. Il était épuisé comme s'il avait combattu toute une journée. Il devait maintenant trouver une façon de faire sortir tout le monde de cette prison. À bout de force, il sombra plutôt dans un sommeil réparateur.

Pendant que ses amis étaient neutralisés dans des pièces voisines, Onyx tentait désespérément de reprendre ses esprits. Il voyait que ce qui se passait était anormal, mais il n'arrivait pas à réagir pour y mettre fin. Il avait fait un pas incertain pour suivre les guerrières qui emmenaient Hadrian et les autres, mais la grande prêtresse l'avait retenu en lui prenant la main. Elle l'avait fait pivoter vers elle pour ensuite le conduire en direction opposée. Sans qu'il puisse résister, Onyx se retrouva dans la chambre de Nayaztlan.

— Pardonne-moi d'avoir pris un autre homme blanc pour un dieu, lui dit-elle en déboutonnant sa chemise noire. Ça ne se reproduira plus jamais.

— Je ne comprends rien de ce que vous me dites. Éloignez-vous de moi.

— Maîtresse ? l'appela l'une des prêtresses dans le couloir. J'ai trouvé un interprète.

— Fais-le entrer tout de suite.

Onyx fut alors très surpris de voir arriver un enfant de dix ans, qui ressemblait un peu trop à ses fils pour que ce soit une coïncidence. Il avait la peau blanche, de longs cheveux noirs, brillants comme de la soie, mais ses yeux étaient sombres.

— Le dieu crave parle-t-il ta langue ? demanda Nayaztlan.

— La reine veut savoir si vous me comprenez, fit aussitôt l'enfant dans le dialecte ancien des Enkievs.

— Tu ne parles pas la langue actuelle de mon continent, mais je la connais, affirma Onyx en trébuchant sur quelques mots, car il ne l'avait pas utilisée depuis ses études au Château d'Émeraude.

Le petit traduisit sa réponse à la reine.

– Très bien… le félicita Nayaztlan en continuant de déshabiller celui qu'elle prenait pour l'incarnation du dieu ailé.

– Comment t'appelles-tu ? voulut savoir Onyx.

– Je n'ai pas le droit de prononcer mon nom en présence des gens importants.

– Qui a inventé une règle aussi stupide ?

– C'est elle.

– Oh… Puisque tu saisis le sens de mes paroles et des siennes, dis-lui de me relâcher immédiatement ou elle le regrettera amèrement.

Onyx constata que la grande prêtresse ne prenait pas sa menace au sérieux lorsqu'il vit naître un large sourire sur son visage.

– Elle dit que vous n'êtes pas son prisonnier, mais son invité, et qu'elle vous servira comme les dieux méritent d'être traités.

– Je ne suis pas un dieu. Je suis seulement le sorcier le plus puissant d'Enkidiev.

– Elle dit que la prophétie l'avait prévenue que vous tenteriez de vous faire passer pour un homme ordinaire, mais vous ne pouvez pas la tromper. Elle vous attend depuis déjà deux révolutions.

— Il est donc évident qu'elle me confond avec un autre.

Nayaztlan laissa tomber la chemise sur le sol.

— Elle dit que votre peau est étonnamment blanche.

— Et alors ?

— C'est la preuve que vous êtes un dieu.

— Si c'est ainsi qu'on les identifie, alors, j'en connais des milliers d'autres, répliqua l'Émérien avec un sourire moqueur.

— Elle dit : évidemment, puisque vous venez du ciel.

Onyx, qui n'avait aucun contrôle sur ses muscles, comprit qu'il devait se sortir de ce mauvais pas lorsque la reine se mit à délacer sa braguette. Il fit appel à son vortex, mais rien ne se produisit. Il pouvait concevoir que certaines drogues endorment les sens, mais pas les facultés magiques ! Il refit quelques essais infructueux et vit tomber son pantalon sur le sol. Avant qu'il puisse commander à ses jambes de le porter vers la sortie, Nayaztlan lui attachait un pagne rouge autour de la taille.

— Elle dit qu'elle vous apportera le reste de votre nouvelle tenue lorsque viendra le moment de vous présenter au peuple.

— Demande-lui ce qu'elle a fait de mes amis, exigea Onyx.

— Elle dit qu'elle vous offrira leur chair pendant les douze jours de la progression de l'étoile de l'Aigle dans le ciel.

– Non…

En tentant de secouer la tête négativement, Onyx perdit l'équilibre. Nayaztlan freina sa chute en l'attirant contre sa poitrine.

– On ne mange pas ses amis, voyons !

– Elle dit qu'ils n'adorent pas les mêmes dieux que vous, alors ils méritent de mourir.

– Mais je ne vénère personne.

– Même Lycaon ?

Parce qu'il venait de prononcer le nom du chef du panthéon ailé, Nayaztlan gifla le garçon, qui roula plus loin.

– Hé ! protesta Onyx. On ne frappe pas les enfants !

– Je ne suis qu'un esclave, expliqua-t-il tout en essuyant le filet de sang qui coulait à la commissure de ses lèvres. Je n'ai aucun droit, ici.

– D'où viens-tu ?

L'enfant baissa la tête, pour indiquer qu'il ne pouvait pas répondre à cette question. Nayaztlan profita de l'inattention d'Onyx pour effleurer ses lèvres d'un baiser et chuchoter quelques mots à son oreille.

– Elle dit qu'à votre dernière visite, trop brève, vous avez conçu un fils avec elle, continua de traduire le gamin.

– Quoi ? s'étonna Onyx. C'est la première fois que je mets les pieds ici.

– Elle dit que vous lui avez rendu visite sous votre forme aviaire.

– Mais sont-ils tous tombés sur la tête dans ce pays ?

– Je ne lui répéterai pas ces paroles.

Il fallait posséder de bien plus puissants pouvoirs que les siens pour accomplir une telle métamorphose. En fait, seuls les dieux, les Immortels et les maîtres magiciens y parvenaient.

– Je ne sais pas comment lui faire comprendre que je ne suis pas ce dieu qu'elle attend.

– Si vous tenez à la vie, faites semblant de l'être, suggéra l'enfant.

– Je dois reprendre mes sens, et vite. Quelle est cette drogue qu'elle utilise pour me faire obéir comme un petit chien ?

– Je sais seulement qu'elle est fabriquée avec des plantes et du venin de serpent. Dans sa bague, il y a un dard qu'elle trempe dans le poison de son choix. Vous ne devez pas la laisser vous piquer.

– Facile à dire quand on n'a plus la maîtrise de son corps...

Nayaztlan entraîna l'objet de son adoration dans une pièce contiguë où un enfant de deux ans dormait dans un berceau de joncs tressés.

— C'est Aetos, votre fils.

— Je ne suis pas le père de cet enfant. Le fils que je cherche a plus de vingt ans.

— Elle dit qu'il vous ressemble beaucoup.

— Ce qui est tout à fait impossible, puisque je n'ai jamais partagé son lit.

— Elle dit que votre mémoire reviendra.

— C'est un véritable cauchemar...

— J'essaierai de vous aider, murmura le petit esclave.

Nayaztlan fit agenouiller Onyx près du lit de son soi-disant fils pour qu'il observe son visage. « C'est fou ce qu'il ressemble à Nemeroff au même âge », s'affligea le Roi d'Émeraude. Il avait la peau aussi blanche que la sienne et ses cheveux étaient de jais.

— Si j'étais déjà venu ici, même en rêve, je m'en souviendrais...

L'esclave traduisit ses mots, mais l'expression de béatitude sur le visage de la reine lui fit comprendre qu'il en soumettait une version différente.

— Elle dit que grâce à vous, Aetos régnera un jour sur tout Tepecoalt.

– Ce n'est donc pas elle, la reine ?

– Il y a plusieurs rois et reines, ici. Ils s'attaquent régulièrement pour tenter de posséder plus de terres et plus de pouvoir. Ils veulent tous gouverner le pays entier.

– Tu vas t'attirer de gros ennuis si tu continues à interpréter faussement mes paroles, petit.

– Je n'ai pas peur de mourir.

– Ne va surtout pas croire que tu t'achètes la faveur d'un dieu quelconque en me venant ainsi en aide, car je ne fais partie d'aucun panthéon, et c'est la vérité.

– Je l'ai su en vous voyant. C'est elle qui est complètement obtuse.

– Là-dessus, je suis parfaitement d'accord avec toi. Mais comment vais-je lui échapper ?

– Je tenterai de diluer le poison qu'elle va continuer à faire circuler dans votre corps pour vous dominer, mais il faudra faire semblant qu'il agit toujours.

– Tu es drôlement intelligent pour un gamin de ton âge.

– Là d'où je viens, ils sont pourtant tous comme moi.

Nayaztlan exigea que l'esclave lui rapporte cet échange, mais Onyx ne comprit pas ce que lui répondit l'enfant. La grande prêtresse sembla par contre satisfaite de son explication.

Elle ramena son dieu à sa chambre et l'aida à s'allonger sur le lit.

– Elle dit qu'elle doit s'absenter un instant, mais qu'à la tombée de la nuit, vous ferez un nouvel enfant.

– Il faut vraiment que cette drogue cesse d'agir bientôt, maugréa Onyx qui avait de la difficulté à bouger.

Le jeune esclave se courba jusqu'au plancher tandis que la reine passait devant lui.

– Je m'appelle Anoki, chuchota l'enfant en s'approchant d'Onyx.

– D'où viens-tu ?

– De Ressakan. J'ai été capturé lors d'un raid.

– Je croyais que ces gens sacrifiaient les prisonniers de guerre.

– Pas les enfants, parce qu'ils finissent par oublier leur patrie et qu'ils les servent.

– Mais toi, tu t'en souviens encore.

– Je ne suis pas Itzaman ou Mixilzin, déclara-t-il, avec fierté. Les gens de Ressakan ne ressemblent pas à ces sauvages. Et puis, je sais qu'un jour, je retournerai chez moi.

– Si tu m'aides à sortir d'ici avec mes amis, je te jure que tu reverras ta famille.

– Maintenant, fermez les yeux et ne regardez pas ce que je fais. De cette façon, la reine ne pourra pas vous le faire avouer sous la torture.

– La torture ? Mais ça va de mieux en mieux !

– Je vous en prie, obéissez.

De toute façon, Onyx n'avait plus rien à perdre. Il laissa retomber ses paupières déjà bien lourdes et ne chercha pas non plus à suivre les gestes du gamin à l'aide de ses sens invisibles.

15

FILLE DE CHEVÊCHE

Au Château d'Émeraude, on était loin de se douter que les aventuriers étaient aux prises avec les sanguinaires Tepecoalts. En fait, on ignorait même leur existence. La vie suivait son cours et les enfants continuaient de grandir.

Même s'ils étaient à l'étroit dans leur petite maison adjacente à la forge, Morrison et Jahonne ne voulaient pas emménager ailleurs et encore moins la démolir pour en reconstruire une plus grande. Parce qu'elle ne contenait que deux pièces, les parents couchaient dans la chambre et les deux enfants dans de petits lits près de l'âtre. Cyndelle et Elrick ne s'en plaignaient pas. Au contraire, ils préféraient être ensemble la nuit pour se protéger mutuellement des mauvais rêves, même si c'était surtout l'aînée qui en faisait le plus.

En plus d'être une élève douée, Cyndelle était la douceur même. Puisqu'elle arrivait toujours à terminer ses devoirs avant les autres enfants dans le hall des Chevaliers, Bridgess lui demandait d'aider les plus jeunes à faire les leurs. Même si Elrick était son frère, la fillette à la peau grisâtre ne lui accordait pas de privilèges et le traitait comme tous les autres petits. Lorsqu'ils quittaient l'école, au milieu de l'après-midi, Cyndelle rentrait à la maison pour aider sa mère à préparer le repas du soir, et Elrick filait à la forge pour apprendre son futur métier. Rien n'indiquait pour l'instant qu'il hériterait de la carrure de son père, mais il ne désespérait pas, puisqu'il n'avait que neuf ans.

Depuis quelque temps, Cyndelle captait une grande tristesse dans le cœur de sa mère, mais elle n'arrivait pas à lui faire avouer la cause de cette mélancolie. Lorsqu'elle pelait les légumes avec elle, l'enfant voyait parfois une larme couler sur le visage mauve de Jahonne, mais cette dernière prétendait que c'était les oignons qui lui piquaient les yeux, et puisqu'ils en mangeaient souvent…

En réalité, Jahonne avait appris la vérité au sujet du père de sa fille. Un dieu ailé avait pris l'apparence de son mari pour lui faire un enfant. Cela expliquait pourquoi Cyndelle était si différente de son frère. Les parents de la demi-déesse auraient certainement été capables de vivre avec cet état de fait, mais ils n'acceptaient pas l'éventualité que son véritable père la leur réclame. Morrison et Jahonne avaient quitté la maison à quelques reprises au milieu de la nuit pour en discuter loin des oreilles de leurs enfants. Ils ne savaient pas quoi faire pour signifier au ciel qu'ils désiraient garder leur fille.

Morrison avait déjà averti sa femme qu'il était trop maladroit avec les mots pour annoncer la nouvelle lui-même à Cyndelle et, de son côté, Jahonne ne savait pas très bien comment le faire sans affliger son cœur d'enfant. Pourtant, il lui faudrait s'y résigner avant que les divinités à plumes se mettent à tourner autour d'elle. Alors, un beau jour, tandis que leurs petits jouaient au ballon dans la grande cour de la forteresse avec les autres jeunes qui y vivaient, Jahonne et Morrison décidèrent que le temps était venu. Ils s'assirent dehors sur des bancs de bois, le dos appuyé contre le mur de leur maison, et commencèrent par observer le jeu.

Même si elle était une princesse, Cornéliane mettait autant d'ardeur que les garçons à pousser le ballon entre les pierres de l'équipe adverse, surtout depuis que ses deux parents étaient partis à la recherche de son grand frère. Tous les soirs, Armène la grondait en la voyant arriver avec sa robe déchirée ou détrempée parce qu'elle était tombée dans la mare. Elle choisissait généralement le camp de Cyndelle, Lazuli et Kaliska, tandis que Famire, Djadzia, Élora et Elrick formaient l'autre. De temps à autre, le petit Marek, qui réussissait à échapper à la vigilance de Lassa, venait courir derrière les grands sans trop comprendre ce qu'ils faisaient.

— Nous lui avouerons tout lorsque son frère sera couché, décida Jahonne. Partons maintenant.

Morrison se contenta d'émettre un grognement affirmatif en fumant sa pipe.

— Je suis certaine qu'elle comprendra, poursuivit la mère en s'éloignant des jeunes joueurs. Cyndelle est si raisonnable.

— Les autres parents vont-ils le dire à leurs enfants ? s'inquiéta le forgeron.

— Ce qui se passe ailleurs ne nous regarde pas.

— Il ne faudrait pas qu'ils l'apprennent de Cyndelle.

— Il n'en tient qu'à nous de taire leur identité.

Lorsque Bridgess et Lassa rappelèrent finalement leurs enfants au château, Cornéliane se vit obligée, elle aussi, de retourner auprès d'Armène. Elle serra ses amis dans ses bras et marcha vers sa gouvernante.

— Si mon père était ici, je pourrais me coucher plus tard, et dans mon propre lit, en plus, geignit la princesse.

— Ta mère, elle, ne serait pas d'accord, lui fit remarquer Armène. Pour rester en santé, il faut savoir se reposer.

— Ce n'est pas elle qui décide.

— Nous en reparlerons avec Lady Swan, à son retour.

La petite princesse passa devant Armène qui jugea qu'un bain s'imposait.

— Je veux porter des braies comme mes frères, continua-t-elle de se plaindre.

— Tout compte fait, je pense que ce ne serait pas une mauvaise idée, même si tu es une princesse. Nous pourrions ainsi préserver tes robes.

Tandis qu'elle rangeait les pierres et qu'elle allait chercher le ballon, Cyndelle n'avait pu faire autrement que d'entendre cette discussion. Elle ne possédait que deux belles robes, alors elle portait toujours une vieille tunique pour jouer dehors. Parfois, elle enviait Cornéliane qui recevait tout ce qu'elle demandait, mais en réfléchissant à sa vie, elle préférait sa propre famille, car elle était beaucoup plus proche de son frère que Cornéliane l'était des siens. Et puis, ses parents étaient toujours là. Ils n'avaient jamais été faire la guerre à l'autre bout du continent et ils n'étaient pas repartis à l'aventure au premier prétexte.

L'obscurité allait bientôt envahir la cour et le vent devenait plus froid, alors Cyndelle dirigea ses pas vers la chaumière de ses parents où elle apercevait déjà la lumière des lampes par les fenêtres. Elle n'avait pas fait deux pas qu'un hululement la fit sursauter. Une toute petite chouette vola au-dessus de sa tête et alla se poser sur la clôture de l'enclos. Cyndelle n'en avait jamais vu une d'aussi près.

— T'enfuiras-tu si je m'approche ?

La fillette s'avança lentement en surveillant la visiteuse. On lui avait appris que les oiseaux de proie mangeaient de petits rongeurs, mais celui-là était à peine plus gros qu'une souris !

— Es-tu un bébé ? As-tu perdu tes parents ?

Cyndelle parvint à se rendre tout près de la chevêche sans l'effaroucher. Elle tendit doucement la main pour caresser les petites plumes de son ventre gris. À son grand étonnement, l'oiseau sauta sur ses doigts.

— Tu es légère comme tout ! s'exclama l'enfant.

Même ses courtes griffes ne lui causèrent aucune douleur.

— Nous sommes de la même couleur, toutes les deux. Est-ce que tu es une fille ou un garçon ?

La chouette poussa un petit cri.

— Est-ce que tu as faim ?

Cyndelle rapprocha sa main de son visage et constata que les yeux du rapace occupaient presque toute sa face ronde. Une bande dorée entourait ses énormes pupilles où elle aperçut le reflet de son visage.

— Pas étonnant que vous chassiez la nuit avec des yeux pareils.

Un étrange paysage se dessina dans ces petits miroirs. Au fond des pupilles de l'oiseau, elle se vit assise sur une grosse branche d'arbre. Au-delà de sa cime volaient des femmes et des hommes ailés !

— Cyndelle ! l'appela Morrison.

Le ton d'alarme dans la voix de son père la délivra de l'état d'hypnose dans lequel l'avait plongée la chevêche.

— Je suis là, papa !

Le forgeron avait aperçu de loin le rapace perché sur la main de sa fille.

— Éloigne-toi de cet oiseau tout de suite ! l'avertit Morrison en courant vers elle. Il est dangereux !

— Mais il est gros comme un pou !

En voyant le géant foncer vers l'enfant, la chouette poussa une plainte stridente et s'envola. Morrison cueillit Cyndelle dans ses bras et la serra contre sa large poitrine.

— Ce n'était qu'un bébé. Je pense que ses parents l'ont abandonné. Tu t'affoles pour rien !

— Justement, ta mère et moi, on voulait te parler d'oiseaux.

— Es-tu en train de dire que je pourrais en avoir un à moi ?

— Pas vraiment.

Il la ramena à la maison. Elrick ne dormait pas encore, mais après ce que le forgeron venait de voir, les aveux ne pouvaient plus attendre. Le père fit asseoir sa fille à la table, où Jahonne les attendait déjà en se tordant les doigts de nervosité.

— Mais qu'est-ce que vous avez ? s'inquiéta Cyndelle.

— Il y a des choses qu'on peut dire aux enfants quand ils sont petits, d'autres qu'on peut leur révéler seulement lorsqu'ils sont grands, commença Jahonne. Il y a aussi des vérités que les parents ne peuvent pas leur dévoiler avant de les découvrir eux-mêmes.

— Vous venez d'apprendre quelque chose de grave sur moi ?

— Laisse-moi le lui dire, exigea Morrison.

Cyndelle sentit que son monde était sur le point de s'écrouler.

— Je ne suis pas ton véritable père, ma chérie.

— Mais c'est impossible…

Il lui expliqua dans ses mots simples qu'il y avait d'autres dieux que ceux d'Enkidiev et qu'ils n'avaient rien de mieux à faire que de se provoquer mutuellement.

— Pour faire fâcher Parandar, ceux qui ont des ailes ont conçu quelques enfants sur notre continent.

— Moi ? s'étrangla Cyndelle.

— L'un d'entre eux a emprunté mon visage, alors ta mère a cru que c'était vraiment moi qui dormais avec elle, ce soir-là.

— Mais toi, tu étais où pendant ce temps ?

— Je devais être dans la forge ou au château…

— Mais je ne veux pas être la fille d'un autre homme, même s'il est un dieu.

— Et tu seras toujours la nôtre, ma chérie, affirma Jahonne. Nous ne serions pas de bons parents si nous te cachions ce que nous venons d'apprendre à ton sujet. Pour que nous puissions te protéger de ces êtres, tu dois tout savoir.

— Pourquoi est-il important de me mettre à l'abri ?

– Apparemment, ils ont attendu que vous soyez plus vieux pour venir vous chercher.

Cyndelle était terrifiée à l'idée d'aller vivre ailleurs avec des étrangers.

– Est-ce qu'Elrick est…

Les mots s'étranglèrent dans sa gorge serrée.

– Non, il ne fait pas partie de ce groupe.

– L'augure a aussi dit que vous vous transformeriez à un certain âge, ajouta Jahonne.

– Je vais me changer en oiseau ? s'horrifia la petite.

C'en était trop pour elle. Elle bondit de sa chaise et sortit de la maison.

– Cyndelle ! la rappela Morrison.

Il venait tout juste de lui expliquer que le monde extérieur représentait désormais un grand danger pour elle et la voilà qui se précipitait dehors.

– Je sais où elle est allée, fit Elrick en s'assoyant.

– Tu es censé dormir, toi, le gronda Morrison.

– Quand elle a de la peine, elle se réfugie dans l'écurie.

— Vas-y, mon chéri, le pressa Jahonne. Je reste avec Elrick.

— Ce n'est pas moi qu'ils veulent, maman. C'est Cyndelle.

Le forgeron avait élevé ses enfants pour qu'ils disent toujours la vérité, même lorsqu'elle était difficile à entendre. Il se dirigea donc vers l'écurie et, tout comme le lui avait annoncé Elrick, il trouva sa fille assise tout au fond d'une stalle.

— Il n'est pas prudent de faire ce que tu viens de faire, ma biche.

— Je ne fais pas partie d'un harpail, mais d'une volée, pleura-t-elle.

— Allez, viens un peu par ici.

Voyant qu'elle ne bougeait pas, Morrison alla la chercher et l'enveloppa de ses bras.

— Je ne veux pas avoir de plumes. Je viens juste de m'habituer à la couleur de ma peau…

— Nous te les arracherons toutes à mesure qu'elles pousseront.

— Papa !

— Ben quoi ? Ce n'est pas ce que tu veux, poussin ?

— Ce sera affreusement douloureux.

– Je suis certain que le Chevalier Santo nous montrera comment le faire sans te causer de souffrances. Tu as confiance en ses pouvoirs, n'est-ce pas ?

Il traversa la grande cour à peine éclairée par des flambeaux, ramenant une fois de plus sa fille chez lui.

– Je ne voudrais surtout pas que tu penses que maman et moi brimons ta liberté, mais, à partir de maintenant, nous ne te laisserons pas souvent seule. Nous t'aimons plus que tout au monde, Cyndelle, et personne ne t'enlèvera à nous.

16

UNE ENTREPRISE RISQUÉE

Atlance et le jeune Féliss dormaient encore lorsqu'on retira la porte de joncs qui bloquait l'entrée de la hutte où ils s'étaient réfugiés. Craignant qu'il s'agisse des guerriers qui l'avaient traqué la veille, l'Émérien se redressa et alluma ses paumes. L'adolescent, qui venait d'entrer dans l'abri, commença par s'immobiliser, puis se jeta face contre terre en marmonnant des paroles incompréhensibles. Si les habitants de Tepecoalt, Itzaman et Mixilzin étaient maintenant continuellement en guerre, ils étaient néanmoins issus d'une même souche. À l'origine, ils ne formaient qu'un seul peuple qui s'était scindé en trois au fil des siècles. La langue avait subi quelques transformations d'un pays à l'autre, mais les trois nations pouvaient se comprendre.

— Il te prend pour un dieu, lui aussi, traduisit Féliss à son ami d'Enkidiev.

Dans sa course effrénée à travers la forêt, Atlance n'avait pas eu le temps de se débarrasser de sa couronne ni de la ceinture dorée qui maintenait son pagne rouge en place.

— Dis-lui de se relever.

Le jeune Tepecoalt obéit en tremblant, car il n'avait jamais eu de contacts avec une divinité auparavant. Atlance détestait mentir, mais il ne voulait pas non plus mourir immolé. Féliss s'improvisa interprète pour l'occasion.

— Le peuple sera heureux d'apprendre que vous êtes enfin descendu parmi nous, dit-il lorsque l'adolescent eut fini de parler.

— Il ne doit pas savoir que je suis là, pour l'instant, répliqua Atlance en prenant le ton de son père lorsqu'il recevait les gens en audience.

— Pourquoi êtes-vous en présence d'un Itzaman, Azcatchi ?

— Il est mon prisonnier.

Suffisamment intelligent pour comprendre la ruse de l'Émérien, Féliss poursuivit la traduction avec un air résigné d'esclave.

— Vous avez donc l'intention de l'offrir à la reine ?

— Non. Je l'exécuterai sous les yeux des Itzamans pour qu'ils voient ma puissance.

Atlance ignorait si le dieu ailé aurait procédé ainsi, mais cette réponse lui était venue instantanément à l'esprit.

— Quel est ton nom ? demanda-t-il.

— Je m'appelle Joaquim, de la caste des ouvriers de la terre. Si votre but est de vous rendre à Itzaman sans que personne ne vous voie, alors vous devez rester ici jusqu'au coucher du soleil, lorsque tout le monde aura quitté les champs. Je suis venu chercher des instruments aratoires pour mon père. Je vais aller les lui porter avant qu'il vienne voir pourquoi je tarde, puis je reviendrai vous porter de l'eau et de la nourriture.

– Ta bonté sera récompensée, Joaquim.

L'adolescent s'inclina une autre fois devant l'homme à la peau pâle, puis s'empara des outils que lui avait demandés son père. Féliss ne s'adressa à Atlance qu'une fois qu'il fut certain que le Tepecoalt était loin.

– Tu parles comme une reine, pas comme un roi, lui fit-il remarquer.

– Quoi ? s'étonna Atlance.

– Mon père ne demanderait jamais son nom à un ennemi, mais ma mère, oui. Pourquoi lui as-tu fait confiance ?

– Parce que nous n'avons pas le choix. Contrairement à mes amis, je n'ai malheureusement pas la faculté de nous transporter instantanément chez toi. Il nous faudra attendre jusqu'au soir pour nous remettre en route, à moins que…

Papa ? appela Atlance. Aucune réponse. Toutefois, le jeune homme ne s'alarma pas outre mesure, car son père ne se levait jamais avec le soleil et dormait plus profondément que lorsqu'il était soldat. Il réessaierait donc plus tard.

– La reine aussi m'appelait Azcatchi, se souvint Atlance.

— C'est l'un des dieux-oiseaux des Tepecoalts.

— Alors que vous adorez le jaguar-soleil.

— Et les Mixilzins vénèrent l'alligator aux écailles dorées.

— Connais-tu tous les peuples d'Enlilkisar ?

— Seulement ceux qui vivent à proximité d'Itzaman, comme les Djanmus. Ils sont très nombreux et même s'ils semblent pacifiques à première vue, ils sont de féroces guerriers. Il est très rare que nous arrivions à les capturer. Mon père m'a dit qu'il y avait aussi des peuples très différents de nous de l'autre côté de la baie, mais nous n'avons jamais eu de contacts avec eux, car les Ipocans ne nous laissent pas traverser leur territoire.

— C'est un étrange continent que le tien, Féliss. Il y vit des gens qui me ressemblent, des créatures marines, des êtres à demi félins. Un ami Chevalier m'a même raconté qu'il avait séjourné plus au nord chez des araignées géantes.

— Tu as entendu parler du Falwé ?

— Personne n'y a fait référence depuis que je suis avec vous.

— C'est un homme-lion d'une grande taille qui erre dans les bois.

— Est-il dangereux ?

— Il n'a jamais attaqué personne, mais plusieurs ouvriers l'ont aperçu à l'orée des bois. Les chasseurs ont identifié ses empreintes près des rivières. Ils disent qu'il est quatre fois plus gros qu'un jaguar.

– Êtes-vous sûr qu'il n'y en a qu'un seul ?

– C'est ce qu'on dit.

Joaquim revint à ce moment-là avec ses offrandes : un seau rempli d'eau et une besace chargée de galettes de maïs, de tomates et de piments.

– Je ne sais pas ce que mangent les dieux, avoua-t-il.

Féliss traduisit aussitôt ses mots.

– Ils sont beaucoup moins capricieux que vous semblez le croire, répondit Atlance. Je te remercie pour ta bonté.

– C'est si peu, pourtant. L'important, maintenant que vous êtes ici, c'est que la prophétie va enfin se réaliser.

– Instruis-moi à ce sujet, Joaquim.

– Ma mère me raconte, depuis que je suis petit, que le dieu Azcatchi, aux cheveux noirs et aux yeux bleus comme le ciel, viendra nous aider à conquérir le monde. Puis-je demeurer en votre présence tandis que vous mangez ?

– Je n'ai jamais accordé ce privilège à qui que ce soit, alors tu seras le premier.

La fierté inonda le visage de l'adolescent. Pour qu'il continue de penser que Féliss était son prisonnier, Atlance lui donna seulement une petite quantité de nourriture. Jouant le jeu à la perfection, le jeune Itzaman se replia sur lui-même pour avaler sa pitance.

– Parle-moi de ton peuple, Joaquim.

– Mais vous le connaissez déjà, Azcatchi.

– J'ai eu fort à faire dans le monde des dieux et c'est avec honte que j'admets avoir perdu de vue mes fidèles, inventa Atlance.

– Depuis que vous nous avez donné la vie, il nous arrive encore de chasser, mais nous cultivons désormais la terre, comme vous nous l'avez enseigné, et nous tentons d'élargir notre territoire pour rendre votre tâche plus facile. Je suis maintenant assez vieux pour apprendre à utiliser le poignard et la lance, mais je continue d'aider les adultes à faire fructifier les terres collectives. Le jour, j'obéis aux commandements des adultes, mais, le soir, je suis libre de mes agissements. Je deviens de plus en plus intrépide et courageux, comme vous, et on se souviendra de moi comme le plus grand guerrier de tous les temps. Je capturerai des milliers d'ennemis et je les sacrifierai en votre nom.

Atlance aurait bien aimé lui donner une leçon d'amour et de fraternité, mais il aurait perdu toute crédibilité à ses yeux. Il le laissa parler encore un peu, puis lui demanda de le laisser seul afin qu'il puisse procéder à un rituel visant à préparer son prisonnier à l'immolation. Joaquim recula presque en rampant. Il faisait de plus en plus chaud dans la hutte, alors le Prince d'Émeraude et son jeune ami décidèrent de dormir pour avoir la force de marcher toute la nuit.

Comme il l'avait promis, Joaquim revint au coucher du soleil avec les instruments qu'il devait ranger et des gourdes d'eau faites en peaux cousues. Il se prosterna sur le sol et attendit que son dieu ouvre les yeux.

– Il est temps, Azcatchi.

Frais et dispos, Atlance et Féliss quittèrent la hutte et emplirent leurs poumons de l'air frais du soir. Avant de suivre leur guide Tepecoalt, l'Émérien utilisa ses sens invisibles pour s'assurer qu'il n'y avait personne dans les champs. L'esprit tranquille, ils se mirent à enjamber les sillons où poussaient des céréales et du maïs. Joaquim se rendit aussi loin qu'il le put, puis s'arrêta, car il ne voulait pas être surpris par des bêtes sauvages en rentrant chez lui.

– Itzaman est par là. Surtout, ne tardez pas à revenir.

– Merci, Joaquim.

Atlance et Féliss poursuivirent leur route à travers les terres cultivées où les oiseaux de nuit commençaient à attraper les petits rongeurs qui y foisonnaient. Ils ne s'arrêtèrent qu'à l'orée du bois, afin de boire de l'eau.

– La rivière aux trois doigts se trouve par là, indiqua Féliss.

L'Émérien se souvint alors de l'avoir traversée sur les épaules d'un guerrier Tepecoalt. Ils étaient donc encore loin du temple de Solis… *Papa ?* appela-t-il par voie télépathique en se concentrant pour ne s'adresser qu'à lui. Toujours aucune réponse de la part d'Onyx. C'était à la fois étonnant et inquiétant. Pendant un moment, il fut tenté de faire demi-tour pour aller lui porter secours. Pourtant, son père n'était pas un homme sans ressources. Non seulement il avait survécu à deux invasions d'hommes-insectes, mais il était même l'un des héros de ces affrontements. Une poignée de guerriers peints en rouge n'allait certainement pas l'arrêter. Ce qui était vraiment important, c'était de sauver le fils de Juguarete.

Maman ? tenta alors Atlance. Toujours ce silence angoissant. Il prit le temps de réfléchir un peu et en vint à la conclusion que ses parents ne pouvaient pas être arrivés dans le nouveau monde sans l'aide d'Hadrian, car, pour utiliser un vortex, il fallait avoir mis le pied une fois à l'endroit où on désirait se rendre. *Hadrian ?* appela-t-il. *Je suis bien content de savoir que tu es encore vivant,* répondit le vieil ami de son père, d'une voix souffrante. *De notre côté, ça ne va pas aussi bien que prévu.* Atlance voulut évidemment savoir ce qui s'était passé. *Je n'ai pas vraiment le temps de tout raconter. Il suffit que tu saches que nous sommes retardés. Continue de te diriger vers Itzaman. Nous serons bientôt là.*

Atlance avait une confiance absolue en Hadrian. Il poussa donc l'enfant dans la forêt. Une fois qu'ils furent suffisamment loin dans les bois, il alluma ses paumes pour voir où il allait. Ils n'avaient pas franchi un kilomètre que le jeune homme ressentit la présence d'un prédateur. Il continua d'avancer, resserrant l'espace entre lui et l'enfant, car les bêtes sauvages choisissaient toujours la plus petite ou la plus faible de plusieurs proies possibles. Il intensifia aussi la lumière au creux de ses mains pour dissuader toute attaque sournoise. Une branche craqua à sa droite et il éclaira aussitôt cette partie du boisé. Un énorme félin, debout sur ses pattes arrière se laissait retomber dans les fougères.

– C'est le Falwé ! s'alarma Féliss.

Les deux princes détalèrent comme des lapins.

17

LE DIEU RÉINCARNÉ

À son réveil, Onyx sentit que sa tête allait éclater. Il ouvrit à demi les yeux pour s'assurer qu'il était seul, puis bougea les bras. Le venin avait cessé de le paralyser. Il posa donc les mains sur ses tempes et se débarrassa de la douleur, mais demeura allongé sur le lit à méditer sur sa situation. De toute évidence, la reine le prenait pour un autre, mais la barrière de la langue l'empêchait de le lui faire comprendre, surtout que le petit esclave interprétait ses paroles comme bon lui semblait.

Nayaztlan mit fin aux réflexions d'Onyx lorsqu'elle revint finalement dans la chambre, Anoki derrière elle. Elle s'adressa à son prisonnier en caressant son visage et ce dernier dut faire de gros efforts pour ne pas l'égorger.

— Tout à l'heure, vous reprendrez votre véritable place dans le cœur de tous les Tepecoalts, traduisit Anoki.

La reine trempa le dard de sa bague dans un flacon de terre cuite et s'approcha d'Onyx qui espérait ardemment que l'enfant avait tenu sa promesse. Elle piqua son dieu à la base du cou et déposa un baiser sur ses lèvres. « Ne réagis pas », s'encouragea silencieusement le Roi d'Émeraude.

— Vous ne serez que très peu engourdi, affirma Anoki qui n'était certainement pas en train d'interpréter ce que lui disait Nayaztlan avec son regard ensorceleur.

— Que prépare-t-elle ?

— Elle va vous présenter au peuple dans toute votre gloire. Surtout faites semblant d'être encore drogué.

C'était le seul recours d'Onyx, pour l'instant, mais dès qu'il se sentirait en position de force, il comptait frapper durement la grande prêtresse et son peuple. Elle l'aida à se lever et l'emmena dans une salle attenante où, le forçant à rester debout, elle le lava avec une éponge. Puis elle appliqua sur tout son corps une poudre dorée qui lui donna bientôt l'apparence d'une statue. Elle le vêtit d'un pagne rouge tissé d'or et attacha à son cou un large collier ousekh décoré de pierres précieuses qui retombait sur sa poitrine. Elle déposa finalement sur ses épaules une parure de plumes noires qui descendait en pointe dans son dos. «Affublé ainsi, je ressemble à Asbeth», songea Onyx.

— C'est vrai que vous pourriez passer pour Azcatchi, lui fit savoir Anoki.

— Au lieu de dire n'importe quoi, essaie plutôt de savoir où sont mes amis.

— Ils sont dans le palais, mais on les a drogués eux aussi.

Tout ce temps, Nayaztlan continuait de s'adresser à Onyx en s'assurant que sa tenue était parfaite.

– Qu'est-ce qu'elle raconte ?

– Elle dit que vous aurez beaucoup de jeunes craves ensemble et que vous régnerez à jamais sur tous les sujets d'Enlilkisar.

– Oui, bien sûr…

* * *

Dans la pièce où les membres féminines de l'expédition avaient été enfermées, Kira fut la première à se réveiller. Elle se tâta la tête pour y découvrir une vilaine bosse. Sans perdre une seconde, elle la soigna, puis se pencha sur Jenifael, qui clignait des paupières.

– Que s'est-il passé ? demanda le commandant des Chevaliers d'Émeraude.

– Mon odorat n'est apparemment pas assez fin, soupira Kira. Il y avait de la drogue dans la boisson qu'on nous a servie hier. Es-tu capable de te battre ?

– Peut-être, si tu me donnes quelques minutes pour reprendre tous mes sens. Comment sont les autres ?

Kira se pencha tour à tour sur Swan, Mali, Katil, Danitza, Ellie et Améliane. Seule cette dernière était immunisée contre le liquide qu'on leur avait fait boire, car sa constitution de Fée était différente de celle de ses compagnons. Voyant qu'elle ne pouvait réanimer personne, Améliane s'était tout bonnement couchée auprès de Katil pour dormir.

Hadrian ? appela ensuite Kira en espérant que les garçons n'avaient pas subi un sort atroce durant la nuit. *Je suis vivant,* répondit-il, amorti. *Où êtes-vous ?* voulut savoir la Sholienne. *Puisque j'étais conscient lorsqu'on m'a conduit dans notre cellule, je peux te dire que vous vous trouvez dans une pièce similaire, de l'autre côté du couloir.* Kira lui proposa d'utiliser leur vortex, même si le sien l'avait toujours emmenée plus loin qu'elle le désirait, afin de quitter ce guêpier.

Pas sans Onyx, riposta Hadrian. *En ce moment, il est au sommet de l'escalier qui mène au palais, devant une importante foule, alors je vais attendre qu'on le ramène à l'intérieur pour m'emparer de lui. À mon signal, tu devras transporter les filles à Itzaman.*

Qu'arrivera-t-il si nous nous retrouvons ailleurs par manque de précision de ma part ? s'inquiéta-t-elle. *Tu n'auras qu'à me dire où vous êtes et nous déciderons d'un point de rencontre. Ce qui importe, c'est d'arracher Onyx des griffes de cette prêtresse aux idées délirantes.* Kira voulut ensuite savoir si son fils se portait bien. *Arrête de t'inquiéter tout le temps pour moi !* grommela Wellan.

Même s'il faisait semblant d'être sous l'effet de la drogue, Onyx avait fort bien entendu cette conversation. Il félicita silencieusement son ami d'avoir utilisé le mode de télépathie pour tous, plutôt que d'avoir parlé à Kira individuellement. De cette façon, il pouvait demeurer au courant de ce qui se passait. La peau resplendissant sous les rayons du soleil, le Roi d'Émeraude se tenait devant un grand rassemblement de guerriers et de gens du peuple. Il voyait bien que les vortex étaient la seule façon d'échapper à cette population sanguinaire, mais le but de sa présence à Tepecoalt était de retrouver son fils. Il allait appeler Atlance par la pensée lorsque Nayaztlan lui remit le petit Aetos dans les bras. La foule se mit à acclamer Azcatchi et son héritier.

Au lieu de continuer à regarder fièrement devant lui, Onyx baissa les yeux sur l'enfant en se demandant ce qu'il lui arriverait une fois que les aventuriers auraient quitté le pays. Nayaztlan fit un long discours à l'intention de ses sujets. Debout derrière Onyx, le petit Anoki le traduisit de son mieux. Elle annonçait au peuple une nouvelle ère de conquête, grâce aux pouvoirs magiques de son dieu. Elle reprit alors Aetos des bras d'Azcatchi, le confia à une servante et s'agenouilla devant lui.

– Elle vous demande de démontrer votre puissance, chuchota Anoki.

– Mais je suis censé être drogué…

Onyx fut une fois de plus tenté de former un halo destructeur sur ses bras et d'anéantir tous ceux qui se trouvaient devant lui, mais les archères, qui se tenaient de chaque côté des portes, auraient tôt fait de le cribler de flèches. Il se contenta donc d'allumer les paumes de ses mains d'une lumière éclatante. D'un seul mouvement, tous les Tepecoalts se prosternèrent devant lui. «Il y a donc très peu de magie de ce côté-ci des volcans», comprit-il. Pour gagner la confiance de Nayaztlan afin qu'elle le surveille moins étroitement et qu'il ait ainsi l'occasion de retrouver Hadrian, il ajouta une petite illusion de son cru.

De ses mains s'échappa un rapace lumineux dont la taille se mit à grossir au fur et à mesure qu'il s'élevait dans le ciel. Les milliers de personnes massées sur la place qui séparait le palais de la pyramide de la Lune se turent d'un seul coup. L'oiseau se transforma soudain en une pluie de petites étoiles qui retombèrent sur les Tepecoalts qui exultaient. «Pas mal du tout», se complimenta Onyx. Puisqu'elle avait réussi à persuader son peuple qu'Azcatchi était bel et bien revenu parmi eux, Nayaztlan le ramena dans le palais. Ne sachant pas très bien ce qui allait se passer, l'Émérien la suivit docilement en feignant de tituber, mais lorsqu'elle le recoucha dans son lit et qu'elle grimpa sur lui, il s'alarma.

Onyx avait beaucoup de défauts, mais il était un conjoint d'une fidélité exemplaire. Il avait été marié trois fois en cinq cents ans, et jamais il n'avait trompé ses femmes. Il n'allait certainement pas commencer maintenant, même si, techniquement, il était censé être sous l'emprise d'une drogue paralysante. Il se laissa embrasser en se promettant de ne pas la laisser aller plus loin, d'autant plus qu'Anoki se tenait debout à quelques pas d'eux.

— Dis-lui que je ne me sens pas bien, exigea Onyx.

L'enfant traduisit son commentaire.

— La reine vous assure que vous allez vous sentir beaucoup mieux dans quelques minutes.

Hadrian, où es-tu ? s'alarma-t-il. Justement, son ami venait de se transporter dans le couloir, car les vortex n'emmenaient leurs utilisateurs que dans les endroits où ils étaient déjà allés, consciemment. Il n'eut pas à se rendre très loin pour deviner où on gardait Onyx prisonnier. Il étira le cou à l'intersection des deux couloirs. Deux guerriers plutôt costauds étaient plantés devant l'entrée des appartements royaux. Même s'il avait été soldat pendant de nombreuses années, Hadrian ne voulait pas tuer inutilement ces hommes. Comment leur faire quitter leur poste sans verser de sang ? C'est alors qu'on tira sur sa manche. Il fit volte-face et se retrouva face à face avec un gamin de dix ans qui ressemblait à Atlance lorsqu'il avait le même âge.

– Je peux vous aider, affirma-t-il dans la langue des anciens.

Hadrian s'accroupit pour pouvoir le regarder dans les yeux.

– Avant que vous me le demandiez, je suis un esclave.

– Comment se fait-il que tu parles ce dialecte oublié ?

– Ce sont mes parents qui me l'ont appris, et c'est aussi la langue de tout mon peuple.

Ce mystère était fascinant, mais il devrait attendre pour interroger le garçon à ce sujet.

– Nous avons été piégés par cette femme qui retient mon ami et nous voulons nous enfuir, expliqua-t-il à l'enfant.

– Je sais. Il m'a déjà tout raconté. C'est pour ça que je veux vous assister. Dites-moi ce que je peux faire.

– Premièrement, j'aimerais savoir s'il y a d'autres gardes à l'intérieur de ces appartements.

– Non. Elle est seule avec votre ami.

– Y a-t-il une autre entrée que celle où sont postés les guerriers ?

Anoki secoua la tête négativement.

– Je pourrais les obliger à me poursuivre pendant quelques minutes. Ils n'iront pas très loin, cependant. Ils auront juste le temps de me faire peur.

– Et s'il leur venait à l'idée de te tuer ?

– Je suis mort le jour où ils m'ont arraché à ma famille, étranger. Plus je grandirai, plus je serai en danger à Tepecoalt. Je ne crois pas que je vive aussi vieux que vous.

– Tu es un brave garçon.

– Préparez-vous !

Un sourire espiègle apparut sur le visage d'Anoki. Il contourna l'adulte et marcha tout droit vers les gardes. D'un geste rapide, il s'empara des lances qu'ils tenaient mollement à la main et fonça dans le couloir, en direction opposée de la cachette d'Hadrian. Furieux, les guerriers rappelèrent l'enfant, puis lui donnèrent rapidement la chasse lorsqu'il ne s'arrêta pas. L'ancien Roi d'Argent se dépêcha d'entrer dans la chambre de la reine.

La pièce n'était éclairée que par quelques lampes à huile et il avança à pas feutrés tandis que ses yeux s'habituaient à la lumière ambiante. Il capta un premier mouvement dans le grand lit, puis les protestations d'Onyx, qui repoussait la femme sans beaucoup de conviction. Hadrian ignorait évidemment que son ami faisant semblant d'être drogué. Il continua d'approcher, mais les sens aiguisés de Nayaztlan captèrent le frottement de ses bottes sur la pierre. Elle se retourna avec la rapidité d'un chat sauvage en fermant le poing pour que son dard perce la peau de l'intrus. Hadrian l'évita de justesse.

La grande prêtresse appela ses gardes à grands cris, tout en se préparant à attaquer de nouveau l'homme qui dérangeait ses ébats amoureux. Puis, au lieu de frapper Hadrian, elle s'écroula sur le lit. Derrière elle, Onyx se tenait à genoux, les paumes illuminées.

— Est-ce que tu l'as tuée ?

— Non, mais ce n'est pas l'envie qui manquait. On n'assassine pas les femmes et les enfants.

Les guerriers déboulèrent dans la pièce en poussant des cris féroces. Hadrian saisit Onyx par le bras et ils disparurent sous les yeux étonnés de leurs assaillants. Une fraction de seconde plus tard, ils se matérialisèrent dans la prison des garçons. Au lieu de se réjouir de revoir leur souverain vivant, ils écarquillèrent plutôt les yeux en le voyant ainsi vêtu d'un pagne, la peau miroitant à la lueur du flambeau qui éclairait l'endroit.

— Swan, elle, appréciera ce déguisement, grommela-t-il.

— Nous devons sortir d'ici avant que les gardes donnent l'alerte, indiqua Hadrian.

Kira, emmène toutes les filles devant la pyramide d'Itzaman! ordonna-t-il. *Partez maintenant! Nous vous y rejoignons.*

Des cris retentirent dans le corridor.

– Faites la chaîne! hurla Hadrian.

Onyx, Liam, Cameron, Daiklan, Wellan et Kirsan se précipitèrent sur lui et furent instantanément engouffrés dans le vortex de l'ancien roi. Ils réapparurent tous quelques instants plus tard devant la pyramide, semant la terreur parmi les femmes qui passaient par là, surtout quand elles reconnurent la tenue cérémoniale de leurs ennemis jurés. En moins de deux, les guerriers Itzamans accoururent.

– Est-ce qu'on se défend? demanda Daiklan.

– Je ne crois pas que nous devions en arriver là, les rassura Hadrian.

Ils furent rapidement encerclés. En les reconnaissant, Sévétouaca les somma de reculer.

– Pourquoi ramenez-vous un Tepecoalt ici? s'étonna-t-il.

– Ce n'en est pas un, affirma Hadrian. C'est le Roi Onyx.

Il avait à peine fini de prononcer son nom que ce dernier s'écroulait sur le sol, comme une poupée de chiffon. Wellan se pencha aussitôt sur lui et flaira son visage avant de poser l'oreille sur sa poitrine pour écouter son cœur.

– Il a perdu connaissance, annonça-t-il.

Ils étaient beaucoup plus étonnés d'avoir observé l'adolescent réagir comme un adulte que de voir leur souverain s'évanouir, car ce n'était un secret pour personne que la santé d'Onyx était défaillante.

– Installons-le dans la pyramide, suggéra Cameron. Katil saura quoi faire.

Les garçons soulevèrent Onyx et grimpèrent les marches qui menaient à la petite pièce où le peuple n'oserait pas les importuner.

18

AQUILÉE

Fabian, le plus rebelle de tous les fils d'Onyx, éprouva un grand soulagement lorsque ses parents quittèrent momentanément le Château d'Émeraude pour aller chercher son frère dans les Territoires inconnus. Il y avait des années que cela n'était pas arrivé. Lorsqu'il était petit, sa mère partait souvent à la guerre, mais son père restait avec lui et ses frères. Puis, plus tard, Onyx avait dû rejoindre l'armée, lui aussi, pour mettre un terme à ces hostilités qui n'en finissaient plus. À son retour, il était tombé malade et n'avait plus exercé une grande influence sur la vie de ses enfants. Swan avait tenu les rênes de la famille, mais ce n'était pas la même chose. Même si elle adorait ses fils et ne voulait que leur bonheur, Fabian n'était pas capable de se confier à elle. Il ne pouvait pas non plus se tourner vers Atlance qui ne comprenait rien à rien ou vers Maximilien qui se concentrait uniquement sur sa petite personne.

Fabian avait donc commencé à quitter de plus en plus souvent la forteresse, prétextant aller à la chasse ou à l'auberge pour rencontrer ses amis. En fait, ces derniers n'existaient même pas. Il les avait inventés pour que sa mère le laisse tranquille, car elle se méfiait de la solitude. Fabian avait tellement erré au Royaume d'Émeraude qu'il en connaissait tous les recoins, mais il ne savait toujours pas ce qu'il cherchait. Il avait appris à être son propre confident et à ne faire confiance à personne. Les filles qui l'approchaient, car il était physiquement séduisant, se désintéressaient assez rapidement de lui, car il n'avait rien d'intéressant à dire. Il ne réagissait pas non plus à leurs avances.

Le jeune prince avait toujours eu l'impression d'être différent de tout le monde, et pas uniquement parce qu'il était blond et que ses parents avaient les cheveux sombres. C'était une conviction plus intime encore. Pourtant, il n'avait pas été adopté comme Maximilien ou traumatisé comme Atlance…

– Et si mon père m'avait raconté cette histoire de dieux ailés uniquement pour me faire peur ? songea-t-il à voix haute tandis qu'il faisait avancer au pas son cheval le long de la rivière.

Onyx lui avait souvent répété qu'il voulait le bonheur de tous ses enfants, mais depuis qu'ils étaient devenus des adultes, il n'était jamais satisfait de leurs ambitions personnelles. Étant le deuxième dans l'ordre de succession au trône et parfaitement conscient que son père favoriserait sa fille plutôt que ses fils au moment de céder sa place de dirigeant d'Émeraude, Fabian se retrouvait toujours devant un grand vide quand il pensait à son avenir.

Toutefois, son destin avait changé lorsqu'il était tombé sur une sorcière au cours d'une balade en forêt. Ne se passionnant pas pour la lecture comme son aîné, Fabian n'avait pas saisi qui elle était lorsqu'elle lui avait révélé son nom.

« Mais pourquoi une déesse s'abaisserait-elle ainsi ? » se demanda-t-il en se rappelant cette première rencontre. Ses seules références en matière de vie divine étaient les histoires que lui racontait Armène quand il était petit. La gouvernante affirmait que les dieux descendaient parfois dans le monde des humains pour toutes sortes de raisons différentes : l'amour, la haine, la curiosité. Maintenant, Kira prétendait qu'ils venaient aussi chercher leurs enfants, une fois adultes.

Aquilée lui était d'abord apparue sous la forme d'une paysanne, portant une longue jupe bourgogne, un chemisier blanc aux manches bouffantes, un châle cousu de petites lamelles circulaires brillantes et attaché autour de sa taille. Sa longue chevelure brune était retenue par un fichu de la même couleur que son châle. Il avait trouvé étrange qu'elle marche seule sur la route. Les villageois ne s'aventuraient jamais aussi loin de leurs terres. Même s'il était un loup solitaire, Fabian lui avait adressé la parole par courtoisie. Il lui avait demandé si elle avait perdu son chemin, et elle avait éclaté de rire, ce qui avait décontenancé le pauvre garçon. Elle lui avait ensuite appris qu'elle était la fille du vent et que l'univers lui appartenait, puis elle avait poursuivi sa route. Fabian avait alors voulu savoir son nom.

– Aquilée ! avait-elle crié sans se retourner.

Fabian n'avait baissé le regard qu'un instant, profondément troublé par l'attitude désinvolte de cette femme. Lorsqu'il avait relevé les yeux, cette dernière n'était plus là ! Craignant qu'elle ne soit tombée dans les buissons, il l'avait cherchée partout, mais elle s'était tout simplement volatilisée. Il était rentré chez lui, perturbé. Puisqu'il n'avait jamais noué de liens d'amitié avec qui que ce soit, Fabian n'avait personne à qui parler. C'est en écoutant les bavardages des autres occupants du palais qu'une ébauche de réponse lui était enfin parvenue. Ses compagnons de table s'étaient mis à parler d'Anyaguara, la sorcière qui avait élevé la plus jeune fille de la Reine Fan.

Il était bien connu que certaines sorcières avaient le don de se métamorphoser pour échapper à leurs ennemis. Aquilée s'était-elle changée en animal pour le fuir ? Tous les jours qui suivirent cette étrange rencontre, Fabian était retourné au même endroit, au sud-est du château. Il ne la revit que la deuxième semaine. Elle était assise sur une grosse pierre, au bord de la rivière. Elle portait exactement les mêmes vêtements. Sans ambages, il lui avait demandé si elle était une sorcière. Elle ne l'avait pas nié, mais ne l'avait confirmé, non plus. Il voulut alors savoir d'où elle venait. Aquilée était demeurée vague. De l'avis de la jeune femme, la question que Fabian aurait dû lui poser était la suivante : que puis-je faire pour toi, belle étrangère ?

Les gens normaux ne jetaient même pas un regard sur les intrigantes qu'ils croisaient. Seuls ceux qui n'avaient pas l'âme en paix s'arrêtaient pour leur parler. Ne désirant pas lui confier ses angoisses, Fabian avait voulu l'oublier. Malheureusement, il s'était mis à la croiser de plus en plus souvent, jusqu'à ce qu'elle lui fasse avouer que son vœu le plus cher était de devenir un puissant sorcier, comme son père. Puisqu'ils avaient enfin trouvé un élément commun, Aquilée avait commencé à lui enseigner le mystérieux art de la transmutation d'une espèce à une autre. Fabian avait immédiatement vu là une occasion de montrer à son père qu'il avait du talent.

Toutes les semaines, le jeune prince avait rencontré la sorcière afin qu'elle lui enseigne à maîtriser cette faculté, mais il n'en était encore qu'à ses balbutiements. Aquilée ne le poussait pas et félicitait ses moindres progrès. Quant à lui, Fabian était pressé d'atteindre son but. Ce n'était pas la sorcellerie qu'il avait besoin d'apprendre, de l'avis de l'étrange femme, mais la patience.

Le choc que lui avaient causé les révélations de Kira et d'Onyx sur ses véritables origines l'avait d'abord paralysé et l'avait obligé à réfléchir sur le sens de sa vie. Lui qui s'était senti captif, dans l'ombre de son père, il venait de découvrir une parcelle divine en lui ! Toutefois, cette étonnante nouvelle était également assortie d'un terrible avertissement. Les dieux ailés n'avaient pas conçu des héritiers avec des mortelles afin de les inciter à les vénérer. Ils l'avaient fait pour provoquer les dieux reptiliens. Onyx et Kira semblaient d'avis que leurs intentions envers leur progéniture ne présageaient rien de bon... mais comment pouvaient-ils en être si sûrs ?

De nature contestataire, Fabian croyait ce qu'on lui disait uniquement lorsqu'il pouvait le vérifier lui-même. La seule personne qui pouvait maintenant corroborer les dires de ses aînés, c'était la sorcière. Il retourna donc à leur lieu de rendez-vous et l'attendit sur le bord de la rivière en se rongeant les ongles, tandis que son cheval broutait derrière lui. Elle s'assit près de lui en le faisant sursauter.

— Je ne vous ai pas entendu approcher, s'étonna-t-il.

— Peut-être ne tendais-tu pas l'oreille dans la bonne direction...

— Je ne comprends pas.

— On apprend aux enfants à avoir les réflexes de leur race. Tu as simplement agi selon ton éducation.

— Et aux sorcières, on leur montre autre chose, j'imagine ?

— On ne limite leurs sens en aucune façon.

— Peuvent-elles voir l'avenir comme les Immortels ?

— Elles ont la liberté de se déplacer comme bon leur semble dans l'espace et le temps.

— Dans ce cas, j'aimerais savoir qui sont mes parents.

— Habituellement, les hommes préfèrent connaître ce qui les attend, pas d'où ils viennent.

— Mon avenir dépend de la réponse que vous me donnerez.

— Laisse-moi réfléchir un peu…

Elle fit quelques pas au bord de l'eau, et Fabian crut qu'elle essayait d'entrer en transe.

— Tu es très spécial… articula-t-elle si lentement que le jeune homme reconnut à peine sa voix. De tous les humains vivant sur ce continent, tu es celui qui aura la plus grande destinée.

— Les sorcières prédisent-elles cela à tout le monde ?

Piquée au vif, Aquilée se retourna brusquement vers lui.

— Tu crois vraiment qu'elles sont toutes de mauvaises personnes ? riposta-t-elle.

— Nous n'en avons connu qu'une autre à Enkidiev. Elle s'appelait Anyaguara et ses desseins n'étaient pas clairs non plus.

— Tu oses me comparer à elle ?

— Elle se transformait en panthère, alors que vous vous changez en oiseau.

— En aigle, précisa-t-elle. Pour ta gouverne, il y a beaucoup de femmes qui possèdent de terribles pouvoirs dans le monde des hommes, mais la plupart se cachent pour ne pas être jugées.

— Pourtant, depuis le retour des Chevaliers d'Émeraude, les facultés magiques sont acceptées par la majorité des habitants du continent.

Swan lui avait évidemment raconté le passé de son mari qui avait lui aussi étudié la sorcellerie.

— As-tu discuté de tes projets d'avenir avec tes parents ? demanda Aquilée en tournant le fer dans la plaie.

— Ils ne comprennent pas mon désir de devenir sorcier.

— Pourquoi te contenter de si peu ? Pourquoi ne pas aspirer, toi aussi, à l'immortalité ?

— Le dieu qui a enseigné cette magie à mon père a été anéanti.

– À ton avis, c'était la seule divinité à posséder ce savoir ?

– Je ne sais pas grand-chose de ce monde.

La sorcière revint vers lui jusqu'à ce qu'elle soit à quelques centimètres de son visage.

– Il est arrivé, à plusieurs reprises durant l'histoire des humains, que certains d'entre eux attirent l'attention de l'un des panthéons. Tu n'es sûrement pas sans savoir que les déesses s'éprennent souvent des héros.

– De mon père, alors ? s'étonna Fabian.

– Tous ceux qui ne pensent pas comme les autres, tous ceux qui sortent des sentiers battus sont des héros.

Onyx avait vécu une vie fort différente de celle de ses contemporains. Même cinq cents ans plus tard, il continuait de suivre son instinct. Aucun être de chair et de sang avant lui n'avait goûté à l'éternité. Il possédait également des facultés magiques exceptionnelles.

– Je pourrais vraiment être comme lui ?

– Tu pourrais lui être supérieur.

– Je préférerais suivre l'exemple d'Hadrian qui n'essaie pas constamment d'usurper le trône des autres souverains.

– Hadrian n'est qu'un fantôme qui parle beaucoup, mais ne fait rien. Les Immortels ne l'ont retiré des grandes plaines de lumière que pour une seule raison : ils craignent la puissance d'Onyx. Ils savent pourtant que lorsque le temps sera venu, un tragique duel les opposera pour toujours.

— L'ancien Roi d'Argent ne lèvera jamais la main sur mon père ! s'exclama Fabian, insulté.

— C'est ce que tu crois ? Sache que ce défunt monarque ne sert que ses propres intérêts. Il se moque éperdument des sentiments de son meilleur ami.

— Les sorcières ont donc toutes une langue de vipère…

— Non, Fabian. Elles ont le regard perçant de l'aigle. Elles voient les intentions des hommes à travers leurs belles promesses. Souviens-toi de mes paroles. Un jour viendra où le spectre du roi côtier sera confronté à sa véritable mission en ce monde. C'est là que vous découvrirez qui, d'Onyx ou d'Hadrian, est le plus honnête.

Le jeune prince ne put refouler son impatience.

— Si on cessait de parler d'eux, maintenant ? exigea-t-il.

— Tout comme Onyx et son ancien frère d'armes, c'est ta propre petite personne qui t'intéresse, on dirait, se moqua Aquilée.

— C'est tout naturel, puisque c'est ma sœur qui sera reine. Je dois trouver ma propre voie et j'aimerais que vous m'aidiez.

— Mes services ne sont pas gratuits.

— Il y a des coffres remplis d'or au château.

— Les biens terrestres ne me sont d'aucune utilité.

— Que désirez-vous en échange ?

— Faisons un pacte.

Aquilée s'éloigna de Fabien et s'installa sur le tronc d'un arbre déraciné.

— Si je fais de toi l'homme le plus puissant d'Enkidiev, tu seras à moi, déclara-t-elle.

— Je perdrai toute volonté ? s'inquiéta le prince.

— Au début, sans doute, mais au fil du temps, lorsque ton esprit aura accepté ton nouvel état, nous prendrons toutes les décisions ensemble, car tu seras devenu mon mari.

— Quoi ?

— C'est mon âge qui te rebute ?

— Non ! Je ne suis pas prêt à me marier.

— C'est à prendre ou à laisser.

— Je ne peux pas décider sur-le-champ.

— Tu as besoin de l'approbation de tes parents ?

– Certainement pas.

– Est-ce ma silhouette qui te fait hésiter? Je ne suis peut-être pas la femme parfaite dont tu rêves depuis que tu es sorti de l'enfance, mais j'ai des qualités cachées qui sont loin d'être négligeables, dont le pouvoir de faire de toi un homme puissant. Je t'accorde quelques jours de réflexion.

– Quelques jours… répéta Fabian, découragé.

– Montre-moi maintenant que tu as bien appris tes leçons.

En réalité, le prince aurait préféré rentrer chez lui pour peser en toute quiétude le pour et le contre de la proposition de la sorcière. Mieux valait, toutefois, ne pas la contrarier. Il chassa toutes les pensées négatives de son esprit et visualisa un magnifique aigle royal, les ailes déployées. Il sentit aussitôt ses jambes le propulser vers le ciel et le vent caresser son visage, mais, une fois encore, il ne parvint pas à maintenir la représentation mentale suffisamment longtemps pour s'élever jusqu'aux nuages. Pris de vertige, il atterrit brutalement sur le sol et ouvrit les yeux. Aquilée n'était plus là.

« Quelle étrange aventure », songea le jeune homme. « Mon esprit est-il en train d'imaginer cette femme insatiable?» Depuis la mort de Nemeroff et l'enlèvement d'Atlance, tout ce qui importait à Fabian, c'était de prouver à Onyx qu'il avait, lui aussi, l'étoffe d'un roi. Sans doute tenait-il de son père son désir ardent de réussite. Cependant, contrairement à Onyx, il n'avait aucune intention de dominer tout le continent. Il aspirait plutôt à assurer la justice dans son propre royaume, même s'il devait vider le trésor pour y arriver.

Désireux de rentrer chez lui, Fabian voulut faire un pas vers son cheval, mais il tomba la tête la première dans l'herbe haute, comme si ses pieds avaient été cloués au sol. Il roula sur le côté et constata avec stupeur que ses orteils, transformés en serres, avaient transpercé le cuir de ses bottes.

– Aquilée ! hurla-t-il, effrayé.

La sorcière ne vint pas à son secours. Incapable de bouger les jambes, le prince ferma les yeux et se calma. C'était la seule façon de reprendre son apparence humaine. Lorsqu'il les ouvrit de nouveau, à son grand soulagement, l'enchantement avait pris fin. Il grimpa en selle et retourna au palais. Les paroles d'Aquilée continuaient de résonner dans ses oreilles. Pour la première fois de sa vie, Fabian ressentit le besoin de se confier à ses parents… mais ils étaient absents tous les deux. Il ne restait à la maison que Maximilien et Cornéliane avec qui il n'avait jamais tissé de liens intimes. Même Cameron, son meilleur ami, était parti vers le nouveau monde.

Fabian jeta ses bottes au pied du lit où il s'assit. « Est-ce que je veux vraiment perdre mon âme afin de devenir le plus puissant des hommes ? » se demanda-t-il. C'était pourtant ce qu'avait fait son père. Onyx était né paysan et il était devenu roi. Enfin, c'est ce qu'on lui avait raconté. Pourtant, la sorcière semblait posséder une version différente de la vie du renégat.

Ne voulant plus rester seul, Fabian quitta les appartements royaux et se rendit à l'aile du palais où habitait la famille de Kira. Par décret du regretté Émeraude Ier, le nouveau roi ne pouvait pas la chasser de sa demeure. La princesse mauve avait donc le droit de rester au château jusqu'à sa mort, si elle le désirait. Elle était partie avec Onyx et Swan de l'autre côté des volcans, mais son mari était resté pour veiller sur leurs enfants.

— Lassa ? appela Fabian de la porte.

— Vous pouvez entrer ! lui parvint une voix lointaine.

Le jeune homme se risqua à l'intérieur. Même si les deux familles appartenaient à la monarchie, elles ne vivaient pas du tout de la même manière. La pièce principale du foyer de Kira n'était pas décorée de riches tapisseries et de vases antiques. Ses meubles n'étaient pas non plus fabriqués dans du bois précieux. En fait, cette salle impressionna Fabian par sa sobriété. Des jouets étaient éparpillés sur le sol, ce qu'Onyx n'aurait jamais supporté.

Lassa arriva à la porte qui s'ouvrait sur le reste du logis, en s'essuyant les mains.

— Prince Fabian ? s'étonna le Chevalier. Que me vaut cet honneur ?

— Laissons tomber ces formalités, si vous le voulez bien.

— Très bien. Quelle est cette angoisse que je capte dans ta voix ?

— Il m'est arrivé quelque chose d'incroyable tout à l'heure et je n'ai personne à qui en parler.

— Viens t'asseoir.

Tandis que Fabian relatait à Lassa les détails de sa rencontre avec la sorcière, Aquilée rentrait dans son monde céleste, sous la forme d'un aigle impérial au plumage brun noir. Elle se posa sur le bord de son immense nid, scruta les alentours et sauta dans son abri en reprenant son apparence de femme. Tout comme les dieux reptiliens, les divinités falconiformes affectionnaient le corps humain qui leur permettait de manipuler plus facilement les objets dont ils s'entouraient par pur plaisir.

Les enfants des dieux suprêmes Aiapaec et Aufaniae avaient tous façonné leur univers à leur image. Alors que Parandar et Theandras avaient choisi de vivre dans d'imposantes structures de pierre blanche, Lycaon et Étanna avaient préféré habiter un monde parsemé d'arbres gigantesques, au sommet desquels ils avaient édifié leurs logis de paille et de terre séchée. Les dieux rapaces accédaient à leurs nombreuses pièces par différentes ouvertures tubulaires dans lesquelles ils se laissaient glisser.

Contrairement aux ghariyals, qui faisaient de gros efforts pour conserver l'harmonie dans leur panthéon, les dieux ailés se jalousaient entre eux depuis des siècles. Ils enviaient aussi Parandar et Theandras qui avaient reçu de leurs parents la faculté de créer la vie et n'attendaient que l'occasion de leur faire payer cette injustice.

Afin de passer d'un nid à un autre, les falconiformes avaient creusé des tunnels dans les énormes branches d'arbres. Aquilée emprunta donc celui qui menait au palais de son père, le dieu condor, afin de lui faire part de ses dernières observations sur les humains. Elle le trouva en compagnie des déesses chevêche et épervier, Angaro et Ninoushi. Comme le voulait l'usage, Aquilée posa un genou en terre devant Lycaon et baissa la tête.

– Relève-toi, ma fille, et dis-moi ce que tu as appris, ordonna le chef des dieux ailés.

Lorsqu'il se métamorphosait en homme, Lycaon ressemblait beaucoup à son frère Parandar. Il avait les mêmes cheveux noirs, mais ses yeux étaient sombres comme la nuit. Au lieu de s'habiller tout en blanc comme le dieu suprême des ghariyals, Lycaon portait une chemise à manches amples et un pantalon noirs, ainsi que des bottes hautes. Il s'était calé dans son trône de branches et observait ses sujets avec un air hautain.

– Les humains ont découvert que vous avez conçu des enfants avec leurs femmes, répondit la déesse aigle.

– Qu'ont-ils l'intention de faire de ma progéniture ?

– Ils n'en savent rien encore, mais ils n'ont pas l'intention de vous laisser la leur ravir.

– Comme s'ils pouvaient m'en empêcher…

La déesse Métarassou et son mari Sparwari firent alors leur apparition dans le nid royal.

– Vous êtes en retard, grommela Lycaon, mécontent.

– Veuillez nous pardonner, Altesse, s'excusa Métarassou en se prosternant très bas.

– C'est ma faute, ajouta son conjoint. Je ne maîtrise pas très bien les changements soudains de courants aériens.

— C'est ce qui arrive à ceux qui ne sont pas nés dans mon royaume, lança le condor.

Il faisait évidemment référence à la transformation qu'avait subie ce jeune homme né au Royaume des Esprits plusieurs années auparavant.

— Continue, Aquilée, exigea le chef des rapaces.

— Ces oisillons n'ont pas encore de plumes, même le plus vieux.

— Comme c'est étrange.

— La croissance des humains est différente de la nôtre, tant physique que mentale. Il y a même des adultes qui se comportent encore comme des enfants.

— Il y a aussi des enfants qui sont plus mûrs que leurs parents, ajouta Angaro. La fillette à la peau grise qui habite le château est très intelligente.

Un serviteur mésange fut alors propulsé dans l'ouverture du nid et roula sur le plancher de terre battue.

— Mais qu'est-ce que… ? se fâcha Lycaon en se redressant.

— Évidemment qu'elle est intelligente ! tonna une voix rauque. Notre sang coule dans ses veines !

Azcatchi, le vrai, émergea du tunnel et se joignit à la petite assemblée. Il était grand et élancé. Ses longs cheveux noirs, raides et doux comme de la soie, tombaient dans son dos. Ses yeux bleus étincelaient de malice. Il portait une armure de cuir sombre qui le couvrait du cou jusqu'aux pieds. De longues plumes noires luisantes ornaient ses épaules.

— Pourquoi n'ai-je pas été invité à ce conseil ?

— Parce que je ne t'ai pas confié la garde de mes petits, Azcatchi, lui rappela Lycaon.

— Ils ne sont pourtant pas tous tiens.

Le dieu crave dirigea un regard incisif vers Sage.

— C'est moi qui ai accordé à Sparwari la permission de retourner une dernière fois vers son ancienne femme.

— Un privilège que tu devrais plutôt réserver aux protégés de tes propres enfants.

— La raison pour laquelle tu n'es jamais convié à nos réunions, c'est justement pour éviter ce genre de querelle, le piqua Aquilée.

— Pourtant, personne ici n'est plus violent que toi, chère sœur, rétorqua Azcatchi.

— Suffit ! lança le chef des rapaces.

— Si c'est un coup mortel que vous désirez porter à Parandar, pourquoi prendre autant de détours ? poursuivit le dieu crave en faisant la sourde oreille. Pourquoi ne pas ruiner directement son royaume ?

– Tu ne connais donc pas le sort qu'il a réservé à Akuretari ? s'étonna Angaro.

– Tout le monde sait qu'il a été jeté dans le gouffre sans fond.

– Alors, tu ignores qu'il s'en est échappé, lui apprit Métarassou.

– Dans ce cas, laissons-le détruire lui-même le panthéon reptilien ! s'exclama Azcatchi.

– Il a malheureusement connu une fin atroce entre les mains d'un certain Wellan, un héros sorti de nulle part, ajouta Aquilée.

– Akuretari a lamentablement échoué et vous pensez que quatre enfants sans défense viendront à bout de Parandar ?

– Notre plan est d'attirer les ghariyals à Enkidiev, l'informa Lycaon.

Azcatchi éclata d'un rire insolent.

– Vous n'êtes pas dignes de faire partie de notre race ! s'écria-t-il soudain. Lorsqu'on désire réellement vaincre son adversaire, on ne se cache pas derrière des enfants ! On lui fait face !

– Et c'est moi que tu accuses d'être violente ? riposta Aquilée.

– Continuez vos pitoyables jeux de guerre s'ils vous amusent. Quand vous voudrez vraiment vous débarrasser de ces serpents impudents qui se croient tout permis, faites appel à moi.

Les bras d'Azcatchi se couvrirent de plumes noires tandis que tout son corps se métamorphosait en oiseau. D'un bond prodigieux de ses pattes rouges, il s'élança vers le plafond qu'il défonça en arrachant des cris de protestation à ses semblables.

– Pourquoi supportez-vous son impertinence ? osa demander Sparwari.

– Parce que mon épouse Séléna le protège, soupira Lycaon, découragé.

Les serviteurs se mirent à ramasser les débris le plus discrètement possible.

– Êtes-vous d'accord avec lui ? poursuivit Lycaon.

– Pas du tout, affirma Aquilée. À mon avis, la défaite de Parandar sera encore plus cuisante si ce sont ses propres créatures qui l'écrasent. Tenons-nous-en à notre plan initial. En très peu de temps, ces enfants demi-dieux nous obéirons au doigt et à l'œil.

19

L'OR DIVIN

Successivement, Hadrian, Liam, Cameron, Daiklan, Wellan et Kirsan tentèrent de déterminer la nature du mal d'Onyx sans obtenir de résultats. Si Hadrian connaissait bien les plantes médicinales, il ne pouvait toutefois pas composer un remède sans savoir à quelle maladie il s'attaquait. Il en vint finalement à la conclusion que, n'étant pas complètement rétabli lorsqu'il avait quitté Émeraude, son vieil ami avait mal réagi aux drogues que lui avait administrées Nayaztlan. Heureusement, Katil arriva avec le reste des femmes de l'expédition, quelques heures plus tard, car elles s'étaient retrouvées sur le flanc du volcan. La jeune magicienne examina tout de suite Onyx en passant les mains au-dessus de son corps et perçut quelque chose que les autres avaient manqué. Elle gratta doucement la peau du bras de son roi et flaira la fine couche de poudre dorée qui s'y était collée.

— Cette substance est toxique, déclara-t-elle enfin.

— Il faut le laver sans tarder, comprit Swan. Aidez-moi à le transporter jusqu'à la plage.

Les Chevaliers s'emparèrent d'Onyx par les bras et les jambes et redescendirent avec prudence l'escalier devant leur refuge. Ils déposèrent le souverain inconscient dans l'eau et se mirent à le frotter vigoureusement pour le débarrasser de l'or.

— On te laisse la partie sous le pagne, indiqua Daiklan à Swan avec un sourire moqueur.

Après une courte vérification, la Reine d'Émeraude leur fit savoir que la prêtresse n'avait pas poussé l'audace jusque-là.

L'eau fraîche ranima graduellement Onyx. Il battit des paupières et sursauta en constatant qu'il flottait.

— Tout doux, lui recommanda Swan qui maintenait sa tête hors des vagues.

— Comment suis-je arrivé ici ? s'alarma-t-il.

— Nous avons dû te dépoussiérer, même si ta peau brillante te donnait un air divin.

Juguarete s'aventura alors sur le sable fin, s'appuyant sur le bras de Karacoual, son fidèle prêtre. Afin de lui permettre de converser avec Onyx, Sévétouaca les accompagnait.

— On m'a raconté ce qui vous est arrivé, traduisit le guerrier.

— Vous savez donc que je n'ai pas réussi à reprendre nos fils.

Le Roi d'Émeraude se redressa, nullement embarrassé par sa nudité. Plus réservé, Hadrian s'empressa de lui lancer une couverture tissée par les artisans d'Itzaman. Le souverain la lui noua autour de la taille avec l'aide de son épouse et marcha à la rencontre du prince.

– Je suis un homme têtu, ajouta Onyx. Je ne partirai pas avant d'avoir retrouvé Atlance.

– Allons-y ensemble, suggéra Juguarete.

Ce plan ne plaisait pas à Onyx qui préférait toujours agir seul, lorsqu'il le pouvait. Toutefois, il ne connaissait pas ce pays et il perdrait certainement moins de temps en compagnie d'un guide. Il se tourna donc vers sa femme pour observer son visage et ne fut pas surpris d'y déceler de l'assentiment. Lorsqu'il pivota de nouveau vers les Itzamans, il s'étonna de les voir se prosterner devant lui.

– Vous n'allez pas recommencer à m'appeler Azcatchi! se fâcha Onyx.

– Vous portez la marque, lui apprit Sévétouaca sans relever la tête.

– Je suis encore doré quelque part?

– Non. C'est le signe d'Étanna.

– Je ne comprends rien de ce que vous me dites. Levez-vous et montrez-la-moi.

En tremblant, Sévétouaca lui obéit et pointa un groupe de cinq taches sombres sur l'omoplate droite de l'Émérien. La plus grosse avait la forme d'un cœur à l'envers et elle était surmontée de quatre plus petites en forme d'œuf.

— Ce sont des taches de naissance, affirma Onyx.

— Venez, je vais vous montrer.

Tout le groupe accompagna le monarque intrigué jusqu'aux marches de la pyramide qui faisaient face à l'océan. Sévétouaca leur indiqua un ensemble de hiéroglyphes sculptés dans la pierre qui représentait un félin.

— C'est Solis, le fils d'Étanna, indiqua-t-il.

— Un chat ? s'étonna Onyx.

— Un jaguar.

— Pourquoi aurais-je une empreinte de jaguar dans le dos ?

Les Itzamans échangèrent un regard entendu, puis le prince se mit à parler à l'Émérien dans sa langue aux sons gutturaux.

— Il s'agit d'une très vieille légende de notre peuple, traduisit Sévétouaca. Nous vous la raconterons ce soir, autour du feu.

En baissant les yeux, ils descendirent les marches à reculons, puis contournèrent la pyramide. Onyx ne bougea pas jusqu'à ce qu'ils soient partis.

— Ce sont des taches de naissance, répéta-t-il en apercevant l'interrogation dans les yeux des membres de l'expédition.

– Alors, c'est une bien étrange coïncidence, fit remarquer Wellan.

– Je pense que nous devrions entendre ce que les Itzamans ont à dire à ce sujet avant de nous former une opinion, suggéra Jenifael.

– Je suis d'accord, l'appuya Kira.

Ils raccompagnèrent Onyx dans la petite pièce qui leur servait d'abri, mais il refusa d'y entrer, préférant s'asseoir sur la petite terrasse de pierre et laisser le vent sécher ses cheveux. Swan voulut aller lui acheter des vêtements chez les tisserandes, mais il secoua la tête négativement. Il préféra se concentrer pour aller en chercher dans son propre palais, mais sa magie ne lui permit pas de traverser la barrière des volcans.

– Je peux aller récupérer le pagne que nous avons laissé sur la plage, offrit Swan.

Elle n'avait pas terminé la phrase qu'il disparaissait devant elle.

– Onyx ! s'alarma-t-elle.

Son cri attira aussitôt Hadrian et Liam qui ramenaient de l'eau dans des récipients de terre cuite. Ils déposèrent leur fardeau et accoururent, tout comme les autres membres du groupe qui s'étaient éparpillés autour de la pyramide.

– Où est-il ? s'enquit Daiklan, le premier arrivé sur les lieux.

— Il a utilisé son vortex ! répondit Swan.

— Il a peut-être reçu une communication d'Atlance, tenta Wellan.

Hadrian choisit d'utiliser sa magie pour essayer de le localiser plutôt que de jouer aux devinettes. «Il n'est pas dans les environs», découvrit-il assez rapidement. Il poursuivit donc ses recherches vers le nord, ignorant que son ancien lieutenant s'était plutôt transporté vers l'est.

Bien décidé à reprendre ses vêtements, Onyx réapparut quelques secondes plus tard dans les appartements de la grande prêtresse de Tepecoalt. Maintenant qu'il connaissait les ruses de Nayaztlan, il ne la craignait plus. À sa grande surprise, la vaste pièce était déserte. Il alluma la paume de sa main droite et, aussitôt, sa chemise et son pantalon noirs se dégagèrent d'une pile de vêtements. Il s'habilla en demeurant aux aguets, puis scruta tous les recoins du palais. Un sourire de satisfaction apparut alors sur son visage, car il venait de repérer celui qu'il cherchait. À pas de loup, il se rendit à l'entrée et tendit l'oreille. Il n'y avait personne dans le couloir. Il s'y aventura en silence et aboutit finalement à une petite porte qui s'ouvrait sur les quartiers des esclaves, dans la cour.

Ces prisonniers, qui avaient en majorité grandi dans l'ombre du palais, ne le remarquèrent pas tout de suite. Onyx promena son regard sur chaque visage. Leurs traits indiquaient qu'ils provenaient de plusieurs pays différents. Il aperçut finalement Anoki près d'un puits, à tirer de toutes ses forces sur la corde qui roulait sur une poulie de bois. L'enfant n'avait que dix ans, mais son courage dépassait de loin celui de bien des adultes. Onyx marcha droit vers lui.

– Besoin d'un coup de pouce ? demanda-t-il dans la langue des Enkievs qui lui revenait de plus en plus à la mémoire.

Anoki écarquilla les yeux avec stupéfaction, puisque cet homme n'était plus censé se trouver à Tepecoalt. Avant qu'il puisse ouvrir la bouche pour questionner celui qu'on avait pris pour un dieu, Onyx le prit dans ses bras et se dématérialisa. Ils se retrouvèrent instantanément à Itzaman, sur la petite terrasse d'où le roi était parti quelques minutes plus tôt.

Assise dans l'escalier de la pyramide, Ellie sursauta en voyant réapparaître son souverain et prévint les autres sur-le-champ de son retour. Ils convergèrent en courant vers le gigantesque monument.

– Qui est ce petit garçon ? s'enquit Swan qui connaissait trop bien la tendance de son mari à l'adoption.

– Il s'appelle Anoki.

L'enfant était immobile comme une bête traquée dans les bras d'Onyx.

– Est-ce que tu l'as enlevé ?

– Je crois plutôt qu'il l'a affranchi, devina Hadrian. C'est un esclave de la maison de Nayaztlan.

– Un Tepecoalt ? voulut s'assurer Danitza, qui continuait de consigner leur aventure.

— Non ! s'indigna Anoki. Je suis Ressakan !

Onyx traduisit sa réponse dans la langue moderne.

— Et ne me demandez pas où ça se trouve, ajouta-t-il. Je suis allé le chercher parce qu'il m'a sauvé la vie.

— Qu'as-tu l'intention de faire de lui ? demanda Kira.

— Je lui ai promis de le rendre à ses parents.

— Mais tu ne sais même pas où il habite, lui rappela Swan.

— Alors, il restera chez nous en attendant que je le découvre.

Onyx déposa Anoki sur le sol, mais ce dernier ne chercha pas à s'éloigner. Il reconnaissait les habitants de cette contrée, car il avait déjà vu des prisonniers Itzamans, mais il ne comprenait pas pourquoi Onyx s'était arrêté sur leur territoire, car il était visiblement d'une race différente.

— Je m'appelle Onyx, et voici mes compagnons.

Anoki écouta tous ces noms qui lui étaient inconnus, jusqu'à ce qu'il entende celui de Mali.

— Ma mère s'appelait Mali, murmura-t-il, attendri.

La jeune femme s'approcha de lui et lui prit les mains.

— Tu parles ma langue, se réjouit-elle. Vivais-tu à Adoradéa ?

L'enfant secoua la tête négativement.

— Je suis né dans le village de N'Tanshé. Mon pays s'appelle Ressakan. Je ne peux pas le situer, parce que les guerriers m'ont emmené dans un sac, mais je sais que c'est très loin du palais des prêtresses de la Lune.

— Quand est-ce arrivé ?

— Je pense que ça fait trois révolutions, maintenant.

Onyx laissa son jeune protégé auprès de Mali et descendit l'escalier de pierre, Hadrian derrière lui.

— Tu n'aurais pas dû retourner seul là-bas, lui reprocha celui-ci.

— J'étais certain de ne pas attirer l'attention des archères en n'emmenant personne avec moi.

— Il se peut que nous ne puissions jamais reconduire cet enfant chez lui, Onyx.

— Je sais, mais je ne pouvais pas le laisser là.

Ils firent quelques pas en silence sur la grande pelouse qui servait de place publique au peuple, puis Hadrian voulut satisfaire sa curiosité.

— Tu ne m'as pas semblé étonné outre mesure d'apprendre que tu avais une curieuse marque dans le dos, laissa-t-il tomber.

Je ne l'ai pourtant jamais remarquée lorsque nous combattions ensemble.

– Évidemment, puisque mon âme n'habitait pas ce corps.

– C'est donc Farrell qui est né avec…

– Si tu cherches à savoir ce qu'elle représente, il te faudra attendre à ce soir, parce que je n'en sais franchement rien.

– Et moi qui pensais te connaître sous toutes tes coutures.

– Il est dangereux de s'ouvrir entièrement aux autres, Hadrian.

Onyx s'arrêta et appela télépathiquement Atlance.

– Pourquoi ne me répond-il pas ? se fâcha-t-il.

– Peut-être dort-il.

– Peut-être qu'il est mort, ajouta une voix dans leur dos.

Les deux hommes firent volte-face et trouvèrent le jeune Wellan devant eux.

– Les Itzamans prétendent qu'il y a non seulement des bêtes carnivores dans ces forêts, mais aussi des créatures encore plus dangereuses que les jaguars, déclara-t-il.

– Mon fils est vivant, gronda Onyx comme un fauve.

— C'est seulement une hypothèse…

— Je n'ai pas envie de l'entendre.

Furieux, le Roi d'Émeraude retourna vers la pyramide. Hadrian ne le suivit pas. C'était enfin sa chance de questionner l'adolescent sur ses trop nombreuses connaissances.

— Si tu me parlais un peu du traité que tu es en train de lire, jeune homme, fit l'érudit en le poussant à poursuivre la balade avec lui.

— Ma mère vous a dit la vérité à mon sujet, n'est-ce pas ?

— Oui et cette nouvelle m'a réjoui.

Un sourire soulagé se dessina sur les lèvres de l'adolescent.

— Il n'est pas facile de poursuivre sa vie dans un corps qui n'est pas encore prêt à faire tout ce qu'il faisait jadis, dit-il.

— Est-ce que tout le monde finit par revenir ainsi de la mort ?

— Non, je ne crois pas. Il s'agit, semble-t-il, d'un privilège accordé à certains hommes qui n'ont pas pu achever ce qu'ils avaient commencé. C'est Theandras qui a provoqué ma mort prématurée durant la guerre afin que je lui vienne en aide dans le royaume céleste, alors elle a voulu me remercier ainsi. J'ignorais que je me retrouverais dans le corps d'un nourrisson, par contre.

— Pourquoi n'as-tu rien dit à ta mère avant maintenant ?

— J'ai vu que Bridgess était heureuse avec Santo et je ne voulais pas gâcher leur bonheur. Quant à Jenifael, elle dépendait trop de moi dans ma première incarnation, alors je lui ai caché mon identité pour qu'elle devienne plus indépendante.

— C'est réussi, je t'assure, plaisanta l'ancien Roi d'Argent. Elle n'en fait qu'à sa tête, mais je commence à aimer les femmes fortes et autonomes.

— Moi aussi, même si je suis encore trop jeune, de l'avis de ma mère, pour tomber amoureux, confessa Wellan.

— Tu es donc né avec tout le savoir que tu avais accumulé lorsque tu étais le commandant de l'armée ?

— Oui, je me souviens de tout. En passant, merci d'avoir remis la bibliothèque du Château d'Émeraude en ordre. Cette initiative m'a grandement aidé à parfaire mes connaissances.

— Par hasard, aurais-tu lu quelque chose sur cette étrange marque que porte Onyx ?

— Nous ne possédons pas d'ouvrages sur le nouveau monde, ce à quoi je vais évidemment remédier pendant cette deuxième vie. Je vais me mettre à l'écriture en rentrant à la maison.

— Je te donnerai un coup de main dans ton projet, si tu veux, car je suis plutôt doué pour le dessin.

— Une collaboration avec vous me plairait beaucoup.

— Si on revenait au traité de Sophos ?

— Personnellement, je le trouve plutôt intrigant. Je n'arrive tout simplement pas à comprendre pourquoi les dieux créateurs du monde sont partis en confiant notre univers à leurs cinq enfants qui ne s'entendaient déjà pas trop bien.

— Ce sont des créatures fort différentes de nous, Wellan.

Ils poursuivirent cette discussion sur les trois panthéons jusqu'à ce qu'ils soient rappelés au centre de la cité par les vrombissements des cornes. Hadrian alla s'asseoir à la droite d'Onyx dans le grand cercle qu'avaient formé les proches de Juguarete autour d'un feu réconfortant. La vaste pelouse était constellée de centaines de petits groupes qui mangeaient en bavardant.

Jenifael avait choisi de s'asseoir avec Mali et Liam, de l'autre côté des flammes. Le jeune Chevalier leur racontait quelque chose qui faisaient rire les deux femmes. Le petit Anoki, qui ne comprenait pas la langue moderne, se contentait de manger, heureux d'être devenu un citoyen libre. De temps à autre, il jetait des regards admiratifs en direction d'Onyx qui l'avait délivré. Katil était appuyée sur l'épaule d'Ellie qui la réconfortait tout bas. Quant à Daiklan, il était en grande conversation avec Kirsan. Cameron et Danitza s'embrassaient discrètement. Kira, pour sa part, veillait maternellement sur Wellan qui, lui, n'avait d'intérêt que pour les aliments étranges qu'on venait de déposer dans son écuelle de bois.

— As-tu réussi à parler à Atlance ? murmura Hadrian à son ami.

– Il vient de se mettre en route dans la forêt avec le fils du prince, répondit Onyx. Dès que j'aurai fini mon repas, je partirai à sa rencontre.

– C'est une excellente nouvelle. Tu l'as dit à Juguarete ?

– Son interprète n'est pas encore arrivé.

Ils dégustèrent donc leur repas de poisson, de courges, de haricots et de maïs jusqu'à l'arrivée de Sévétouaca qui conduisait un vieil homme aveugle en le tenant par le bras. Juguarete les fit asseoir près de lui et leur fit servir de la nourriture. Puis, lorsqu'ils se furent sustentés, le prince demanda au conteur de dire ce qu'il savait de la légende de Solis. Heureusement, l'ancien parlait très lentement, ce qui permit au guerrier de traduire toutes ses paroles dans la langue d'Enkidiev.

– Au début des temps, ce monde n'existait pas. Il n'y avait dans l'univers que le néant.

Hadrian ressentit aussitôt l'impatience d'Onyx et lui transmit une discrète vague d'apaisement. *Au lieu de m'endormir, tente plutôt de l'accélérer un peu*, grommela ce dernier, par télépathie. *Ce ne serait pas très poli*, répliqua Hadrian. *Essaie de te conduire en roi, ce soir.*

– Les dieux Aiapaec et Aufaniae étaient encore jeunes et ils commençaient à peine à établir l'équilibre entre les principes féminin et masculin. C'est alors qu'ils décidèrent d'avoir des enfants. Leur premier né était un garçon qui ressemblait à ses parents. Ils lui donnèrent le nom de Parandar, «celui qui veille». Voyant qu'il était fort et qu'il survivrait, les dieux conçurent une fille, cette fois.

Exaspéré, Onyx posa ses coudes sur ses genoux et appuya son menton dans ses mains.

– Ils l'appelèrent Theandras, «celle qui purifie». Leur naquit ensuite un autre fils qu'ils nommèrent Akuretari, «celui qui stabilise». Puisque leurs trois petits leur ressemblaient, ils étaient loin de se douter de ce qui allait se passer ensuite.

Quel rapport tout ça a-t-il avec la légende du jaguar? s'impatienta Onyx. *Laisse-lui le temps d'y arriver,* recommanda Hadrian.

– Ils furent très surpris lorsqu'ils découvrirent que leur quatrième enfant, une fille qu'ils appelèrent Étanna, «celle qui protège», leur apparut sous la forme d'un grand félin au pelage sombre. Comment deux dragons pouvaient-ils mettre au monde un tel animal?

– Aiapaec et Aufaniae sont des dragons? s'étonna Liam.

– C'est écrit dans tous les traités de cosmologie, l'informa Wellan.

– Taisez-vous et écoutez, les avertit Kira.

– Pour s'assurer qu'il s'agissait seulement d'une erreur de la nature, ils eurent un cinquième enfant, un garçon qui reçut le nom de Lycaon, «celui qui tranche». Toutefois, puisque ce fils avait l'apparence d'un énorme oiseau de proie, les dieux choisirent de ne plus se reproduire. Ils élevèrent leurs petits sans témoigner de préférence pour les trois aînés, mais la nature trop différente de leurs enfants les fit s'élever rapidement les uns contre les autres. Aiapaec et Aufaniae décidèrent de diviser leur domaine céleste en trois. Ils instaurèrent aussi la loi de la triade. Pour conserver leur part du ciel, chaque panthéon devait être régi par trois divinités.

Je vais m'endormir avant qu'il aboutisse, soupira Onyx. Hadrian se contenta de lui donner quelques tapes amicales dans le dos.

– Il fut facile pour Parandar, Theandras et Akuretari de former cette trinité, mais Étanna et Lycaon étaient les seuls représentants de leur espèce. Aiapaec et Aufaniae arrachèrent deux griffes à leur fille panthère, qui se transformèrent en jaguar et en lion. Étanna prénomma alors ses fils Solis et Ahuratar.

Bon, nous y voilà, s'encouragea Onyx.

– Aiapaec et Aufaniae détachèrent ensuite deux plumes du dos de Lycaon, le condor, qui se changèrent en aigle et en harfang. Il les appela Aquilée et Orlare. Des siècles passèrent sans que les enfants des dieux se rendent visite.

Onyx poussa un soupir de découragement.

– C'est alors qu'Aiapaec et Aufaniae décidèrent d'aller créer d'autres univers, laissant à leur progéniture le soin de veiller sur celui-ci. Dès que leurs parents furent partis, les chefs des trois panthéons se mirent tout de suite à convoiter le domaine de leurs rivaux. Cependant, les dieux suprêmes avaient pensé à tout et leurs enfants apprirent à leurs dépens qu'ils ne pouvaient pas survivre hors de leur propre territoire.

Le vieil homme fit une pause pour boire avant de poursuivre son histoire.

– Parandar, Theandras, Akuretari, Étanna et Lycaon étaient des créatures intelligentes qui commençaient à s'ennuyer. Au moment de leur départ, les dieux avaient également accordé à leur aîné des pouvoirs supplémentaires pour l'aider à pacifier les querelles entre ses frères et sœurs. Lorsque Parandar utilisa l'une de ces facultés pour créer les terres sur lesquelles nous vivons, la guerre éclata entre les panthéons. Fou de rage, Lycaon sépara le territoire en deux en élevant une impénétrable chaîne de volcans souvent en éruption.

Onyx savait très bien que c'était un phénomène purement géologique, mais il garda le silence pour ne pas allonger indûment le récit.

– D'un côté, les créatures de Parandar commencèrent à se multiplier. Voyant cela, Étanna enleva les plus résistantes et les installa sur les terres de l'est.

Est-il en train de dire que nous sommes la branche inférieure de la création? s'étonna Onyx. *Personne ne sait ce qui s'est vraiment passé,* tenta de le rassurer Hadrian.

– Cette intervention déplut évidemment aux autres divinités qui s'employèrent alors à séduire les hommes pour qu'ils changent d'allégeance. C'est ainsi que les peuples d'Enlilkisar furent divisés et que naquirent les grandes guerres. Les dieux reptiliens ne parvinrent à conquérir que les cœurs des Mixilzins, des Elladans et des Ressakans. Les dieux ailés s'emparèrent des territoires des Tepecoalts, des Anasazis, des Agénors, des Pélécars, des Djanmus et des Madidjins. Seuls les peuples d'Itzaman, d'Hidatsa, de Simiussa et de Pardue demeurèrent fidèles à Étanna.

Danitza avait mis son repas de côté depuis un petit moment déjà et griffonnait en vitesse ces renseignements dans son cahier de voyage.

— Et Ipoca, alors ? demanda-t-elle en levant la main.

Sévétouaca traduisit sa question.

— Personne ne dicte leur conduite à ces farouches créatures marines, répondit le conteur. Elles disent avoir été déposées dans la mer par le dieu Abussos, qui leur a laissé une statue de lui-même pour qu'elles n'oublient jamais leurs origines.

Est-ce qu'on a vraiment besoin de le savoir ? se lassa Onyx. *Qu'est-il arrivé à ta grande soif de connaissance ?* le taquina Hadrian. *C'était il y a plus de cinq cent ans !* se fâcha son ami.

— De quel panthéon provient ce dieu ? voulut savoir Wellan.

— Justement, nous n'en savons rien.

Le jeune explorateur se promit alors de questionner Shapal à ce sujet, car sa mère était une prêtresse. Excédé, Onyx se leva et marcha jusqu'au vieil homme.

— Quand avez-vous perdu l'usage de vos yeux ? s'enquit-il.

— Je ne suis pas né ainsi, si c'est ce qui vous préoccupe. Mon regard sur le monde matériel a graduellement cédé sa place à mes visions spirituelles.

L'Émérien plaça alors ses mains sur les tempes du vieil homme.

— Onyx, que fais-tu ? s'agita Hadrian.

Un éclair brillant jaillit des paumes du Roi d'Émeraude et arracha un cri d'effroi aux Itzamans assis autour des feux voisins. Onyx relâcha son emprise et attendit que le vieillard arrête de battre des paupières avant de dénuder son épaule.

— Ces taches vous sont-elles familières ?

— Que les dieux nous protègent... balbutia le conteur.

— Qu'est-ce que c'est ? insista Onyx.

— C'est la marque de Solis.

— C'est d'elle que vous deviez nous parler, ce soir, pas de la création du monde.

Hadrian se cacha le visage dans ses mains, découragé par l'attitude cavalière de son ami.

— Il y a une vieille légende au sujet du fils du jaguar...

– Enfin, on y arrive !

– Onyx, viens t'asseoir, le pressa Hadrian sur un ton de commandement.

Voyant qu'il ne lui obéissait pas, Swan prit son mari par le bras et le fit doucement reculer jusqu'à sa place.

– Il ne te révélera pas ce mythe si tu continues de le terroriser, lui murmura la femme Chevalier à l'oreille.

– Qu'attendez-vous ? insista Onyx tandis que Swan le forçait à s'asseoir.

– On dit que le fils d'Étanna, lorsqu'il fut adulte, s'éprit d'une déesse faucon. Appartenant à des panthéons opposés, ils gardèrent cette relation secrète pendant de nombreuses années, jusqu'à ce que leur union produise des enfants à demi félins et à demi oiseaux. Solis installa sa petite famille sur les falaises de Pélécar où il lui rendait visite aussi souvent qu'il le pouvait. Lorsque Lycaon apprit cette trahison, il s'aventura lui-même dans l'île des hommes-oiseaux et assassina la déesse et ses enfants. À son retour dans le nid, Solis trouva leurs corps déchiquetés et jura de se venger. Tandis qu'il rejetait les petits cadavres à la mer, il entendit des pleurs plus bas sur la paroi rocheuse.

Plus le récit progressait, moins Onyx comprenait comment il pouvait y être mêlé de quelque façon que ce soit. Toutefois, le regard réprobateur de Swan le persuada de l'écouter jusqu'au bout.

– Il découvrit le plus jeune de ses fils coincé dans une fissure, où il était tombé. Il le délivra et l'emmena de l'autre côté des immenses volcans pour le soustraire à la colère du dieu condor, car ces terres sont habitées par les adorateurs de Parandar. L'enfant s'appelait Sappheiros. Il grandit dans la forêt, non loin d'une rivière et d'un petit village dont les habitants n'étaient pas comme les autres. C'étaient les descendants d'un très ancien peuple qui adorait une déesse différente de toutes les autres.

Kira dressa une oreille en pensant aux premières paroles que lui avait adressées Mali.

– Sappheiros observait les villageois tous les jours et surtout une jeune femme aux longs cheveux noirs qui possédait une magie semblable à celle des dieux, car elle arrivait à créer des sculptures dans l'eau de la rivière. Un jour, il rassembla son courage et l'approcha. Elle ne chercha pas à fuir devant cet étrange animal ailé qui marchait sur ses pattes arrière comme un humain et qui possédait le don de la parole. Ils s'éprirent l'un de l'autre et conçurent un fils caracal qu'ils prénommèrent Corindon.

« J'ai déjà entendu ce nom quelque part », se rappela Onyx en fronçant les sourcils.

– C'est alors que Solis leur apparut pour leur annoncer que tous les septièmes fils porteraient la marque du jaguar, indiquant qu'ils posséderaient des facultés magiques rivalisant avec celles des dieux.

« Ce n'est pas moi qui suis né avec cette marque, mais Farrell », songea Onyx.

– Y a-t-il une prophétie à leur sujet? demanda Wellan.

– S'il y en a une, nous l'ignorons, car les descendants de Sappheiros vivent de l'autre côté des montagnes sacrées.

Ressentant un impérieux besoin d'être seul, Onyx quitta le cercle et se dirigea vers la forêt, loin des feux. Au bout d'un moment, il se rappela sa dernière conversation avec le Chevalier Mann. C'était lui qui avait prononcé le nom de Corindon. Malheureusement, il l'avait fait taire sans chercher à savoir qui il était.

– Onyx, attends, l'enjoignit Hadrian. Tout cela n'est qu'un mythe.

– Je n'en suis pas aussi certain que toi.

– Le vieil homme a donc réussi à te faire peur.

– Non, il m'a fait réfléchir. J'ai pris possession de deux corps depuis ma mort à Espérita il y a des centaines d'années. Le premier, c'était Sage. Il possédait les mêmes pouvoirs que les Chevaliers d'Émeraude et sa vision était exceptionnelle. Quand j'ai été chassé de l'enveloppe corporelle de Sage, je me suis réfugié dans celle de Farrell. Jamais de toute ma vie je n'ai senti autant d'énergie dans un homme. Elle a décuplé mes propres facultés.

– Farrell ne peut pas être un descendant de ce Corindon, puisque c'est toi l'ancêtre de Farrell.

– Et si Corindon était aussi le mien?

– Es-tu en train de te payer ma tête, Onyx ?

– Je n'ai jamais été aussi sérieux de toute ma vie. Qu'est-ce qui t'a le plus étonné chez moi lorsque tu as fait ma connaissance ?

– Tu faisais face au danger sans réfléchir.

– Et ?

– Tu maîtrisais une magie que même les Elfes ne possèdent pas.

– Exactement.

– Tu m'as dit que tu l'avais acquise au contact d'un Immortel lorsque tu étudiais sous sa tutelle au Château d'Émeraude.

– Ce n'est qu'une partie de la vérité.

– Tu m'as menti ? s'étonna Hadrian.

– Je suis né avec la plupart de mes pouvoirs. Je les ai seulement perfectionnés au contact de Nomar.

– Maintenant, c'est toi qui me fais peur.

Onyx pivota sur ses talons et poursuivit sa route vers la forêt.

– C'est une blague ! s'écria Hadrian en le pourchassant.

— Je ne veux pas être associé aux dieux, de près ou de loin, grommela son vieil ami. Je ne veux rien leur devoir.

— Ils ne t'ont pourtant rien demandé, ni dans ta première vie, ni dans la seconde.

Onyx s'immobilisa, attentif.

— Je viens de repérer Atlance, déclara-t-il.

Il avertit aussitôt son fils qu'il partait à sa recherche. *Reste où tu es !* hurla le prince dans son esprit. *Il y a des bêtes sauvages partout qui veulent nous manger !*

N'écoutant que son cœur, Onyx fonça entre les arbres.

20

SCORPENAS

royant avoir échappé au Falwé, Atlance et Féliss s'étaient arrêtés sur le bord d'un ruisseau pour souffler et boire un peu d'eau. Il faisait noir comme dans un four et la seule façon pour le Prince d'Émeraude de ne pas perdre l'enfant était de le tenir fermement par la main.

– Quelle est cette odeur ? s'alarma soudain Atlance.

Il sentit les doigts de Féliss écraser les siens.

– Les Scorpenas...

Le mot s'étrangla dans la gorge du garçon. S'il avait fait jour, son protecteur l'aurait vu faiblir.

– Est-ce un animal ?

– Pire...

– Ne restons pas ici, dans ce cas.

– Ils nous trouveront où que nous allions. Ils tuent tous ceux qu'ils traquent.

– Prouvons-leur que nous pouvons courir plus rapidement qu'eux.

– Dans la forêt ?

Atlance alluma la paume de sa main.

– Non ! hurla Féliss. Ils vont nous repérer !

– Nous avons besoin de voir où nous allons.

Il serra la main du garçon et traversa le ruisseau en l'entraînant derrière lui, puis se mit à courir. Il entendit aussitôt des pas de chaque côté d'eux, mais il ne pouvait rien distinguer dans cette obscurité. Le faisceau de lumière qu'il créait ne lui permettait de voir que devant lui.

Soudain, une créature se dressa devant Atlance, le forçant à s'arrêter net. Elle avait une forme humanoïde, mais sa peau, si elle en avait, était enduite d'une substance sombre et gluante. On ne voyait de cet être menaçant que les yeux et la bouche. Le jeune homme sentit la peur s'emparer de lui, mais refusa d'y céder. Au lieu de s'effondrer devant le prédateur, il piqua sur la droite, emmenant l'enfant terrorisé avec lui. Le sol se nivela sous ses pieds. Il venait de s'engager dans un ravin desséché. Ne sachant plus quoi faire, il continua de courir sur le lit de pierres arrondies.

Atlance, je viens de capter ta présence dans la forêt, fit la voix d'Onyx dans sa tête. *Reste où tu es !* hurla Atlance. *Il y a des bêtes sauvages partout qui veulent nous manger !* Son père cessa alors de lui parler, ce qui fit croire au prince qu'il était peut-être en mauvaise posture, lui aussi. Atlance arrêta de penser à lui pour se concentrer sur sa propre survie. Contrairement aux enfants des Chevaliers, il n'avait pas appris à se défendre. Il savait bien qu'il possédait lui aussi des pouvoirs, mais il ne les avait jamais utilisés pour faire du mal aux autres.

Un mur de roc se dressa brusquement sur sa route. «C'était une chute», comprit Atlance en s'immobilisant. Des grondements s'élevèrent des rives. «Nous sommes faits comme des rats», s'énerva l'Émérien. Le souvenir de la gueule béante d'Akuretari surgit alors dans sa mémoire. «Il ne faut pas que j'aie peur… Je ne suis plus un enfant…» Deux Scorpenas sautèrent de chaque côté de leurs proies. Atlance pressa Féliss contre lui d'un bras et intensifia l'éclat de sa main libre.

– N'avancez pas ! hurla-t-il en tournant lentement sur lui-même.

Il ne savait pas comment transformer la lumière en flammes menaçantes, comme le faisaient Onyx et ses soldats, mais son frère Fabian lui avait enseigné à déplacer les objets par sa seule volonté. Il avait cependant utilisé cette faculté uniquement pour retirer des bouquins des plus hauts rayons de la bibliothèque d'Émeraude. Le Scorpena à sa gauche bondit sur ses victimes. Atlance se laissa tomber sur le dos en serrant Féliss contre sa poitrine et projeta par télékinésie une grosse pierre sur son assaillant. Elle le frappa de plein fouet, l'écrasant brutalement contre la paroi du ravin. Son congénère n'attendit pas de voir s'il se relèverait et fonça. Atlance n'eut pas le temps de répéter son exploit. Il se contenta de rouler sur le sol pour éviter la charge.

Le Prince d'Émeraude se dépêcha de se redresser. Une dizaine de Scorpenas sautèrent dans le lit de la rivière. Le prince recula jusqu'au mur rocheux où coulait jadis une cascade et poussa Féliss derrière lui. Il alluma ses deux paumes et adopta une position de défense. Les prédateurs se rapprochèrent en dévoilant leurs dents pointues. «Advienne que pourra», songea Atlance en visualisant du feu. Sans avertissement, des flammes jaillirent de ses mains, mais lui causèrent une telle douleur qu'il dut les faire disparaître aussitôt. C'est alors que se produisit un phénomène étrange : les Scorpenas se mirent à voler dans les airs en poussant des cris stridents comme des oiseaux.

Au risque de raviver ses souffrances, Atlance ralluma ses paumes pour voir ce qui se passait. Avec horreur, il aperçut un lion qui attaquait les Scorpenas à grands coups de griffes. Le jeune homme chercha une façon de sortir du ravin, afin d'échapper à cette nouvelle menace, mais près de l'ancienne chute, les parois étaient hautes et à pic. Pour prendre la fuite, il lui faudrait traverser le champ de bataille avec Féliss. Il n'eut cependant pas le temps d'agir, car l'assaut ne dura que quelques minutes à peine. Les Scorpenas partirent sans demander leur reste. Le fauve demeura immobile encore un moment, puis se releva sur ses pattes arrière comme un homme.

– C'est le Falwé… s'étrangla le jeune prince d'Itzaman.

– Surtout, ne bouge pas, recommanda Atlance.

Le lion s'approcha d'eux en les flairant.

– C'est bien ce que je pensais, dit-il d'une voix rauque. Une peau blanche et un Itzaman.

— Vous parlez ? s'étonna Atlance.

— Si vous voulez vivre, suivez-moi.

Le Falwé se retourna et se mit à longer le cours de la rivière tarie. Atlance commença par hésiter, puis en voyant les corps des Scorpenas que le fauve avait tués, il saisit fermement la main de l'enfant et emboîta le pas à l'inconnu. Ils marchèrent à travers la forêt jusqu'à une tanière creusée sous les racines d'un arbre gigantesque. À la lumière de ses mains, Atlance vit des ossements partout sur le sol, mais ils n'étaient pas humains. Tout au fond, un tas de paille servait de lit à l'homme-lion.

— Assoyez-vous, les invita ce dernier. Vous avez l'air exténué.

Lui-même se coucha.

— Allez-vous nous manger ? osa demander Féliss.

— Je n'aime pas la chair de ceux de votre race, heureusement pour vous.

— Pourquoi nous avez-vous emmenés ici, alors ?

— Pour priver les démons noirs de leur repas. Nous ne sommes pas amis.

Atlance força son protégé à s'installer près de lui.

— Vous n'avez rien à craindre tant que vous êtes avec moi.

Le Prince d'Émeraude se rappela alors l'histoire que Nartrach lui avait racontée sur le rapt du Chevalier Liam et sur son séjour dans l'île des Araignées.

— Vous êtes un Pardusse, n'est-ce pas ?

— De naissance, oui, mais je n'accepte plus leur façon de vivre, alors j'ai quitté mon pays.

— En fait, nous ne connaissons pas grand-chose des Pardusses, sauf qu'ils vendent des humains à des araignées géantes.

— Il ne faudrait pas généraliser. Il n'y a qu'une poignée de criminels qui agissent ainsi. Je proviens d'une famille respectable.

— Pourquoi l'avoir abandonnée, alors ? s'étonna Féliss.

— Tout a commencé quand j'étais enfant. Je n'ai jamais aimé tuer, mais mes frères étaient les meilleurs chasseurs de notre tribu et ils m'obligeaient à participer aux battues. Pour une raison qui échappe à tout le monde, je préfère manger des racines, des fruits, des noix et des fleurs de nénuphars.

— Et ça ? demanda l'enfant en pointant du doigt les os devant lui.

— Ils étaient déjà là quand j'ai pris possession des lieux. Je les ai gardés pour faire peur aux bêtes qui tenteraient de me ravir mon refuge lorsque je pars à la recherche de ma nourriture.

— Qu'avez-vous l'intention de faire de nous ? s'enquit Atlance.

— Lorsqu'il fera jour, je vous accompagnerai aussi loin que je le peux pour vous aider à surmonter les embûches et vous permettre d'atteindre votre destination.

— Rendez-vous ce service à tout le monde ?

— En général, les peaux blanches ont suffisamment de jugement pour ne pas traverser la forêt la nuit.

— Nous n'avions pas vraiment le choix, croyez-moi.

— Quelqu'un vous poursuit ?

— Nous avons été faits prisonniers par un peuple belliqueux et nous nous sommes enfuis.

— Laissez-moi deviner... Des guerriers Mixilzins ou Tepecoalts ?

— Tepecoalts, affirma Féliss.

— Connaissez-vous tous les peuples de ce continent ? demanda Atlance.

— Seulement ceux dont j'ai traversé les terres. Mon pays se situe tout à fait au nord, là où l'océan est très froid.

— Êtes-vous le seul Pardusse à vivre dans cette forêt ?

— Je n'en ai pas rencontré d'autres.

— Comment vous appelez-vous ? fit le jeune homme.

— Je m'appelle Cherrval. Et vous ?

— Je suis Atlance, du Royaume d'Émeraude.

— Émeraude ? Je n'en ai jamais entendu parler.

— C'est de l'autre côté des volcans.

— Ils sont pourtant infranchissables.

— Nous les avons contournés par la mer du sud.

— Et les hommes-poissons vous ont laissés passer ? s'étonna le Pardusse.

— Oui, mais nous avons dû négocier avec eux.

— Et toi, petit ?

— Je suis Féliss d'Itzaman.

Tout comme son protecteur, l'enfant choisit de ne pas mentionner son appartenance royale afin de ne pas faire l'objet d'une rançon.

— Et où comptiez-vous vous rendre ?

— Au temple de Solis.

– Vous n'êtes pas partis dans la bonne direction, alors.

– Il est plutôt difficile de s'orienter dans le noir avec une bande de créatures affamées à ses trousses, répliqua Atlance.

– Vous êtes vraiment chanceux d'être encore en vie.

– Parlez-moi des Pardusses. Nous savons si peu de choses à leur sujet.

Cherrval leur raconta tout ce qu'il savait sur cette civilisation plutôt primitive qui vivait au jour le jour depuis des milliers d'années. Il y avait de nombreuses tribus sur le territoire que les Pardusses avaient réussi à arracher du joug des Simiusses. Elles parlaient toutes la même langue, mais elles ne chassaient pas nécessairement de la même façon.

– Vous êtes un lion, mais vous marchez comme nous, remarqua Féliss.

– Nous avons toujours été comme ça, assura Cherrval.

– Avez-vous des ennemis ?

– Les Madidjins qui possèdent toutes les terres autour de la baie. Ceux qui ont le malheur de mettre la patte au-delà de leurs frontières sont assassinés sur-le-champ. Il se fait tard. Essayez de dormir un peu.

Féliss était épuisé et il ne se fit pas prier pour s'allonger sur le sol. Atlance ne put en faire autant, toujours hanté par ses souvenirs d'enfance.

— Les Pardusses ont la faculté de ressentir la peur chez les autres, murmura Cherrval, d'une voix douce. Je vous donne ma parole que vous êtes en sécurité ici.

— C'est une angoisse qui remonte à bien des années, malheureusement. Je ne vois pas comment je pourrais m'en débarrasser en seule nuit.

— Les lionceaux ne sont pas hardis à la naissance, non plus. Ils apprennent à le devenir.

— Vous avez choisi de quitter les vôtres. Vous ne manquez pas de courage.

— Il en faut beaucoup pour vivre selon ses propres convictions.

Atlance se mit alors à penser à Katil, la belle et douce magicienne qu'il aimait. Son père s'opposait à leur mariage parce qu'elle n'était, somme toute, qu'une paysanne. « Serai-je assez brave pour écouter mon cœur plutôt que mon père ? » se demanda-t-il. Malgré toutes ses appréhensions, le prince sombra dans le sommeil quelques minutes plus tard.

Ce furent les grondements rauques de l'homme-lion qui le réveillèrent juste avant le lever du soleil. Atlance alluma ses paumes pour voir de quoi il en retournait. Cherrval était accroupi devant le trou qui donnait accès à sa tanière, prêt à bondir.

— Que se passe-t-il ? murmura le prince.

– Il y a quelqu'un dehors, quelqu'un qui me traque.

Atlance utilisa ses sens invisibles pour sonder les alentours. Il reconnut tout de suite l'énergie de celui qui approchait.

– C'est mon tour de vous dire que vous n'avez rien à craindre, Cherrval.

Le prince contourna le Pardusse afin d'aller à la rencontre de son père.

* * *

En voyant son ami s'élancer dans la forêt en pleine nuit, Hadrian n'avait pas hésité à le suivre. Même si Onyx n'était pas toujours d'accord avec les décisions de ses enfants, il n'en demeurait pas moins un père protecteur qui aurait affronté tous les dangers pour les protéger. Le cri d'alarme d'Atlance avait interpellé son instinct paternel et il fonçait sans réfléchir vers cette énergie qu'il avait reconnue comme étant celle de son fils. Infatigable, il fit la sourde oreille aux avertissements de son ancien commandant qui, lui, captait le danger qui les entourait.

Les Scorpenas tombèrent sur eux tandis qu'ils traversaient une clairière, à mi-chemin de la tanière de Cherrval.

– Onyx, attention ! hurla Hadrian.

Le Roi d'Émeraude n'avait pas eu l'occasion d'aiguiser souvent ses réflexes depuis la guerre, mais il parvint tout de même à éviter les griffes acérées de la bête qui s'était lancée du haut d'un arbre. Un rayon mortel partit de la paume d'Onyx et incendia son agresseur. Des sifflements semblables à ceux des serpents se firent entendre dans la nuit, signalant aux deux amis qu'il s'agissait d'une embuscade en règle. Ceux-ci se placèrent immédiatement dos à dos pour ne pas se faire surprendre par-derrière.

— Je vais éclairer la forêt et exterminer tout ce qui se trouve devant moi, déclara Onyx.

— Essaie de ne pas propager cette énergie jusqu'à Atlance.

— Je ne suis pas stupide, tout de même.

— Mais quand tu te mets en colère, tu cesses de réfléchir.

— Prépare-toi !

Une intense lumière émana du corps d'Onyx et révéla un nombre impressionnant de créatures noires qui rappelèrent aussitôt aux deux hommes les larves qu'ils avaient combattues des années auparavant. Puisqu'il ne se laissait jamais ralentir par sa raison comme Hadrian, le Roi d'Émeraude fut le premier à réagir. Il commença par diriger ses tirs en rafale devant lui, atteignant les Scorpenas les plus rapprochés. Puis, il fit apparaître son épée double dans ses mains.

— Faites-moi plaisir... murmura-t-il pour lui-même.

Il ne se préoccupa pas de son compagnon d'armes, qu'il savait capable de se défendre contre n'importe quel ennemi, et fonça. Son combat ne dura même pas une demi-heure, et bientôt le sous-bois fut jonché de cadavres mutilés. Onyx se retourna et vit que son ami continuait d'utiliser sa magie pour abattre l'ennemi.

— Un petit coup de main ? lui offrit son ancien lieutenant.

— Ce ne serait pas de refus.

Onyx sauta dans la mêlée avec un large sourire sur le visage. Lorsque le dernier Scorpena eut rendu l'âme, il revint vers Hadrian.

— Pour un homme qui a été très malade pendant quinze ans, tu es plutôt en forme, haleta l'ancien roi.

— Pour un homme qui était en parfaite santé pendant que moi j'étais malade, tu as une mine de déterré.

— J'ai cessé de pratiquer les arts martiaux depuis notre dernière victoire.

— Se battre, c'est comme monter à cheval, Hadrian. Une fois qu'on le sait, on ne l'oublie jamais.

— Parle pour toi-même.

Du revers de la botte, Onyx retourna un Scorpena sur le dos pour l'examiner.

— Penses-tu ce que je pense ? fit Hadrian en s'accroupissant près de lui.

— À première vue, j'ai cru que c'étaient des imagos, mais ils n'ont pas de mandibules.

— Une sous-espèce, peut-être.

— C'est possible. Ils ont de la terre sous leurs griffes.

Onyx se redressa en se rappelant tout à coup que son fils n'était nullement entraîné à repousser de tels adversaires.

— Ne perdons pas de temps, indiqua-t-il en faisant disparaître sa formidable épée.

Hadrian le suivit en s'efforçant de reprendre son souffle. Il s'était pourtant juré de passer le reste de sa vie dans une bibliothèque ou une tour isolée plutôt que sur un champ de bataille. Tout en tentant de suivre le pas rapide d'Onyx, il chercha à relaxer ses muscles endoloris à l'aide de sa magie.

— Tu brouilles les pistes, lui reprocha son ancien lieutenant, au bout d'un moment.

— Je m'assure seulement de pouvoir te suivre.

— Tu n'es pas obligé de venir avec moi. Rentre à la cité, si tu veux.

— Pas avant d'être au bout de mes forces.

Ils aboutirent à une rivière. Hadrian en aurait bien profité pour se rafraîchir un peu, mais Onyx était trop pressé. À la grande surprise de son ami, lorsqu'Onyx mit un pied dans l'eau, le cours d'eau se scinda en deux pour lui offrir un passage sur fond sec. Il franchit cette étrange tranchée en quelques pas.

– Comment fais-tu ça ? s'étonna l'ancien commandant des Chevaliers.

La question fit perdre à Onyx son intense concentration et la rivière reprit brusquement ses droits avant qu'Hadrian puisse le suivre.

– Je n'en sais rien ! cria le Roi d'Émeraude, de la rive opposée, avant de continuer sa route.

– Onyx !

Hadrian fut forcé d'avoir recours à ses pouvoirs de lévitation pour le rattraper. Lorsque le père angoissé refit la même opération à la rivière suivante, Hadrian ne posa pas de question et s'empressa de lui emboîter le pas. Après avoir traversé un dernier cours d'eau, Onyx ralentit le pas, tous ses sens aux aguets. Le soleil commençait à se lever à l'est, nimbant la forêt d'une douce lumière jaunâtre.

– Il n'est plus très loin, indiqua-t-il, mais je perçois un autre danger.

Des grondements sourds lui donnèrent raison quelques minutes plus tard.

– On dirait un fauve de très grande taille, nota Hadrian. S'en est-il pris à Atlance ?

– Non, affirma Onyx.

Les fougères s'agitèrent devant eux et les deux hommes chargèrent leurs mains d'énergie brûlante.

— Papa ? appela Atlance.

Onyx désamorça ses projectiles. Il n'eut pas le temps d'avancer que son fils surgissait d'entre les arbres et lui sautait dans les bras. Soulagé de le retrouver en vie, le roi le serra très fort contre lui.

— Je ne veux pour rien au monde écourter ce moment de tendresse, fit Hadrian, mais il y a un fauve dans les parages.

— C'est un Pardusse, leur apprit Atlance en se dégageant des bras de son père.

— Comme ceux qui ont vendu Liam aux araignées ?

— Pas tout à fait. C'est un contestataire, végétarien de surcroît.

— Qu'est-ce qu'il fait avec toi ? grommela Onyx.

— Il nous a sauvés d'une bande d'horribles créatures toutes noires et il nous a ramenés chez lui pour que nous ne nous fassions pas attaquer pendant la nuit.

— Où est-il ?

— Ici, lui répondit une voix caverneuse.

Cherrval se redressa derrière Atlance. Il était recouvert d'un pelage fauve jusqu'à sa taille et le haut de son corps ressemblait à celui d'un homme, sauf que sa peau était foncée comme du cuir. Une crinière touffue entourait son visage aux traits félins.

– Incroyable… laissa échapper Hadrian, émerveillé.

– Vous devez repartir le plus rapidement possible, étrangers, car ces forêts ne sont pas sûres la nuit.

– Nous avons eu l'occasion de le constater, rétorqua Onyx.

– Mon père n'a peur de rien, signala Atlance à l'homme-lion.

– Où désirez-vous aller ?

– Féliss doit rentrer à Itzaman, indiqua le prince. Quant à moi, je pense que je pourrai enfin retourner chez moi.

– Je vous accompagnerai par mesure de sûreté.

– Ce ne sera pas nécessaire, trancha Onyx.

Atlance alla réveiller Féliss et le poussa devant lui.

– Hadrian ! s'égaya le garçon.

– Je suis content de vous revoir Altesse, le salua l'ancien souverain.

– Et voici mon père, le Roi d'Émeraude.

– Tu lui ressembles.

– Partons, fit Onyx sans plus de façons.

Il agrippa le bras de son fils.

— Prends l'enfant par la main, ordonna-t-il.

Atlance s'exécuta sur-le-champ. Onyx posa l'autre main sur l'épaule d'Hadrian. Il forma son vortex autour d'eux et les ramena instantanément devant la grande pyramide de Solis. Les Itzamans qui se trouvaient non loin s'enfuirent en poussant des cris de terreur. Le Roi d'Émeraude pivota sur lui-même pour évaluer la menace qui semblait si près d'eux et aperçut le Pardusse derrière son fils.

— Mais qu'est-ce que vous faites là ? s'étonna Onyx.

— J'allais vous poser la même question, répliqua l'homme-lion.

— Il m'a touché au moment où nous nous dématérialisions, expliqua Atlance. Puisqu'il est impossible de parler lorsque nous voyageons ainsi, je n'ai pas pu te prévenir.

Attirés par les hurlements des Itzamans, les membres de l'expédition dans le nouveau monde arrivèrent en courant.

— Pourquoi êtes-vous partis sans nous prévenir ? reprocha Kira.

— Est-ce un Pardusse ? se réjouit Wellan.

— Quand Onyx se lance à l'aventure, il n'y a aucun moyen de le raisonner, expliqua Hadrian.

Swan se détacha du groupe et alla serrer son fils dans ses bras, devançant Katil. La jeune femme recula de quelques pas, pour attendre son tour.

— Es-tu blessé, mon chéri ?

— Non, maman. J'ai faim, mais tout va bien.

— Onyx, merci.

— Je suis seulement allé le chercher, affirma le roi en haussant les épaules. Il s'est maintenu en vie lui-même.

— Venez manger quelque chose, les convia Swan.

Liam fixait Cherrval depuis son arrivée, se rappelant le sort que ceux de sa race réservaient aux humains.

— Pas avant de savoir ce qu'on fait de lui, objecta-t-il.

— Il est mon invité, trancha le jeune Féliss en allant prendre sa large main griffue.

L'homme-lion suivit l'enfant sans lui opposer la moindre résistance.

— Ces créatures sont dangereuses ! protesta Liam.

— Cherrval n'est pas comme les autres Pardusses, voulut le rassurer Atlance. Il dit que ce sont les criminels de son pays qui vendent les humains aux araignées.

– Il n'est évidemment pas question de le mettre à mort devant le petit, les avertit Hadrian. Je propose de le tenir à l'œil pour l'instant.

Tout le groupe se retrouva assis autour d'un feu, tandis que Swan servait les restes du repas du matin à son mari, son fils, le Prince Féliss et Hadrian. Quelques minutes plus tard, Juguarete et ses conseillers traversèrent la large pelouse en cortège et s'arrêtèrent devant l'expédition.

– Père ! s'écria le garçon en courant à sa rencontre.

Le prince Itzaman l'étreignit, puis le tint au bout de ses bras pour s'assurer qu'il n'était pas blessé.

– Atlance et Cherrval m'ont sauvé la vie, déclara Féliss dans sa langue natale.

– Raconte-moi tout.

Juguarete s'assit sur le sol, forçant toute sa cour à l'imiter. Son fils se lança alors dans un récit ponctué de grands gestes et d'onomatopées de circonstance. Il imita les féroces Tepecoalts qui les avaient enlevés, leur reine cruelle, puis les créatures sombres qui les avaient attaqués.

– Scorpenas ? s'alarma Juguarete.

L'enfant leur raconta la façon dont Atlance et Cherrval s'y étaient pris pour lui épargner une mort cruelle. Juguarete adressa quelques mots à ses conseillers et trois d'entre eux retournèrent au palais en grande hâte. Puis, il demanda à Sévétouaca de s'approcher.

— Son Altesse ne sait pas comment vous remercier d'avoir sauvé son fils, traduisit le guerrier.

— C'était tout naturel, voyons, affirma Atlance en rougissant.

Juguarete lui demanda d'approcher et de s'agenouiller devant lui. Connaissant très peu de choses de ce peuple qui ensanglantait ses autels tout comme les Tepecoalts, Onyx déposa son écuelle et surveilla attentivement les gestes du chef des Itzamans.

— Je suis sûre que tu t'inquiètes pour rien, chuchota Swan à son oreille.

— Ces gens témoignent peut-être leur reconnaissance aux héros en les expédiant auprès de leurs dieux, rétorqua-t-il, les yeux rivés sur les mains du prince.

— Tu dramatises toujours tout.

— Deux guerres m'ont rendu très prudent.

Les conseillers revinrent vers leur monarque et lui remirent deux larges colliers semblables à celui que Nayaztlan avait fait porter à Onyx, sauf qu'ils étaient faits de coquillages et de minces rondelles de pierres sculptées.

— Je n'aime déjà pas ça, grommela-t-il.

– Donne-lui au moins la chance de nous dire de quoi il s'agit.

– Peu d'hommes ont reçu ce gage de notre peuple pour leurs exploits légendaires, déclara Juguarete par l'intermédiaire de son interprète.

– Mais, je… protesta le Prince d'Émeraude.

Atlance, tais-toi et accepte cet honneur, l'avertit sa mère par voie télépathique.

Juguarete déposa le lourd bijou sur les épaules du jeune homme.

– Atlanz, tu es maintenant digne de faire partie des guerriers d'élite d'Itzaman.

– Il ne sait même pas se battre, maugréa Onyx.

– À cause de qui ? lui reprocha Swan.

Juguarete fit alors signe à l'homme-lion d'approcher. Croyant qu'il appelait quelqu'un derrière lui, Cherrval se retourna, mais il n'y avait personne.

– Moi ? s'étonna-t-il.

Le chef d'Itzaman hocha affirmativement la tête. Le Pardusse alla donc s'agenouiller près d'Atlance et reçut le même présent. Toutefois, en raison de son large cou, Cherrval le garda dans ses mains.

— Je vois davantage le guerrier, ici, plaisanta Onyx.

— Un autre commentaire et je te muselle, le menaça Swan.

Juguarete voulut ensuite savoir ce que ses invités avaient l'intention de faire.

— Je vais ramener tout le groupe à Enkidiev, annonça Hadrian, car ma mission est complétée.

— J'aimerais que vous ne partiez que demain, car, ce soir, je donne une grande fête en votre honneur.

— Est-ce qu'ils ont du vin ? demanda Onyx.

Swan lui adressa un regard chargé de reproches.

— Ce n'était pas un commentaire, c'était une question ! se défendit-il.

Le petit Anoki, assis entre la Reine d'Émeraude et Mali, avait suivi le cours des événements parce que la langue d'Itzaman ressemblait à celle de Tepecoalt. Il n'avait cependant pas compris les remarques de l'homme qui ressemblait à Azcatchi. Toutefois, l'expression sur le visage de Swan indiquait qu'elles étaient superflues. Il suivit volontiers Onyx lorsque son groupe retourna à la pyramide pour la sieste.

— J'ai entendu parler des hommes qui ressemblent à des chats, confia-t-il à Onyx en s'assoyant près de lui à l'ombre du grand monument.

— À Tepecoalt ? demanda le roi dans la langue des Enkievs.

— Non, dans mon propre pays. Ma mère dit qu'ils sont maltraités par les puissants Madidjins.

— Les Madidjins ressemblent-ils à des chiens ? le taquina Onyx.

— Oh non. Ils sont grands et ils s'enroulent dans de larges draps de toile. On ne voit que leurs yeux qui sont de la même couleur que les vôtres. Ils se déplacent sur le dos de formidables bêtes qui courent très rapidement.

— En as-tu déjà vus ?

L'enfant secoua la tête négativement.

— Anoki, je t'ai promis de te ramener chez tes parents, mais je ne pourrai pas le faire tout de suite, confessa Onyx. Premièrement, je ne sais pas où se situe ta terre natale et, deuxièmement, j'ai besoin de reprendre des forces avant de m'engager dans une nouvelle aventure. J'aimerais donc t'emmener chez moi jusqu'à ce que je me sente capable de repartir pour le nouveau monde. Qu'est-ce que tu en dis ?

— Hier soir, j'ai prié la déesse à cet effet.

— Tu habiteras dans mon château et tu commenceras à apprendre la langue moderne avec ma fille, Cornéliane.

— Je parle déjà celle de mon peuple et celle des Tepecoalts, ce qui me permet de comprendre leurs voisins et ennemis.

— Tu as peut-être un bel avenir d'interprète devant toi, Anoki.

— Je veux seulement devenir un homme important comme vous.

Puisque les Itzamans ne cultivaient pas la vigne, ce soir-là, le Roi d'Émeraude but de la bière de maïs. Il fit d'abord la grimace, puis s'habitua au goût après sa troisième chope en grès. Au terme d'une longue nuit de chants, de danses cérémoniales et de démonstrations d'adresse par les guerriers, les membres de l'expédition allèrent se coucher. Onyx s'inquiéta alors de n'avoir vu Anoki nulle part durant la fête.

— Je l'ai envoyé se coucher de bonne heure, l'informa Swan en marchant près de lui.

— Tout seul ?

— Pas vraiment.

Ils trouvèrent l'enfant endormi entre les pattes du Pardusse sur la terrasse, à l'entrée de leur abri au cœur de la pyramide.

— Si tu as l'intention de l'adopter, lui aussi, il va falloir que tu me laisses aussi m'en occuper.

— Je n'ai jamais dit ça !

— Je te connais mieux que toi-même, Onyx d'Émeraude.

Elle déposa un doux baiser sur ses lèvres et s'engagea dans l'escalier.

21

RETOUR AU BERCAIL

Au matin, sur la plage au pied du temple de Solis, les explorateurs firent leurs adieux à leurs hôtes. Juguarete avait déclaré, la veille, que son peuple et celui d'Enkidiev étaient maintenant des alliés, car le Prince Atlance avait sauvé la vie de son fils. Il avait aussi fait promettre à Onyx de revenir à Enlilkisar. Ce dernier n'avait évidemment pas fait mention de ses plans de conquête.

Sans en parler d'abord à son père, Atlance invita Cherrval à les accompagner à Émeraude afin de lui présenter son monde, mais le Pardusse lui répondit qu'il préférait s'adapter aux humains avant de quitter le continent où il avait vu le jour. Toutefois, il lui promit de répondre à son appel s'il devait avoir besoin de lui. Atlance l'étreignit de son mieux, car l'homme-lion avait un torse massif, puis rejoignit son groupe. Swan, Onyx, Jenifael, Hadrian, Mali, Liam, Anoki, Katil, Atlance, Danitza, Cameron, Améliane, Kira, Wellan, Kirsan, Daiklan et Ellie formèrent une chaîne en se tenant par la main. Les deux derniers choisirent de se placer à chaque bout, car, dans leur main libre, ils tenaient des besaces remplies d'objets pour leur musée. Après s'être inclinés une dernière fois devant Juguarete et Féliss, la bande disparut.

Après une courte escale sur la plage au sud des volcans, ils voyagèrent magiquement jusqu'à la grande cour du Château d'Émeraude. Les paysans qui s'y trouvaient les acclamèrent.

— Incroyable ! s'exclama une jeune femme.

Liam fit volte face, car la voix aiguë s'était fait entendre derrière lui. Les yeux aigue-marine de Shapal n'étaient pas assez grands pour tout voir.

— Mais qu'est-ce que vous faites ici ? s'étonna Liam.

Onyx brisa la chaîne pour s'approcher de la sirène.

— Je ne me souviens pas de vous avoir invitée chez moi, laissa-t-il tomber, au grand désespoir de Swan.

— Plus il vieillit, pire c'est, chuchota la reine à Hadrian.

— Il n'y a pas d'océan ici, poursuivit Onyx. Si vous aviez pris la peine de le demander, je…

— Mon chéri, où sont tes manières ? le coupa Swan. Nous avons un étang et des rivières !

— Qui ne sont pas salés, les informa Wellan.

— Si c'est un océan qu'il lui faut, il y en a un très grand chez moi, intervint Kirsan. Je suis disposé à la ramener avec moi à Zénor.

— Merveilleux ! s'exclama Onyx.

Il prit la main d'Anoki et se dirigea vers le palais. Les poings sur les hanches, Swan soupira en le regardant franchir les grandes portes.

– Au nom de mon mari, je vous remercie d'avoir participé à cette expédition et de nous avoir permis de retrouver Atlance, déclara-t-elle au reste du groupe. Ce soir, vous êtes conviés à notre table, si le cœur vous en dit.

– C'est une invitation alléchante, répondit Hadrian, mais je suis las et je préférerais rentrer chez moi afin de jouir de quelques mois de solitude.

– Comme si c'était possible, le taquina Jenifael en passant le bras autour de sa taille.

– Je reconduirai Kirsan et son invitée à Zénor et peut-être aussi Améliane et le Prince Cameron, ajouta-t-il.

– C'est bien gentil, sire, répondit la Fée, mais j'ai d'autres projets.

– J'ai laissé ma yole sur la rive de la rivière Wawki, non loin d'ici. Je l'utiliserai pour rentrer au Royaume des Elfes, précisa Cameron.

– Moi, j'accepte votre offre, fit Kirsan, car Shapal ne survivrait pas à un voyage à cheval.

Hadrian s'inclina devant ses compagnons de voyage.

– Encore une fois, merci à tous.

Il prit la main de Shapal tandis que Jenifael glissait ses doigts entre ceux de Kirsan et ils se dématérialisèrent aussitôt. Cameron et Danitza firent leurs adieux à leurs amis, puis marchèrent vers le pont-levis, main dans la main. Le jeune Prince des Elfes était parti depuis bien longtemps déjà et pressentait que s'il ne se rapportait pas bientôt à son grand-père, le Roi Hamil, les choses pourraient très mal tourner pour lui. Quant à sa jeune compagne, elle enverrait une missive à sa famille pour leur expliquer pourquoi elle tardait à revenir à la maison. À son avis, il était préférable qu'elle se fasse accepter par les Elfes.

Les bras bien chargés, Daiklan et Ellie quittèrent la forte-resse pour aller nettoyer et placer leurs nouveaux artefacts parmi leurs collections. Le musée se trouvait à moins d'une heure à cheval, mais ils préférèrent marcher afin d'avoir le temps d'échanger leurs commentaires sur cette belle aventure.

Ne se sentant plus surveillé par son père, Atlance prit la main de Katil et l'entraîna jusqu'à la bibliothèque, au deuxième étage du palais. Depuis que Hawke avait quitté Émeraude, elle n'était plus fréquentée par des élèves en quête d'information. Il la poussa entre deux étagères, l'attira dans ses bras et l'embrassa pendant de longues minutes.

— J'ai eu vraiment peur de ne plus jamais te revoir, murmura la jeune femme en appuyant la joue sur son épaule.

— Moi aussi. Heureusement, je semble être né sous une bonne étoile, car j'arrive toujours à me tirer des mauvais pas, même les plus dangereux.

— Jure-moi que tu ne feras plus jamais partie des expéditions de sire Hadrian.

— À moins d'y être contraint, c'est sûr que je préférerais rester ici.

— Dis-moi ce que je dois faire pour que ton père m'accepte, l'implora Katil.

— Je ne sais même pas quoi faire pour qu'il me considère.

— S'il exige que tu ne me revoies plus jamais, est-ce que tu lui obéiras, Atlance?

— Il l'a déjà fait et je ne l'ai pas écouté.

Ils recommencèrent à oublier le monde autour d'eux, heureux de ne plus être épiés par tout un village d'Itzamans.

— Pour te prouver que je t'aime, fit le jeune prince, je vais demander ta main à ton père dès cette semaine.

— Et si le tien refuse notre union?

— Nous irons vivre ailleurs et nous serons heureux.

— Parce que tu crois vraiment que le Roi Onyx ne nous retrouverait pas?

— Il a déjà décidé que ma sœur lui succéderait, alors pourquoi m'empêcherait-il de partir?

— Parce qu'il est despotique.

— Ce n'est qu'un air qu'il se donne, Katil. Dans sa poitrine bat le meilleur cœur du monde. Je t'en prie, donne-lui la chance de te le prouver.

La jeune femme soupira avec découragement. Atlance était bon, tendre et séduisant, mais décidément très naïf. Avant qu'elle puisse le lui faire observer, il recommença à l'embrasser. Tandis qu'ils rattrapaient le temps perdu, les autres membres du groupe rentraient chez eux.

✳ ✳ ✳

Mali aurait aimé emmener le jeune Anoki avec elle afin de lui faire visiter le château, mais Onyx semblait bien décidé à l'adopter. Cet enfant n'était pourtant pas orphelin. Il avait une famille quelque part. Le problème, c'était que personne ne savait où se situait Ressakan, le pays de naissance du petit garçon, et les Itzamans étaient beaucoup trop vagues dans leurs descriptions de la géographie pour qu'on se fie à leurs indications. Avant de vaquer à ses occupations quotidiennes, la jeune femme alla se purifier dans les bains. Seule dans l'eau chaude, elle fit un compte-rendu mental de cette dernière expédition. À part le fait qu'ils avaient failli perdre Onyx et Atlance, tout s'était fort bien passé.

Un cri de joie précéda le saut dans les bains d'un nouvel arrivant. Mali se retourna, mais son visage fut copieusement éclaboussé. Elle essuya l'eau de ses yeux et aperçut le visage souriant de Liam.

– Mais qu'est-ce que tu fais ici ? lui reprocha-t-elle.

– Je me purifie, évidemment.

– Tu connais le règlement, Liam ! Il dit clairement que les femmes et les hommes ne peuvent pas venir ici en même temps, qu'ils vivent ensemble ou non.

– Quel plaisir prendrions-nous à la vie si nous ne pouvions pas enfreindre quelques règles ?

– Je peux te réciter une longue liste.

– Arrête d'être toujours aussi conformiste et essaie de t'amuser un peu. N'es-tu pas contente que je sois là, avec toi ?

– Ce qui me rendrait vraiment heureuse, c'est que tu me demandes en mariage un beau jour.

– Puisque c'est si important pour toi, je vais le faire aujourd'hui même.

– Non. Je veux que tu le fasses parce que tu m'aimes, et non parce que tu t'y sens obligé.

– Tu es bien compliquée, ce matin.

– Je suis née comme ça, Liam, et tu le sais très bien. Prends le temps de sonder ton cœur avant d'unir ta vie à la mienne, parce que ce sera pour toujours.

– Est-ce que ça pourrait attendre après la purification ?

— Tu es intraitable.

Il voulut se rapprocher d'elle pour l'embrasser, mais elle s'éloigna.

— Les bains servent à la purification du corps et de l'esprit.

— Tu ne vas pas recommencer avec tes règlements…

— Ce ne sont pas les miens, mais ceux des Chevaliers. Tu devrais être le premier à vouloir les respecter.

Découragé, Liam procéda alors à ses ablutions, à la grande satisfaction de la femme qui partageait sa vie depuis des années. Jamais il n'avait songé à l'épouser, car, pour commencer, il ignorait si une prêtresse avait le droit de prendre mari. De toute façon, à qui aurait-il demandé sa main? Ses parents vivaient dans la Forêt interdite et ils n'aimaient pas particulièrement les étrangers.

— La déesse consentirait à notre mariage, lui dit Mali en sortant de l'eau.

Elle s'enroula dans un drap de bain et dirigea ses pas vers les quartiers des masseurs. Liam ne la suivit pas. Il se sécha, enfila sa tunique et se rendit à la ferme de ses parents. Il trouva son père et ses deux frères dans les vergers en train de cueillir les dernières pommes avant la saison des pluies.

— Ne me dis pas que tu viens enfin nous aider? le taquina Jasson.

– Je n'ai jamais fait ça, même quand j'habitais ici.

– Il n'y a pas d'âge pour commencer à être serviable, Liam.

Le Chevalier accepta donc de remplir lui aussi les paniers de fruits et de les déposer dans la charrette. Sentant que son aîné avait besoin de se confier, Jasson demanda à Carlo et à Cléman de conduire la voiture jusqu'à la grange, puis il se tourna vers Liam.

– Marchons ensemble, l'invita-t-il.

– Je voulais te parler de quelque chose.

– Ce quelque chose, c'est Mali ?

– Disons que ça la concerne.

– Personnellement, je pense que tu aurais dû l'épouser il y a bien longtemps déjà.

– Tu devines toujours ce que je veux te dire ! s'étonna Liam.

– C'est parce que tu es mon fils !

– Donc, selon toi, je suis un idiot de ne pas lui avoir fait une demande en mariage avant ?

– Je pense surtout qu'elle a fait preuve d'une patience exemplaire envers toi. En général, les femmes, lorsqu'elles ont l'impression qu'on les tient pour acquises, vont voir ailleurs.

— Ça ne me plairait pas du tout.

— Pour comprendre ce que ressentent les autres, Liam, il faut parfois se mettre à leur place. Comment Mali interprète-t-elle cette omission, à ton avis ?

— Elle sait que je ne pense pas toujours à tout.

— Le mariage ne fait pas partie des petites choses anodines de la vie de tous les jours, Liam.

— Oui, tu as raison. C'est un engagement important.

— Est-ce que tu as peur de t'engager ?

Liam prit le temps d'y penser pendant un moment.

— Finalement, je crois que j'éprouve quelques hésitations à me lier pour toujours.

— Alors, commence par te demander si tu aimes Mali.

— Évidemment que je l'aime !

— Suffisamment pour la rendre heureuse et la protéger toute ta vie ?

— Pour se défendre, elle peut fort bien se passer de moi. Il faudrait que tu la voies manier les longs poignards.

— Ce n'est pas ce que je veux dire, fiston. Il y a, dans la vie, d'autres sortes d'écueils beaucoup plus insidieux comme la dépression, le découragement et la crise émotionnelle.

– Je ne saurais même pas quoi faire contre tout ça.

– L'écoute est l'arme la plus efficace, puis viennent la compassion et l'empathie.

– J'ai donc beaucoup de choses à apprendre encore avant de devenir un bon mari.

– Tu possèdes déjà ces qualités, mais tu ne le sais pas, puisque tu n'as jamais eu à t'en servir. Ça viendra, ne t'en fais pas. Pendant que tu es ici, viens donc nous aider à décharger la charrette. Il n'y a rien comme le travail physique pour remettre ses idées en place.

✳ ✳ ✳

Kira rentra chez elle avec Wellan. Chaque voyage semblait le rendre plus mûr. Il ne ressemblait déjà plus à l'adolescent qui l'avait suppliée de l'emmener dans le nouveau monde. Son sourire s'était effacé et de petites rides avaient commencé à apparaître sur son front. « Même s'il est le fils de Lazuli, son visage ressemble de plus en plus à celui de notre défunt chef », ne put que constater la Sholienne. Tout comme elle s'y attendait, Marek fut le premier à lui sauter dans les bras lorsqu'elle franchit la porte de ses appartements.

– Il faut que tu arrêtes de partir ! lui ordonna-t-il en serrant son cou de ses petits bras.

– Quand je m'absente, mon trésor, c'est pour aller rendre service à quelqu'un.

— C'est moi ton enfant !

Il était inutile de discuter avec ce bambin qui était encore plus tenace qu'elle. Lassa ne tenta même pas de le décrocher de sa mère et embrassa cette dernière par-dessus le petit dos de son fils.

— Tu n'as pas l'air trop désespéré, remarqua Kira avec satisfaction.

— À part un petit garçon très têtu dont nous ne nommerons pas le nom, nous avons des enfants vraiment exceptionnels. Kaliska est dans sa chambre avec la Princesse Cornéliane à composer des chansons, car, cette semaine, elles ont décidé de devenir bardes.

— Mais c'est un métier d'homme.

— Tu essaieras de le leur dire.

— Et notre petit Lazuli ?

— Il s'absente souvent ces temps-ci.

Lassa avait deviné que Kira réagirait très mal en l'apprenant. L'expression d'horreur sur son visage mauve confirma qu'il avait visé juste.

— Mais il ne quitte jamais le château, ajouta Lassa. Plus souvent qu'autrement, il ne sort même pas des bâtiments.

— A-t-il revu Sage ?

— C'est qui, Sage ? voulut savoir Marek.

— C'est un ami, répondit sa mère en le déposant sur le plancher.

— Non ! Encore dans tes bras !

— Marek d'Émeraude, tu n'es plus un bébé. Laisse-moi m'asseoir avec papa et va chercher tes jouets.

Le petit baissa la tête et traîna les pieds jusqu'au corridor qui menait aux chambres.

— Tu as décidément plus d'autorité sur lui que moi, constata Lassa en s'installant dans le salon qui servait la plupart du temps d'aire de jeu aux enfants.

Kira se colla contre lui, heureuse d'être de retour au bercail.

— Rien de nouveau du côté des dieux ailés ? s'enquit-elle.

— Lazuli prétend que son ami nocturne n'est pas revenu, mais son air évasif me fait croire le contraire. Il n'y a pas moyen de le faire parler, car il s'est replié sur lui-même.

— Je m'en occupe.

— Il passe ses journées à monter à cheval et à quêter des fruits aux cuisines.

— Tant qu'il ne se met pas à voler, je n'ai rien contre ces activités.

– Et comment se porte notre Wellan qui est passé à côté de moi sans me voir pour aller s'enfermer dans sa chambre ? demanda Lassa avec un soupçon de découragement.

– Il vieillit de plus en plus rapidement, ce qui est tout naturel puisqu'il n'a rien oublié de sa vie antérieure. Son corps n'a que quinze ans, mais son cerveau en a soixante.

– A-t-il révélé sa véritable identité à tout le monde ?

– Seulement à Hadrian, alors nous devons nous attendre à ce qu'ils passent du temps ensemble dans les mois à venir.

– Tu as toujours répété à nos enfants qu'ils devaient avoir des amis de leur âge.

– Ce n'est pas pareil.

Ils entendirent alors les fillettes pousser des cris perçants et bondirent pour aller voir ce qui se passait. Ils les trouvèrent debout sur le lit, au pied duquel se tenait le petit Marek.

– Maman, dis-lui de jeter cette bestiole dehors ! la supplia Kaliska.

– Je voulais juste leur montrer, geignit le bambin en se retournant.

Il tenait dans sa main une petite souris qui se débattait férocement pour se libérer.

– Elle était dans ma chambre.

— Pourquoi ? s'en mêla Lassa.

Marek haussa les épaules et afficha un air coupable.

— Parce que tu y as encore laissé de la nourriture.

— Je n'avais plus assez faim pour manger toute la galette…

— Je t'ai pourtant demandé de me donner tous tes restes.

Lassa prit la petite bête pour aller la porter dehors.

— Bonjour, maman, la salua Kaliska en descendant du lit.

— Tout s'est bien passé en mon absence ?

— À part que Marek est une peste, oui, tout s'est très bien passé.

Kira laissa les filles à leurs jeux et jeta un coup d'œil dans la chambre de son aîné. Elle ne fut pas surprise de découvrir qu'il était en train de lire. Elle se mit donc à la recherche de Lazuli avec ses sens invisibles. Il était à l'écurie. Elle le trouva dans l'allée centrale, debout sur une caisse de bois, en train de bichonner son cheval.

— Maman ! s'écria-t-il en l'apercevant.

Soulagée de voir que ce dernier membre de la famille n'était pas en train de faire les quatre cents coups, elle s'approcha de lui et l'étreignit étroitement.

— Tu vois que je prends bien soin d'Éclair !

– En effet. Tu es un bon garçon, mon chéri. Cet après-midi, si tout le monde est d'accord, nous irons nous balader à la campagne.

– Parce qu'il va commencer à pleuvoir bientôt, n'est-ce pas ?

– C'est exact.

Elle embrassa son fils sur le front.

– Je suis vraiment contente que tu t'assagisses.

Kira retourna au palais et s'arrêta près de la porte pour assister à la cérémonie de remise en liberté de la souris. Accroupi près de Marek, Lassa lui faisait répéter les phrases de circonstance. Il ne s'agissait pas de magie, mais de concepts sociaux qu'il inculquait à leur benjamin sous forme de jeu.

– Tout comme les hommes, les animaux sont libres.

Marek prononçait les mots avec solennité, comme si la survie d'Enkidiev en dépendait.

– Nous ne devons jamais faire de mal aux animaux.

La Sholienne s'attendrit une fois de plus devant la patience exemplaire de son mari. « Sage aurait-il été aussi tolérant que lui ? » se demanda-t-elle. Elle décida de remonter chez elle afin de ne pas déconcentrer le bambin.

✳ ✳ ✳

Dans les appartements royaux, Onyx n'avait pas trouvé sa fille à qui il voulait présenter le petit Anoki. Les serviteurs l'informèrent qu'elle était allée jouer chez son amie Kaliska. Avant que le roi exige qu'ils aillent la chercher, Swan lui proposa plutôt qu'il prenne un bain avec leur jeune pensionnaire. Onyx jeta un coup d'œil à ses vêtements souillés lors des combats contre les Scorpenas et conclut que c'était une excellente idée. Tandis qu'Onyx et le petit garçon se glissaient dans le grand bassin royal, Swan se mit en quête de vêtements émériens pour Anoki.

– Là où je suis né, il y a aussi des chambres avec des bains, expliqua Anoki en s'assoyant sur une marche de marbre, ce qui lui permettait d'avoir de l'eau jusqu'au menton.

– Maintenant que nous n'avons plus d'ennemis à craindre, parle-moi de ton pays, l'incita Onyx avec un sourire aimable.

– Il y a des maisons qui ressemblent plus aux vôtres qu'à celles des Tepecoalts et des Itzamans. Certaines servent de temples, mais elles sont plus grosses.

– Plus grosses que mon château ?

Anoki hocha vivement la tête pour le confirmer.

– Il faudra que je voie ça de mes propres yeux.

– Dans beaucoup de villages, il y a des cercles de pierre, mais seuls les prêtres savent à quoi ils servent. Même les enfants n'ont pas le droit d'aller y jouer.

– Je pense que nous en avons aussi. Je t'en montrerai et tu me diras s'ils s'apparentent aux tiens. Les enfants vont-ils à l'école dans ton pays ?

– Oui. Ils doivent tous apprendre à lire et à écrire. Quand ils sont grands, ils peuvent aussi fréquenter des écoles spécialisées et apprendre le métier qu'ils voudront pratiquer plus tard.

– Avant d'être enlevé par les guerriers Tepecoalts, quelles étaient tes ambitions, Anoki ?

– Je voulais devenir architecte.

– Y a-t-il de la magie à Ressakan ?

– Oui, mais pas comme la vôtre. Les gens ne se déplacent pas en disparaissant.

– Que savent-ils faire, alors ?

– Certaines personnes sont capables de déplacer de gros objets sans les toucher ou faire tomber la pluie quand nous en avons besoin.

– Donc pas tout le monde ?

– Non. Les Imy-is sont détectés très jeunes, parce qu'ils naissent ainsi. Ils sont enlevés à leurs parents et élevés dans les temples.

– Comme c'est intéressant.

Onyx lava ses longs cheveux noirs. Anoki l'observa quelques minutes, puis l'imita. Il se frotta ensuite tout le corps avec le pain de savon que le roi fit flotter jusqu'à lui.

— Comment as-tu été enlevé ?

— Mon village se trouve près de la frontière, alors les Tepecoalts n'ont eu aucun mal à nous surprendre en pleine nuit. Ils m'ont jeté dans un grand sac et ils m'ont emporté. Je ne sais pas ce qui est arrivé aux autres.

Ils sortirent de l'eau et se séchèrent. Onyx enfila une tunique de soie noire décorée d'un dragon doré et enveloppa son protégé dans un drap de bain.

— Swan ? appela-t-il en retournant dans la chambre.

— Me voilà.

Elle tendit à Anoki une tunique courte et des braies qui avaient jadis appartenu à Nemeroff. L'expression troublée sur le visage de son mari lui fit comprendre qu'il les reconnaissait.

— Je les avais conservés dans une malle au grenier, expliqua Swan en aidant l'enfant à se vêtir. Puisqu'il est de la même taille…

— Qui les a portés ? voulut savoir l'enfant.

Swan connaissait suffisamment l'Enkiev pour comprendre des phrases simples, mais elle n'avait jamais eu à le parler.

— À notre fils aîné, quand il avait ton âge, expliqua la reine avec un sourire, ne désirant pour rien au monde traumatiser l'enfant.

Onyx traduisit sa réponse avec moins d'enthousiasme.

— J'ai fait quérir Cornéliane, dit-elle à son mari.

— Très bien. Nous allons l'attendre au salon.

Anoki suivit son protecteur en gambadant. «Au moins, il ne se comporte pas comme Nemeroff», se consola Onyx, qui croyait que personne ne remplacerait jamais le défunt prince dans son cœur.

— Je vais te faire préparer ta propre chambre, lui annonça Onyx en s'installant dans un moelleux fauteuil.

— Juste à moi?

— Ça n'existe pas chez vous?

— Les enfants dorment tous ensemble.

— Je ne suis pas certain que ma fille aimerait ça, et mes garçons sont trop grands maintenant pour partager leurs appartements privés.

Ils entendirent les pas pressés de Cornéliane qui venait de franchir les portes principales.

— Papa! cria-t-elle.

– Je suis ici, mon trésor.

Elle fit irruption dans la pièce et se jeta dans les bras d'Onyx, parsemant son visage de baisers.

– Comment te sens-tu ?

– Ne recommence pas à jouer les guérisseuses. Il y a assez de ta mère qui passe son temps à m'ausculter.

– As-tu retrouvé Atlance ?

– Oui. Il doit être dans sa chambre en train de se reposer, car il a vécu de passionnantes aventures. Mais avant que tu ailles le harceler, il y a quelqu'un que j'aimerais te présenter.

Onyx demanda alors à Anoki d'approcher.

– C'est quoi cette langue que tu viens d'utiliser ? s'étonna la fillette.

– C'est de l'Enkiev, celle que parle notre invité. Cornéliane, je te présente Anoki.

– D'où vient-il ?

– De Ressakan, un pays de l'autre côté des volcans. Il a été capturé par un autre peuple qui en a fait un esclave.

– Tu veux m'offrir un esclave ? s'étonna la princesse.

– Pas du tout ! s'empressa d'éclaircir Onyx.

Heureusement, le petit garçon ne comprenait pas la langue moderne.

— Est-ce que tu as l'intention de l'adopter ?

— Ça pourrait arriver, si je ne réussis pas à retrouver sa famille. Serais-tu d'accord avec ma décision ?

— Je préférerais de loin avoir une sœur.

— J'ai recouvré la santé, alors il n'est pas impossible que tu finisses par en avoir une, ma princesse.

— Je voudrais en avoir une maintenant, et pas un bébé.

— Dans ce cas, au cours de mes prochains périples dans des terres étrangères, je ramènerai une fille. Pour l'instant, c'est un garçon et j'aimerais que tu lui enseignes notre langue.

— Comment veux-tu que j'y arrive si je ne parle pas la sienne ?

— De la même façon que Kaliska et toi l'enseignez à Marek depuis qu'il est tout petit. J'ai confiance en toi, ma chérie. Je sais que tu as l'âme d'une enseignante.

— Bon... je vais faire de mon mieux. Est-ce que je peux commencer tout de suite ?

— Tes désirs sont des ordres !

Il se tourna alors vers le garçon.

— Anoki, voici ma fille Cornéliane. Elle va t'enseigner la langue du continent pour que tu puisses te faire comprendre de tout le monde.

— Viens, fit la princesse en accompagnant le commandement d'un geste de la main dont le sens était on ne peut plus clair.

Assoiffé de connaissance, le garçon s'empressa d'obéir.

— C'est un bon début, apprécia Cornéliane.

Elle prit la main d'Anoki et l'emmena dans le couloir, vers les chambres. Swan, qui avait assisté à l'échange, appuyée sur le chambranle de la porte principale du salon, alla s'asseoir sur les genoux de son mari.

— Tu ne te portes pas aussi bien que tu tentes de nous le faire croire, toi, reprocha-t-elle.

— Je suis juste un peu fatigué.

— Veux-tu vraiment que je te dresse la liste des épreuves que tu as traversées depuis quinze ans ?

— Je crains que ça ne remonte à encore plus loin…

— Si on faisait une petite sieste, toi et moi ?

— Ce n'est pas une mauvaise idée…

Elle se laissa glisser sur le sol, prit la main d'Onyx et l'entraîna en direction de leur chambre. Il la suivit volontiers.

22

RÉVÉLATIONS

Étant donné que Swan avait invité les aventuriers qui habitaient les alentours du château, Onyx ne put pas profiter d'un repas intime avec sa famille. Il ne prit qu'une bouchée et préféra savourer son vin préféré en écoutant bavarder les autres. Cornéliane avait fait asseoir Anoki entre elle et Kaliska et lui faisait répéter le nom de tout ce qui se trouvait sur la table. Au bout de quelques coupes, Onyx ne porta plus attention à ce qui se passait autour de lui. Il songea plutôt à la conversation qu'il avait eue avec le vieux conteur Itzaman au sujet de la marque du jaguar. En plus d'être un érudit, le Roi d'Émeraude était un homme d'action. Contrairement à son ami Hadrian, qui pouvait mettre des mois, voire des années avant de finalement comprendre quelque chose, Onyx préférait percer rapidement les mystères. «On ne sait jamais ce qui va nous arriver, alors pourquoi reporter sans cesse au lendemain ce qui peut être fait aujourd'hui?» se dit-il.

Lorsqu'il se mit au lit, son air absent inquiéta sa femme. Elle commença par poser la main sur son front pour voir s'il faisait de la fièvre, puis alluma sa paume et la passa au-dessus de tout son corps.

– Je vais bien, soupira-t-il.

– Alors, explique-moi pourquoi tu as une mine d'enterrement.

– Ce n'est rien d'important.

Il l'embrassa et se retourna pour dormir. Swan respecta son vœu de ne pas en parler et se blottit dans son dos. Onyx ouvrit l'œil avant que toute la maisonnée se réveille. Il se leva en douceur, s'habilla et utilisa son vortex pour se rendre chez le seul homme qui pouvait répondre à ses questions : l'augure. Le soleil commençait à poindre au-dessus des volcans lorsqu'il arriva à sa destination. Mann était debout devant la porte, appuyé sur un bâton de marche.

– Je vous attendais.

– Donc, vous savez pourquoi je veux vous parler.

– Entrez.

Onyx descendit dans le refuge, et l'augure lui emboîta le pas.

– Merci pour la caverne, fit Mann lorsqu'ils furent enfin sur le plancher de pierre.

– C'est une faute grave de ne pas utiliser les talents que l'univers nous a donnés.

Tous les flambeaux accrochés aux murs circulaires s'allumèrent en même temps.

– Quand avez-vous découvert la source de ma magie ? demanda Onyx, sans détour.

– Mon mentor m'a parlé de vous et de votre ascendance.

– Que mes parents n'ont pas cru utile de me révéler avant de m'envoyer étudier au château.

Mann prit place dans un curieux fauteuil taillé dans un gros morceau de roc.

– Il arrive que des renseignements se perdent au fil des générations, surtout lorsqu'ils semblent invraisemblables aux gens qui devraient les transmettre.

– Sont-ils reliés à cette étrange marque que je porte à l'épaule ?

– Durant l'histoire de l'humanité, seule une dizaine de personnes ont hérité des mêmes facultés que vous.

– Pourtant, nos origines remontent à des milliers d'années.

Un fauteuil recouvert de fourrure glissa jusqu'au Roi d'Émeraude, qui s'y installa, car sa conversation avec l'augure risquait d'être longue.

– Connaissez-vous la légende de Sappheiros ? s'enquit Mann.

– Un vieux conteur m'en a fait part, de l'autre côté des volcans, mais je ne vois pas comment un félin ailé et une humaine auraient pu avoir des enfants.

– Vous oubliez que Sappheiros était le fils de Solis, donc un dieu. Il pouvait adopter l'apparence de son choix. Il s'est sans doute transformé en un beau jeune homme qui n'a eu besoin que d'un sourire pour la séduire.

– Est-il vrai que tous les descendants de Solis portent l'empreinte d'un jaguar sur leur corps ?

– Seulement le septième de leurs fils.

– Donc, s'ils n'en ont qu'un ou deux, cette magie leur échappera ?

– Ce calcul établi par Solis lui-même est plus subtil encore. Laissez-moi vous expliquer. Le seul enfant qui a survécu au massacre de sa famille était un garçon qui s'appelait Sappheiros, et il n'eut qu'un seul fils, Corindon. Celui-ci a eu deux fils, qui à leur tour en ont eu trois chacun, ce qui donne neuf descendants. Eh bien, le septième à naître, selon l'ordre chronologique, a reçu des facultés extraordinaires. Rien n'étant parfait en ce monde, les héritiers de Solis ont épousé de plus en plus d'humaines et leurs pouvoirs ont diminué.

– Je ne suis pas venu jusqu'ici pour entendre parler d'eux, mais de moi.

– Le corps que vous habitez n'est pas le vôtre.

– C'est exact, mais Farrell me l'a gracieusement offert et je l'ai aussi choisi parce qu'il est l'un de mes descendants.

– Il était donc un septième fils.

— Ses facultés magiques étaient en effet extraordinaires, mais j'en possédais également lors de ma première incarnation.

— Portiez-vous aussi la marque, à cette époque ?

— Je ne m'en souviens pas... et tous les gens qui m'ont connu jadis sont morts, sauf Hadrian. Il était avec moi lorsqu'on nous a raconté cette légende, mais il m'a dit qu'il ne se rappelait pas l'avoir remarquée jadis.

— Pour en avoir le cœur net, il vous faudrait retourner dans le passé.

— S'il y avait une façon de le faire, je tenterais le coup, affirma Onyx. Mais il me faudrait l'assurance que je puisse revenir au présent.

— Tous les sorts ont une contrepartie. Il suffit de bien connaître les deux enchantements avant d'exécuter le premier.

— Avant d'aller plus loin, dites-moi exactement en quoi celui qui porte la marque du jaguar est différent des autres magiciens.

— Pour commencer, une essence divine circule dans ses veines, lui permettant d'utiliser ses facultés dès son premier souffle. Rien ne lui est impossible, car il puise sa force dans l'Éther. Croyez-vous vraiment que vous avez réussi à survivre toutes ces années dans une arme à l'aide d'une incantation ? Si c'était aussi facile, tout le monde le ferait. Mais cette science n'est réservée qu'aux dieux.

— Je ne suis pas un dieu ! se fâcha Onyx en se redressant.

— Votre aversion pour le panthéon reptilien ne découle pas des mauvais traitements que vous avez reçus entre leurs mains, mais du fait que vous appartenez à un groupe de dieux différent.

— Vous dites n'importe quoi.

— Comment expliquez-vous alors que vous n'ayez jamais succombé à tous ces tourments ? Là où n'importe quel sorcier aurait trouvé la mort, vous en êtes ressorti encore plus puissant.

Profondément contrarié, Onyx marcha vers l'escalier.

— Le sortilège que vous cherchez se trouve dans les entrailles de votre propre château, lui révéla Mann tandis qu'il grimpait vers la sortie.

Au lieu de rentrer chez lui, le Roi d'Émeraude utilisa ses facultés de lévitation pour se propulser jusqu'au sommet de la Montagne de Cristal, où il était certain d'avoir la paix. Il s'assit en tailleur au milieu des décombres et ne profita même pas de la magnifique vue sur son royaume, que lui offrait ce promontoire.

Si Mann disait vrai, pourquoi Akuretari, sous la forme de Nomar, avait-il accepté d'enseigner sa sorcellerie à un représentant du panthéon félin ? « Peut-être l'ignorait-il lorsqu'il m'a pris sous son aile… » songea Onyx. Le dieu déchu avait certainement senti son important potentiel. « Sans doute a-t-il découvert qui j'étais en cours de route. Cela expliquerait son soudain changement d'attitude.»

Onyx songea ensuite à sa famille. Il était le septième fils de Saffron, donc le seul enfant magique de la famille. Ses parents connaissaient-ils la prophétie ? Si oui, pourquoi ne lui en avaient-ils jamais parlé ? Son père l'avait envoyé étudier au Château d'Émeraude en lui disant qu'il n'aurait rien à lui léguer à sa mort. «Avait-il eu une autre raison de me chasser ?» Onyx avait beau se triturer les méninges, il n'arrivait pas à se rappeler ces anciens événements. La seule façon d'être fixé, c'était de retourner dans le passé.

Il se transporta par vortex dans la bibliothèque du palais et fouilla méthodiquement toute la section sur l'histoire d'Enkidiev. Il trouva alors un vieil ouvrage sur la création du Royaume d'Émeraude. Il l'avait apprise autrefois, mais il prit plaisir à la redécouvrir. C'est alors qu'il arriva au chapitre sur le règne de Lynotrach. Il allait le feuilleter rapidement lorsqu'il aperçut le nom de Corindon ! Apparemment, il s'était présenté à la cour du Roi d'Émeraude afin de devenir l'apprenti du magicien Anthel, mais ses pouvoirs avaient effrayé toute la cour et le pauvre homme fut exécuté.

«Mais si Corindon est le petit-fils de Solis, il est forcément un ancêtre de ce Lazuli, car Kira prétend que je suis son descendant. Or, le Château d'Émeraude n'était pas encore construit à l'époque où elle a été emprisonnée dans le passé. Comment est-il possible que Corindon se soit présenté à la cour du Roi Lynotrach un millier d'années plus tard ?» *Onyx, où es-tu ?* le fit sursauter la voix de Swan dans son esprit. *Nous t'attendons dans le hall depuis au moins une demi-heure.* Il n'était pas question qu'il néglige ses devoirs familiaux tandis qu'il essayait de percer le plus grand mystère de toute sa vie. Il prit une profonde inspiration et descendit le grand escalier au lieu d'utiliser sa magie pour se rendre auprès de ses enfants.

Onyx était si absorbé dans ses pensées, qu'il ne vit même pas Katil assise près d'Atlance à la table. Il prit place près de Swan et avala d'un trait sa première coupe de vin.

— Ce soir, j'aimerais que tu donnes le bon exemple aux enfants et que tu manges un peu, chuchota sa femme à son oreille.

— Mais je donne toujours le bon exemple…

Cornéliane se contenta de hausser un sourcil. Non seulement Onyx ne releva pas la présence d'une étrangère, mais il ne remarqua pas l'absence de Maximilien pour la deuxième soirée d'affilée.

— Papa, fit Atlance, je sais que les repas ne sont pas les meilleurs moments pour discuter de choses sérieuses, mais il est impossible de te déranger durant la journée.

Swan fit signe à son fils de s'arrêter là, car elle captait la profonde angoisse de son mari.

— De quoi s'agit-il, cette fois-ci ? soupira le père en piquant son couteau dans le morceau de poulet qu'on venait de déposer dans son assiette.

— Eh bien… hésita le prince.

Onyx planta ses yeux très pâles dans ceux d'Atlance.

– Allez, parle.

– J'ai décidé de me rendre chez le Chevalier Jasson avant la saison froide afin de lui demander la main de sa fille.

Les traits du roi se durcirent aussitôt.

– Si tu désires que je renonce à tous mes privilèges royaux, je le ferai, poursuivit Atlance avec un courage qu'on ne lui connaissait pourtant pas. Je suis conscient que tu proviens d'une époque où les unions étaient décidées par les parents, mais ces temps sont révolus. De nos jours, l'amour prime sur les mariages d'intérêt. Je suis profondément amoureux de Katil et je veux passer le reste de mes jours à ses côtés.

Onyx laissa retomber son couteau et quitta la table.

– Atlance est en droit de recevoir une réponse ! protesta Fabian se levant à son tour.

Son père s'arrêta net, mais ne se retourna pas.

– J'ai envie, moi aussi, d'une grande passion comme celle que tu vis avec maman, ajouta Atlance.

Onyx poursuivit sa route sans répondre et quitta le hall.

– Il va finir par m'égorger, n'est-ce pas ? se découragea Atlance.

– Je ne crois pas, répondit Cornéliane. Quand il ne dit rien, c'est toujours bon signe.

Atlance s'assit et prit la main de Katil.

– Je le harcèlerai jusqu'à ce qu'il accepte, jura-t-il.

– Quelqu'un sait-il où est Maximilien ? demanda Swan en agissant de la façon la plus normale possible.

– Il est parti à la recherche de sa vraie parenté, répondit la princesse en saisissant un petit pain chaud.

– Qui te l'a dit ? s'étonna Fabian.

– C'est Kaliska. Maximilien l'a dit à son père.

– Il y a un manque flagrant de communication dans cette famille, maugréa Atlance en baissant les yeux.

Swan fit de son mieux pour égayer ce rare moment de la journée où ses enfants étaient réunis. Elle fit répéter à Anoki les quelques mots qu'il avait appris, puis félicita sa fille, responsable de ses progrès. Une fois qu'elle eut mis les plus jeunes au lit, elle partit à la recherche de son mari et le trouva sur le grand balcon de leur chambre qui surplombait la cour de la forteresse. Elle passa les bras autour de son torse, appuya sa poitrine contre son dos et colla sa joue contre la sienne.

– Dis-moi ce qui te ronge, susurra-t-elle.

– Je ne me suis jamais compliqué l'existence pendant toutes mes années passées en ce monde, mais depuis que nous sommes partis d'Itzaman, j'ai besoin de savoir qui je suis vraiment.

– Tu es un mari affectueux, un père sensationnel, un guerrier redoutable, un magicien talentueux… et le descendant d'un jaguar ailé.

– Ne te moque pas de moi.

– Le vieil homme a dit que c'était une légende. Et puis, comme tu le dis si bien, ce ne sont que des taches de naissance, rien de plus. Laisse-moi te changer les idées, cette nuit.

Il pivota sur lui-même pour se retrouver face à elle.

– Si j'étais un dieu, est-ce que tu m'aimerais quand même ?

– J'ai longtemps pensé que tu étais un démon et je t'aimais quand même, plaisanta-t-elle.

Elle lui arracha un baiser, puis un second, et réussit à faire naître son désir. Lentement, elle recula à l'intérieur du palais, en l'entraînant avec elle jusqu'à leur lit. Ils firent l'amour comme avant l'empoisonnement d'Onyx, mais une fois que Swan se fut endormie, le roi enfila une simple tunique et quitta ses appartements. Il n'y avait plus un bruit dans l'immense demeure. Il s'empara d'un flambeau sur le mur du corridor qui traversait tout le palais et se rendit à l'ancienne tour de Hawke. Au lieu d'y monter, il descendit le petit escalier du coin et ouvrit la porte d'acier qui gardait l'accès à l'ancien miroir de la destinée. Cette bête ne hantait plus le sous-sol du château, car Onyx l'avait offerte en pâture à la griffe de toute-puissance. « On dirait que c'était hier encore », songea-t-il.

Il poursuivit sa route jusqu'à un tunnel arrondi, puis piqua à droite où s'ouvraient plusieurs grandes pièces dans lesquelles les rois d'antan tenaient des assemblées secrètes. Il ne savait pas exactement ce qu'il cherchait, mais il était persuadé que s'il était vraiment associé aux dieux félins, de quelque façon que ce soit, sa magie le conduirait au bon endroit. Il chassa de son esprit toutes ses pensées, aussi bien positives que négatives, et devint aussitôt hypersensible à son environnement. Il entendit alors battre un cœur. Ce n'était pas le sien. À pas feutrés, il marcha vers la source de ces pulsations. Tenant la torche devant lui, il entra dans une vaste salle au centre de laquelle se trouvait une large table de pierre. Les bancs de bois avaient depuis longtemps disparu. À l'affût, il longea lentement le mur et aperçut enfin en bas-relief, à la hauteur de ses yeux, un splendide jaguar.

– Je suis pourtant souvent venu ici, lorsque j'étais le lieutenant du capitaine Albin d'Émeraude, et je n'ai jamais vu cette sculpture… murmura-t-il.

Il oubliait qu'à l'époque, il avait surtout participé à des conseils de guerre sans se préoccuper de la décoration. Il posa doucement la main sur le corps du félin et sentit son pouls ! « Suis-je en train de rêver ? » Un grincement sourd le fit tressaillir : tout le mur était en train de pivoter. Onyx recula jusqu'à ce que se soit formée une ouverture suffisamment large pour qu'il puisse s'y faufiler. Il fit un pas et s'immobilisa, pressentant un danger imminent. Avec sa magie, il amplifia aussitôt l'éclat de son flambeau et vit un homme debout, près du mur du fond. Grand et mince, il portait la tunique courte, les braies et les bottes des paysans d'Émeraude. Ses cheveux noirs s'arrêtaient juste sous les épaules.

– Qui êtes-vous ? demanda Onyx en allumant la paume de sa main libre, prêt à attaquer.

– Ne gaspillez pas votre énergie. Vos pouvoirs n'ont aucune emprise sur moi.

– Répondez-moi.

– Je suis Corindon, fils de Sappheiros, petit-fils de Solis.

Onyx n'avait jamais été aussi surpris de toute sa vie. Cet homme n'avait-il pas été exécuté dans cette forteresse ? Comment pouvait-il se tenir devant lui ?

– Combien de temps avez-vous été enfermé ici ? réussit finalement à articuler l'Émérien.

– Personne ne peut m'emprisonner où que ce soit. Si j'ai laissé deux ignares me mettre à mort, c'était uniquement pour me débarrasser du corps physique dont mon père m'avait fait cadeau. Un homme finit par se lasser de son apparence après un millier d'années.

– Je ne comprends pas…

– Il y a plusieurs réalités dans l'univers et celle des humains est plutôt primitive. Nous ne vivons pas tous dans le même plan d'existence, et pourtant il arrive que nos routes se croisent.

– Comme cette nuit.

– J'ai entendu votre requête depuis mon monde et je vous ai attiré loin des oreilles indiscrètes. Je vous en prie, assoyez-vous.

La salle s'illumina d'un seul coup, comme en plein jour, et des victuailles apparurent sur la table. Sans même remuer un cil, Corindon créa deux magnifiques trônes en or pur, dont les bras étaient des félins en position d'attaque.

– Puisque nous passerons un petit moment ici et que vous avez choisi de poursuivre votre vie en tant qu'être de chair et de sang, je pense que vous préférerez vous mettre à l'aise.

Onyx lui obéit.

– Je cherche seulement à comprendre d'où je viens, avoua-t-il.

– Vous êtes de la lignée d'Aldad, mon aîné.

– Comment pouvez-vous être mon ancêtre et avoir vécu au temps de Lynotrach ?

– Je suis ce que vous appelez un maître magicien, fils d'un dieu et d'une sorcière, mentit Corindon.

– Sauf que nos maîtres magiciens ne vivent pas des milliers d'années.

– Il est vrai que vous avez perdu une grande partie des connaissances initiales.

– Comment ?

– Certains dieux ne veulent pas que leurs créatures finissent par les égaler.

– Parandar…

– Les trois aînés d'Aiapaec et Aufaniae ne partagent même pas le pouvoir avec leurs jeunes frère et sœur. Imaginez de quelle façon ils traitent les humains. Vous avez raison de les détester.

– D'après ce que j'ai entendu récemment, les dieux ailés ne sont pas plus bienveillants.

– Ils agissent avec plus d'égard envers leurs enfants, mais ils n'hésiteront pas à se servir d'eux pour frapper Parandar et sa triade. Je trouve cela bien malheureux.

– Votre panthéon leur est-il vraiment supérieur ? Ceux qui vous adorent pratiquent le sacrifice humain pour obtenir vos faveurs.

– Ce rituel a commencé à cause d'Akuretari, lorsque les Itzamans se sont divisés en trois nations distinctes.

– Pourquoi n'avez-vous rien fait pour arrêter ces massacres ?

– Parce que ce sera votre rôle.

– Moi ? Je ne suis qu'un roi parmi bien d'autres à Enkidiev.

– Votre destin est bien plus grand que ça.

Onyx avait toujours eu une ambition démesurée, mais il aurait plutôt commencé par devenir l'empereur de son propre continent avant de conquérir Enlilkisar.

– Si je suis resté aussi longtemps dans le monde des humains, c'était pour voir comment se débrouilleraient mes rejetons, déclara Corindon en changeant de sujet.

– J'ai eu trois familles et je n'ai vu grandir que les enfants issus de la dernière.

– Vous n'auriez pas dû fuir devant vos détracteurs, Onyx. Vous étiez suffisamment puissant pour les faire reculer.

Le Roi d'Émeraude songea au sort qu'Abnar avait réservé à ses compagnons d'armes et aux terribles souffrances que lui avait imposées Nomar. Il ne voyait pas comment il aurait pu les affronter sans mettre la vie de ses enfants en péril.

– Ce corps que j'ai emprunté porte apparemment la marque de Solis, fit-il plutôt. Je ne me rappelle pas l'avoir aussi eue dans ma première vie.

— Vous êtes resté trop longtemps séquestré dans le néant et ce séjour a brouillé votre mémoire, expliqua Corindon. Si seulement vous aviez su, à cette époque, que vous pouviez passer directement dans un autre corps au lieu de transiter par un objet inanimé.

— Il y a bien des choses que j'ai su trop tard.

— Que donneriez-vous pour découvrir la vérité ?

Onyx songea un instant à lui offrir ses trois fils rebelles, mais ne parvint pas à s'y résoudre. La guerre avait considérablement réduit le trésor d'Émeraude et il ne possédait vraiment que son château.

— Dites-moi ce qui vous intéresse ? se risqua-t-il.

— L'acceptation de votre destinée.

« Faire cesser les exécutions dans le nouveau monde ? » s'étonna Onyx.

— Entre autres, confirma Corindon qui lisait ses pensées avec facilité. Nous aimerions que vous instauriez une fois pour toutes le culte des dieux félins dans ce monde.

— Mais je déteste tout ce qui nous vient des dieux !

— Nous ne sommes pas de cruels reptiliens ou de rancuniers oiseaux. Nous voulons que les hommes vénèrent nos noms dans leurs petits gestes de tous les jours, dans l'amour envers leurs enfants, dans la beauté de la nature et dans la liberté la plus

403

absolue. C'est cela que vous devez faire entendre aux peuples d'Enlilkisar et d'Enkidiev.

– Et si je conclus ce marché, vous me permettrez de voir ce qui est arrivé à mes premiers enfants sans me couper pour autant de cette vie-ci ?

– Vous ne pourrez jamais utiliser toute votre puissance tant que vous ne comprendrez pas d'où vous venez et tout ce que vos actions passées ont engendré.

Corindon ouvrit les doigts et un curieux objet circulaire apparut dans sa paume.

– C'est un kulindros, expliqua-t-il en le déposant dans la main d'Onyx. Il n'était pas plus gros qu'une pomme et malgré sa constitution métallique, il était léger comme une plume. Il ressemblait à un cadran solaire composé d'une vingtaine de cercles concentriques mobiles, parsemées de petites indentations.

– En positionnant correctement les anneaux, on peut voyager dans l'avenir ou dans le passé.

– Montrez-moi.

– L'une des deux figures à reconstituer représente Étanna et l'autre Solis. Si vous êtes vraiment mon descendant, vous n'aurez aucun mal à les trouver vous-même.

Le corps de Corindon se mit à devenir transparent.

– Attendez ! s'alarma Onyx.

– Souvenez-vous de votre promesse !

La pièce ne fut plus éclairée que par la torche qu'avait apportée avec lui le souverain. S'il n'avait pas encore eu l'étrange objet doré au creux de la main, il aurait cru qu'il avait rêvé. Puisqu'il commençait à être tard pour se torturer l'esprit, il remonta à ses appartements, cacha le kulindros sous son matelas et reprit sa place dans les bras de sa femme endormie.

23

LE KULINDROS

Le soleil inondait la chambre lorsque Swan se décida enfin à réveiller son mari. Elle commença par l'embrasser dans le cou, mais n'obtint aucune réaction. Elle le secoua doucement, puis plus vigoureusement. Onyx battit des paupières et afficha un air agacé.

– La moitié de la journée est déjà passée, l'informa Swan. Mais qu'est-ce que tu as fait pendant la nuit ?

– Tu ne me croiras pas.

Onyx s'étira et se rendit à leur bassin privé que les serviteurs venaient tout juste de remplir.

– Qu'est-ce que c'est que ce parfum ? maugréa Onyx en descendant dans l'eau chaude.

– C'est une huile fabriquée au Royaume de Jade. Il suffit d'en mettre deux gouttes pour embaumer une pièce.

– J'espère que ça ne reste pas sur la peau.

– À peine...

Swan, qui s'était déjà purifiée depuis longtemps, s'assit en tailleur sur le bord de la petite piscine.

— Il va bientôt pleuvoir à torrents et nous ne pourrons plus sortir du palais, déclara-t-elle. Que dirais-tu d'un pique-nique à la campagne dans les environs ?

— Pourquoi se contenter d'Émeraude quand je possède le pouvoir de nous emmener n'importe où ?

— C'est toi qui décides.

Il ferma les yeux pendant un moment, et Swan observa son visage tendu, malgré la méditation. Lorsqu'il recommença à bouger, elle voulut savoir pourquoi il était si songeur depuis leur retour du nouveau monde.

— C'est compliqué…

— Est-ce en rapport avec cette foutue marque sur ton épaule ?

— Tu sais pourtant que je suis tenace quand j'ai besoin de savoir quelque chose.

— C'est en effet un trait que tu as légué à tous tes enfants.

— Hier, je suis allé consulter l'augure, puis, durant la nuit, j'ai eu une conversation fort intéressante avec l'un de mes ancêtres.

— Voilà donc pourquoi tu ne te réveillais plus.

— Je vais avoir besoin de ton aide pour utiliser un dangereux sortilège.

— À quel point dangereux ? s'inquiéta Swan.

— Je vais tenter une incursion dans mon passé.

— Pourquoi ?

— Pour obtenir des réponses à mes questions existentielles.

— N'importe qui se contenterait des joies et des satisfactions de sa vie présente, mais pas toi.

— Notre avenir va dépendre de ce que je trouverai, Swan.

— Pourquoi ne pourrait-il pas être ce que nous désirons qu'il soit ?

— Parce que je ne suis pas comme tout le monde et je veux savoir pourquoi.

La reine garda le silence quelques secondes, en proie à un grand découragement.

— Que dois-je faire ? demanda-t-elle finalement.

— Lorsque nous serons de retour, ce soir, et que les enfants seront couchés, j'aurai besoin de m'installer quelque part où ils ne pourront pas me surprendre et où tu pourras quand même avoir l'œil sur moi. Je ne sais pas encore comment activer l'objet magique que j'ai reçu d'un maître magicien, et j'ignore ce qui se passera lorsque je parviendrai à le faire fonctionner.

– Ça fait beaucoup de conditions.

– J'en suis conscient, mais je suis un homme astucieux. Peu importe le temps que nécessitera cette entreprise, je reviendrai.

Il sortit de l'eau, un air déterminé sur le visage. Swan l'aida à s'essuyer.

– Est-ce que ce maître magicien a exigé quelque chose en retour de ce privilège ? demanda-t-elle.

– Je craignais que tu me poses cette question.

– Tant que tu ne lui as pas offert l'un de nos enfants en sacrifice…

– Il m'a justement demandé de mettre un terme aux sacrifices humains à Enlilkisar.

– Ah oui ? Et comment comptes-tu faire ça ?

– Je n'en sais rien encore.

– Et moi qui rêvais d'une vie tranquille avec un mari casanier et une ribambelle d'enfants sages…

– Moi, je voulais une femme exactement comme toi.

Ils s'embrassèrent amoureusement pendant un long moment, puis Swan alla annoncer à Cornéliane et Anoki qu'ils allaient en pique-nique. Par acquit de conscience, elle fit également part de leurs intentions à ses aînés, mais ils rétorquèrent qu'ils avaient des choses bien plus importantes à faire.

Lorsque sa famille fut prête à partir, Onyx la transporta dans un coin de pays chargé de souvenirs pour le guerrier qu'il avait été jadis, soit à la frontière méridionale de Zénor, là où commençaient les sables chauds du Désert. C'était à cet endroit qu'il avait été posté lors de la première invasion. C'était également sur le bord de l'affluent de la rivière Mardall qui se jetait dans la mer, qu'il avait appris à Hadrian l'art de la méditation et les rudiments de la sorcellerie.

– Je pensais que toutes les plages étaient de galets ! s'exclama Cornéliane.

– Je t'assure qu'il y en a sous cette couche de sable, affirma Onyx.

Le père laissa les deux enfants courir dans les vagues avec Swan et songea à tout le chemin qu'il avait parcouru en cinq cents ans. De jeune paysan sans lendemain, il était devenu le souverain de son pays et le plus grand de tous les magiciens. Même s'il avait du mal à accepter les projets d'avenir de ses héritiers, il ne doutait pas une seconde que ces derniers seraient heureux dans la vie. En avait-il été de même pour ses premiers-nés ?

Trempés des pieds à la tête et grelottants, Cornéliane et Anoki vinrent s'asseoir avec leurs parents pour manger les provisions qu'ils avaient apportés dans un grand papier. C'est alors qu'Onyx remarqua pour la première fois la marque sur l'épaule de sa fille. Il ne fit aucun éclat pour ne pas gâcher cette belle journée, mais finit par s'approcher suffisamment de Cornéliane afin d'examiner ses taches de naissance de plus près. Elles étaient en tous points semblables aux siennes...

Swan avait suivi son geste et constaté la même chose que lui. Elle leva aussitôt les yeux vers son mari. *Les filles ne sont pas censées porter cette marque,* expliqua-t-il en utilisant le mode de communication télépathique individuelle. *Voilà encore une autre question à laquelle je devrai trouver une réponse.* N'ayant pas appris à maîtriser cette technique, Swan demeura silencieuse. La famille royale resta à Zénor jusqu'au coucher du soleil, et lorsque vint le temps de mettre les enfants au lit, les petits ne protestèrent même pas. Enfin seuls, Swan et Onyx s'installèrent dans leur lit avec le kulindros.

— Comment fonctionne-t-il ? voulut savoir la femme Chevalier.

— Apparemment, en positionnant les anneaux de la bonne manière, on peut voyager dans le passé ou dans le futur. C'est tout ce que je sais.

— Et si tu te trompes ?

Onyx haussa les épaules.

— Ce n'est pas très rassurant.

Le roi se mit à déplacer les bandes circulaires en examinant les dessins que formaient les indentations sur leur pourtour. Swan l'observa pendant plus d'une heure, puis décida de se coucher près de lui. Elle dormait profondément lorsque ce dernier eut une idée. Il quitta ses appartements et se rendit à la bibliothèque, le kulindros en main. Il s'arrêta devant la section d'astronomie et tendit le bras.

— Un ouvrage sur les constellations, ordonna-t-il.

Un livre se dégagea des autres et vola jusqu'à sa main ouverte. Onyx le déposa sur la table et le parcourut page par page.

— Il y a bel et bien une constellation de la panthère…

Impossible toutefois de savoir si elle représentait le passé ou le futur. Onyx poursuivit son enquête et découvrit celle du Soleil levant. Il recommença donc à manipuler l'objet magique jusqu'à ce qu'il obtienne une distribution des petits points noirs identique à cette constellation.

— Bravo.

La soudaine apparition de Corindon devant la table de travail fit sursauter Onyx.

— Je croyais que la résolution de cette énigme vous occuperait pendant plusieurs années.

— Je n'ai pas cette patience. Si je pousse mon raisonnement plus loin, je dirais que la panthère représente le passé et le soleil le futur.

— Vous avez encore raison.

– Alors, en alignant les anneaux pour former la première de ces constellations, je pourrai remonter dans le temps ?

– Le kulindros se mettra à vibrer de plus en plus vite. Il faut le mettre en contact avec son cœur et prononcer une incantation ainsi que l'endroit jusqu'où on veut voyager et le moment où on désire s'y retrouver.

Corindon ferma les yeux et imprima les paroles magiques directement dans le cerveau d'Onyx.

– L'incantation est la même pour avancer dans le temps, ajouta-t-il. Il vous faut par contre former l'autre constellation pour y arriver. Je vous conseille de les mémoriser avant de tenter l'expérience. Je vous souhaite de trouver ce que vous cherchez, mais n'essayez pas de modifier le passé. Toute tentative pourrait avoir des conséquences catastrophiques.

Le fils de Solis s'évapora comme un fantôme. Onyx fixa dans sa mémoire l'emplacement de chacune des étoiles qui constituaient les deux constellations, puis se demanda par où commencer son exploration. « D'abord et avant tout, je veux savoir si je portais aussi cette marque sur mon premier corps », conclut-il. Il alla s'habiller pour cette nouvelle aventure. Au lieu de porter ses vêtements de cuir habituels, il choisit plutôt une tunique, des braies et des bottes noires qui lui permettraient de passer inaperçu à peu près partout. Il se planta ensuite au milieu de son salon privé, alluma les bougies autour de lui et orienta un à un les anneaux du kulindros jusqu'à ce qu'ils forment l'ensemble désiré.

L'instrument mit quelques minutes avant de livrer sa magie. Dès qu'il se mit à vibrer, Onyx l'appuya contre son cœur.

– Avec la permission des dieux félins, je défie le temps et l'espace et je me déplace à l'endroit où vivait Onyx d'Émeraude lorsqu'il était âgé de sept ans.

Une pluie de minuscules étoiles scintillantes tombèrent du plafond. Onyx regarda au-dessus de lui, mais il ne put soutenir le clignotement du disque lumineux duquel s'échappaient ces étincelles immaculées. Elles ne lui causaient aucune douleur. Au contraire, elles l'enveloppaient d'une douce chaleur. Lorsqu'elles disparurent enfin, le Roi d'Émeraude se retrouva au milieu d'une forêt, sous un soleil éclatant.

Il prit le temps d'habituer ses yeux à cette nouvelle luminosité. Il tendit ensuite l'oreille et entendit les rires de plusieurs enfants. Il avait choisi le bon endroit et le bon moment de sa première vie, car il avait passé beaucoup de temps dans la rivière, non loin du moulin de son père. C'était un bon début.

Il suivit un sentier en reconnaissant les odeurs de son enfance. Pour échapper à l'austérité de l'ambiance familiale, il s'était souvent éclipsé de la maison pour aller jouer avec des amis de son âge qui ne connaissaient pas ses terribles facultés. D'ailleurs, il faisait bien attention de ne pas s'en servir à cette époque afin de ne pas contrarier ses parents. Tout en marchant, Onyx utilisa ses sens invisibles pour s'assurer que celui qu'il cherchait se trouvait bien parmi les garçons.

L'énergie qu'il découvrit ne pouvait être que la sienne. Il se dissimula derrière un arbre et observa les jeux des jeunes avec un sourire nostalgique. Son frère aîné avait attaché une corde à une haute branche, puis y avait fait de gros nœuds à l'autre extrémité, ce qui permettait de se balancer au-dessus de la rivière et de s'y laisser tomber.

Il se reconnut aussitôt parmi les enfants, mêmes s'ils avaient tous les cheveux noirs. Il était le plus petit, mais le plus turbulent aussi. À cette distance, cependant, il était impossible de distinguer quelque marque que ce soit sur son corps. «Comment pourrais-je m'approcher d'eux sans qu'ils alertent leurs parents?» se demanda-t-il. Ces descendants d'Enkievs avaient été refoulés dans cette région par les autres races qui étaient arrivées à Enkidiev. Des siècles plus tard, ils avaient gardé au fond de l'âme cette crainte profonde des étrangers.

Onyx se rappela qu'après ces longues baignades, il empruntait toujours le même chemin pour rentrer chez lui. Puisque ses copains habitaient au village, ils partaient dans la direction opposée. Ainsi, en se postant quelque part sur sa route, il pourrait l'approcher seul.

Il alla s'asseoir sur une souche et attendit le coucher du soleil en songeant à la prochaine étape de sa quête. Il commença à s'inquiéter de ne pas voir apparaître le garçon lorsque l'obscurité commença à envahir la forêt. «M'arrivait-il de m'attarder ou d'aller ailleurs?» se demanda-t-il.

– Qui êtes-vous et pourquoi êtes-vous sur les terres de mon père? fit alors une voix derrière lui.

Le roi se retourna et observa son visage de gamin de sept ans.

– Je cherche un garçon qui porte d'étranges taches de naissance sur son corps, répondit-il franchement.

– Pourquoi ?

– Parce que je veux lui dire qu'il est très spécial.

– C'est tout ce que vous voulez de lui ?

– J'ai aussi un message pour lui.

– Est-ce ce que vous cherchez ?

Le jeune Onyx se retourna pour lui montrer son dos. La marque de Solis se trouvait bel et bien au-dessus de l'une de ses omoplates.

– C'est bien elle.

– Ma mère dit que c'est l'empreinte de la patte d'un loup.

« Elle prétendait aussi que c'était pour cette raison que j'étais si intraitable », se rappela le souverain. Il mit un genou en terre et découvrit son épaule.

– Elle ressemble à ceci.

– Comment se fait-il que vous ayez les mêmes taches que moi ?

– Tous ceux qui ont une grande destinée les ont aussi.

– Sommes-nous liés, étranger ?

– D'une certaine façon, mais tu es trop jeune encore pour le comprendre.

— Je suis beaucoup plus intelligent que vous le pensez.

— Je ne voulais surtout pas t'insulter, mais c'est une vérité vraiment très complexe.

— Maintenant que vous savez que c'était moi que vous cherchiez, quel est votre message ?

« Même à sept ans, je n'y allais pas par quatre chemins », se plut à constater Onyx. De tous ses enfants, c'était vraiment Nemeroff qui lui avait le plus ressemblé, car lui aussi s'exprimait crûment.

— Je suis venu de très loin pour te dire que peu importent les obstacles auxquels tu feras face dans la vie, tu ne devras jamais te décourager. Crois en toi et ne laisse personne te dicter ta conduite. Aie confiance en ton propre jugement et tu deviendras un grand homme. Je t'en donne ma parole.

Onyx se releva et se mit à reculer, avec l'intention de partir pour un autre temps.

— Non, attendez ! le supplia la jeune version de lui-même. Je ne sais même pas votre nom.

Pour lui éviter un trop grand choc, Onyx décida de ne pas lui révéler qui il était.

— Je m'appelle Farrell, répondit-il plutôt, ce qui n'était pas tout à fait faux.

— Je vous en prie, ne partez pas. Je veux en savoir plus.

Onyx marcha donc avec lui sur le sentier qui menait à la ferme.

– Vous affirmez que je suis très spécial. Est-ce à cause de mes inquiétants pouvoirs ?

– Entre autres, mais pourquoi dis-tu qu'ils sont inquiétants ?

– Parce que je suis le seul à les posséder, alors les gens me fuient. Pour garder mes amis, il ne faut pas que j'en parle ni que je m'en serve.

– Ce fut longtemps la même chose pour moi, jeune homme. Mais, en grandissant, on apprend à ne plus s'en faire avec l'opinion des autres. La seule personne qui peut vraiment te rendre heureux, c'est toi-même.

– Je m'en souviendrai.

– Ton destin sera différent de celui de tous ceux que tu connais. Tu seras un grand guerrier et tu sauveras des milliers de vie.

– Je préférerais ça à la vie de meunier.

– Je sais.

La confiance et la sérénité que le roi sentait en cet enfant lui donnèrent envie de le soustraire à toutes les épreuves qui l'attendaient. Il aurait été si facile d'enlever ce gamin et de l'emmener dans le Désert où les nomades lui auraient ouvert tout grand les bras, mais les paroles de Corindon lui revinrent en mémoire. Il n'avait pas le droit de changer le cours des événements.

– Il se fait tard, petit. Rentre chez toi et n'oublie jamais que tu es et seras toujours ton propre maître.

– Vous reverrai-je ?

– Chaque fois que tu regarderas dans un miroir.

Le jeune Onyx fronça les sourcils, incertain de ce que signifiait cette dernière phrase, mais il ne posa pas de question. Le souverain lui adressa un sourire encourageant et s'enfonça dans la forêt. Tout en s'éloignant, il suivit le déplacement de l'enfant avec ses sens invisibles afin de s'assurer qu'il n'était pas derrière lui. Une fois rassuré que ce dernier se dirigeait vers la maison de ses parents, il se rendit au bord de la rivière. Les garçons étaient tous partis. Il s'arrêta au pied du grand arbre et caressa la corde du bout des doigts. « J'avais oublié tout cela », déplora-t-il. Onyx avait tellement souffert dans sa vie qu'il ne se souvenait plus d'avoir eu une enfance aussi heureuse.

Il continua sur la route jusqu'au moulin, désert lui aussi. Absorbé dans ses réflexions, il s'assit sur le muret qui retenait la meule dans son sillon. Il savait désormais qu'il était doublement marqué par les dieux, autant dans son ancien corps que dans celui qu'il occupait désormais. Il aurait pu se satisfaire de cette réponse, mais sa curiosité l'emporta et il voulut savoir ce qu'il était advenu des jumeaux. Il sortit donc le kulindros de sa ceinture et le déposa sur la pierre. Allumant l'une de ses mains pour y voir plus clair, il utilisa l'autre pour manipuler l'instrument magique de façon à obtenir la constellation de Solis.

– Avec la permission des dieux félins, je défie le temps et l'espace et je me déplace à l'endroit où vivait Alisha d'Émeraude vingt ans après que son mari Onyx a fui son pays natal.

La pluie d'étoiles le transporta en plein jour sur la route qui menait à la ferme qu'il avait achetée avec sa solde tout de suite après avoir épousé Alisha. Une grande tristesse s'empara aussitôt de lui. Il avait profondément aimé sa femme et ses enfants, mais n'avait pas eu d'autre choix que de les abandonner pour échapper aux foudres d'Abnar. «Que se serait-il passé si j'étais resté et si j'avais fait face à cet arrogant Immortel?» se demanda-t-il.

«De l'avis de Corindon, je possédais déjà la puissance nécessaire pour le détruire.» S'il avait tué Abnar, il ne se serait pas réfugié dans le nord. Il n'aurait pas été capturé par Nomar et forcé de vivre dans une grande prison de glace. Sage n'aurait pas existé et il n'aurait pas épousé Kira. «J'aurais vieilli ici avec mes enfants et je ne serais peut-être jamais devenu le Roi d'Émeraude.» Corindon avait raison : il valait mieux ne pas changer le passé.

Tout en s'approchant des enclos, il se félicita d'avoir une apparence différente, car il ne désirait pour rien au monde faire souffrir sa femme qui ne l'avait pas vu depuis vingt ans. Il constata avec satisfaction, que les clôtures avaient été refaites et que de beaux chevaux se prélassaient dans les champs, ainsi que des vaches et des moutons.

Près de la maison, le poulailler avait doublé de taille. Alisha n'avait donc manqué de rien, grâce à Hadrian. Il s'appuya un instant à la barrière et s'imprégna de l'énergie des lieux. Il n'y trouva aucune trace de tristesse ni de regrets. Puis, il se tourna vers la maison et se demanda comment approcher sa famille. Il pourrait prétendre être un guérisseur en quête de patients ou un voyageur ayant besoin de reposer ses jambes. Il avança lentement sur l'allée, vers son ancienne demeure. Dans sa mémoire résonnaient les cris de joie de ses fils lorsqu'il revenait de la guerre.

Il vit alors Alisha en train de suspendre des vêtements fraîchement lavés à la corde tendue entre deux arbres. Elle n'avait pas changé... Ses longs cheveux noirs remuaient dans le vent et ses gestes étaient toujours empreints de douceur. Un véritable contraste avec le guerrier sanguinaire qu'elle avait épousé. Onyx hésita. «Je n'ai pas le droit de l'ébranler ainsi», décida-t-il. Il allait rebrousser chemin lorsqu'elle l'interpella.

— Puis-je vous aider? demanda-t-elle.

Sa voix, qu'il n'avait pas entendue depuis cinq cents ans, le bouleversa.

— Un peu d'eau... bafouilla-t-il.

— Oui, bien sûr. Suivez-moi.

Il eut du mal à faire obéir ses jambes vacillantes, mais finit par l'accompagner jusqu'au puits. Elle y plongea le seau, le déposa sur la margelle, puis y plongea la louche. Il l'accepta d'une main tremblante.

— Vous n'êtes pas du coin et, pourtant, il me semble déjà vous connaître, déclara Alisha en examinant son visage.

— Je voyage sans cesse.

— Où est votre cheval ?

— Je me déplace à pied.

— Il n'est donc pas étonnant que vous ayez si soif. Attendez-moi ici, je vais vous offrir ce qu'il vous manque.

Alisha retourna dans la maison, pendant qu'Onyx tentait de calmer ses émotions. À son retour, elle lui causa un autre choc lorsqu'elle remplit une gourde de peau qui lui avait appartenu durant la première invasion.

— Vous êtes très charitable, réussit-il à articuler, malgré sa gorge serrée.

— C'est la moindre des choses que je puisse faire pour un homme qui marche autant que vous. Avez-vous visité tous les royaumes d'Enkidiev ?

— Oui, je les ai tous traversés durant ma longue vie.

— Vous paraissez pourtant bien jeune.

— Il ne faut jamais se fier aux apparences.

Il avala le contenu d'une deuxième louche pour se redonner du courage.

— Vous avez une très belle ferme, la complimenta-t-il.

— Merci. C'est mon fils qui s'en occupe depuis la disparition de mon mari.

— Je suis vraiment désolé.

— Il n'est pas mort, même si tout le monde au village prétend qu'il a été exécuté par le cruel Magicien de Cristal. Onyx est un homme têtu, mais intègre. Il a certainement de bonnes raisons de refuser d'obéir aux ordres de cet Immortel. Mon cœur me dit qu'il est toujours vivant, mais qu'il ne peut revenir vers sa famille. Tous les soirs, je prie Dressad de le préserver de tout mal, peu importe où il a choisi de se cacher.

Les yeux d'Onyx se voilèrent de larmes.

— Vous êtes-vous remariée ? demanda-t-il en détournant le regard au loin.

— Non, car il y a en moi une lueur d'espoir que mon époux revienne un jour. Aussi, comme vous pouvez le deviner, la femme d'un renégat n'est pas considérée comme un bon parti.

Une charrette apparut au détour de la route.

— C'est mon fils, annonça Alisha en lui envoyant la main.

Onyx profita de cette diversion pour essuyer ses larmes. Tandis que la voiture approchait de la maison, il vit l'homme assis sur le banc, un petit garçon de cinq ans à ses côtés.

Ses jumeaux étant identiques, il ne put déterminer duquel il s'agissait.

— Je vois que tu as eu beaucoup de succès, Niall, se réjouit Alisha.

— J'ai tout vendu au marché, mais c'est surtout grâce à Gaiek.

Le gamin sauta sur le sol et regarda sa grand-mère d'un air de fierté digne d'Onyx.

— Je suis le meilleur vendeur de tomates d'Enkidiev! s'exclama l'enfant.

— Qui est notre invité? demanda Niall en descendant de son siège.

— Un grand voyageur qui voulait un peu d'eau.

Onyx ne les écoutait plus. Il examinait le visage du petit Gaiek. «Pendant que j'étais retenu à Espérita, j'étais loin de me douter que j'étais devenu grand-père», songea-t-il. Son fils lui serra la main, le tirant de sa rêverie.

— Je suis Niall, fils d'Onyx d'Émeraude.

Le souverain constata avec joie que cet homme ne semblait pas du tout humilié d'être l'enfant d'un paria.

— Farrell, fils de Leomphe, se présenta Onyx.

– Imagine-toi qu'il parcourt tout le continent à pied, ajouta Alisha.

– J'ai plusieurs bons chevaux, si cela vous intéresse, offrit le jeune homme.

– Vous êtes bien aimable, mais je n'en ai nul besoin. Merci pour l'eau.

– Vous n'allez pas repartir à cette heure-ci. La prochaine auberge est loin d'ici. Vous ne l'atteindrez jamais avant la nuit. Mangez donc avec nous, Farrell.

– Il ne vient jamais personne, ici! claironna Gaiek.

Avant qu'Onyx puisse protester, ils avaient dressé la table devant la maison et commençait à y déposer des vivres.

– Nous aimons manger dehors durant la saison chaude, expliqua Alisha.

– Où est Vaiana? voulut savoir Niall.

– Elle est allée donner un coup de main à la femme de ton frère.

Un chien arriva des grands champs en courant et se rua sur Gaiek pour lui lécher le visage. «C'est un enfant heureux», constata Onyx avec plaisir. Alisha le pria de s'asseoir avec la famille.

– Vous n'avez qu'un fils? demanda le roi à Niall.

– Malheureusement, oui. Vaiana a failli mourir en lui donnant naissance et nous n'avons plus été capables d'en concevoir d'autres, mais mon frère Pierce en a eu pour nous deux. Il a cinq garçons et une fille. Êtes-vous marié, Farrell ?

– Oui, mais mes enfants sont grands, maintenant.

– Vous devez avoir hâte de les revoir lorsque vous rentrez de vos périples.

– En effet…

Onyx ne ressentait aucune magie dans la famille. S'il y avait un descendant de Solis quelque part, c'était certainement dans la famille de Pierce. Ils avaient à peine commencé à manger quand sa belle-fille arriva à pied. La ferme de l'autre jumeau n'était donc pas très éloignée. On lui présenta Vaiana, une jeune femme chétive, à peine plus grande que Cornéliane. Onyx ne comprit pas tout de suite ce que Niall avait vu en elle, mais lorsqu'elle se mit à discuter avec lui, il apprécia son intelligence et la bonté de son cœur.

Il commençait à faire nuit, alors on lui offrit de dormir dans la maison. Cette fois, c'en était trop pour le pauvre roi. « Je risque de me lever et d'aller retrouver Alisha dans mon ancien lit », craignit-il. Certaines habitudes étaient tout simplement trop difficiles à perdre. Il annonça qu'il dormirait dans l'écurie, ce qui lui permettrait de repartir plus tôt sans déranger personne.

Il s'installa donc sur la paille fraîche et attendit que les habitants de la maison s'endorment avant de prendre le large. Il retourna sur la route et suivit patiemment la faible énergie que dégageait Vaiana. Il retrouva ainsi, deux heures plus tard, la ferme de son second fils.

Le chien de la ferme se mit à aboyer en voyant approcher un étranger, mais Onyx lui transmit une puissante vague d'apaisement qui le bâillonna. Comme une ombre, le Roi d'Émeraude circula autour des bâtiments et de la maison deux fois plus grande que celle qu'il avait achetée jadis.

En constatant que ses fils vivaient dans le confort, il goûta une paix profonde. Il scruta aussi la famille endormie, à la recherche de magie, et en trouva chez l'enfant le plus jeune. «L'appartenance divine s'est donc poursuivie chez mes descendants qui sont restés à Émeraude», conclut Onyx. Qu'en était-il de ceux qui avaient été cloîtrés dans le Royaume des Esprits?

Pour en avoir le cœur net, Onyx s'isola dans la forêt qui faisait partie des terres de Pierce. Il déposa le kulindros sur ses genoux, alluma une paume et reproduisit le motif qui le projetterait dans l'avenir.

— Avec la permission des dieux félins, je défie le temps et l'espace et je me déplace à Espérita dix ans après la mort d'Onyx d'Émeraude.

Les petites étoiles se mirent à tomber du disque éblouissant qui venait d'apparaître au-dessus de sa tête. L'Émérien ferma les yeux et se laissa transporter dans le temps.

24

DE PLUS EN PLUS LOIN

orsque la pluie d'étincelles cessa, Onyx se retrouva à la sortie du tunnel qui reliait la ville enclavée dans la glace aux sombres cavernes des hybrides d'Amecareth. S'il était facile de se faire passer pour un voyageur à Émeraude, la même chose était impensable au Royaume des Esprits où les quelques centaines d'habitants se connaissaient tous et où personne de l'extérieur n'avait accès. Heureusement, il faisait sombre. Au loin, il pouvait apercevoir de la lumière dans les fenêtres des chaumières. Il choisit donc de marcher entre les habitations et les bâtiments de ferme en faisant taire les chiens sur sa route.

La maison qu'il avait habitée, à cette époque, se trouvait tout à fait au bout de la seule rue. « Jelvan n'avait que sept ans lorsque mon cœur a cessé de battre », se rappela-t-il. Almandin, son aîné, était à peine devenu un homme. Epsap, sa deuxième femme, lui avait donné six garçons et une fille. Il y avait donc fort à parier qu'il trouverait de la magie dans cette famille, à moins que le prochain descendant de Solis soit parmi les enfants de la lignée de Farrell. Il s'approcha en silence de son grand manoir de pierre et en sonda l'intérieur. Il n'y avait que quatre personnes dans la grande salle. À son grand étonnement, seul son benjamin semblait avoir hérité de facultés magiques, mais ce n'étaient nullement celles qu'il avait léguées à la branche d'Émeraude. « Que s'est-il passé ? » La seule explication qui lui vint à l'esprit, c'était que Nomar, ayant eu beaucoup de difficulté à mater le renégat qu'il était à l'époque, avait à dessein diminué les pouvoirs de ses descendants. « C'est peut-être pour cette raison que Sage avait un immense potentiel, mais qu'il ignorait comment s'en servir. »

Les paroles de plus en plus distinctes des occupants de la maison, qui mangeaient le repas du soir, lui firent tendre davantage l'oreille. Epsap et un homme qu'il n'arrivait pas à identifier discutaient de la demande en mariage qu'ils venaient de recevoir pour la jeune Helenka. « Ma femme s'est remariée », comprit Onyx. Il allait se mettre à la recherche du reste de ses enfants lorsqu'il capta une curieuse magie dans l'air. Il s'immobilisa, sur ses gardes. Nomar gérait le sort des Espéritiens depuis des centaines d'années. Il les maintenait en vie en échange de la nourriture qu'il ne pouvait pas produire lui-même pour alimenter les bâtards de l'empereur. Peut-être avait-il senti la présence indésirable d'un puissant magicien sur son territoire.

Onyx assista alors à un phénomène dont il n'avait jamais été témoin auparavant : du tunnel menant à Alombria s'échappaient des centaines de volutes de fumée blanche qui s'infiltraient dans chacune des maisons des Espéritiens. « C'est la magie des Sholiens », comprit-il enfin. « Pourquoi est-ce la première fois que la vois ? » C'était ainsi que les mages au service de Nomar allaient prendre aux habitants les nutriments dont ils avaient besoin. L'espace d'un instant, Onyx fut tenté de marcher tout droit dans l'antre des hybrides et de régler une bonne fois pour toutes ses comptes avec le maître des lieux, car il était responsable de la plupart de ses malheurs. Une fois encore, l'avertissement de Corindon retentit dans son esprit.

Il s'éloigna du village en direction de la très haute barrière de glace qui retenait les Espéritiens prisonniers. «Mes ossements sont quelque part par ici», se rappela-t-il. Tout en marchant, il continua de réfléchir à la marque du jaguar. Il ne comprenait pas ce qui avait bien pu pousser un dieu à partager ses pouvoirs avec un homme sur sept pendant des générations. «Pourquoi ai-je été le seul dans le lot à les amplifier de la sorte?» se demanda Onyx. «En quoi suis-je différent de tous ceux qui m'ont précédé?» Finalement, cette incursion dans le passé faisait naître encore plus de questions dans son esprit.

Il s'arrêta devant le gros bloc de glace qui scellait l'entrée de sa tombe. «Mon âme est enfermée dans mes armes à quelques mètres devant moi», songea-t-il. «Quelle étrange sensation...» Un jour, Sage et ses copains finiraient par profaner sa sépulture et, ainsi, le libérer. Il avait aimé sentir la jeunesse de son descendant, surtout qu'il était mort à un âge avancé. Toutefois, le corps de Farrell ainsi que son immense potentiel magique lui convenaient mieux.

Onyx prit le temps de réfléchir avant d'utiliser de nouveau le kulindros. Était-il prêt à reprendre sa vie là où il l'avait laissée à Émeraude, ou voulait-il se balader encore un peu dans le passé. Corindon n'avait pas fait mention du nombre de fois qu'on pouvait utiliser cet instrument sans s'attirer des ennuis. «Peut-être peut-on s'en servir à l'infini...» Il se rappela alors ce que Kira avait raconté à Swan au sujet de Lazuli. Sans en avoir la certitude absolue, Kira semblait croire que cet homme était l'un de ses ancêtres à lui. Si c'était vrai, alors il figurait certainement parmi les premiers descendants de Corindon. Il n'y avait qu'une seule façon de le vérifier. Il transforma l'agencement des indentations sur les anneaux afin de retourner dans le passé.

– Avec la permission des dieux félins, je défie le temps et l'espace et je me déplace à Zénor deux ans après la mort de Kira de Shola.

Il appuya le kulindros sur son cœur et se retrouva au pied de la falaise de ce royaume côtier, en plein jour. « Je vais sérieusement commencer à manquer de sommeil », pensa-t-il. Il lui sembla bien curieux de ne pas voir le château s'élever à l'horizon. Vers le nord, au lieu de la grande cité qu'il avait connue jadis, s'étendait un village de chaumières. Lorsqu'il arriva finalement sur la pointe la plus avancée du royaume, il découvrit que des ouvriers étaient justement en train de jeter les fondations de la forteresse qui subirait plus tard bien des assauts de l'ennemi. Il se rendit jusqu'aux maçons aux cheveux blonds et leur demanda s'ils connaissaient Lazuli et s'ils savaient où il habitait.

– Nous avons dû le chasser de la tombe de sa femme au début des travaux, répondit l'un des hommes, mais il continue de rôder dans les alentours. Personne ne sait vraiment où il vit.

Si l'Enkiev était un aussi grand magicien que le prétendait Kira, Onyx n'aurait pas de difficulté à le repérer. Il s'avança donc vers les galets en balayant toute la région de ses sens invisibles. En moins de cinq minutes, il capta sa présence sur la plage, non loin de lui. Le souverain hâta le pas et finit par distinguer une silhouette dans le coucher de soleil. L'homme était assis en tailleur, la tête basse et marmonnait quelque chose dans la langue des Anciens. La marée montante commençait à lui mouiller les pieds, mais il ne semblait pas s'en apercevoir.

– Êtes-vous Lazuli ? demanda Onyx en s'arrêtant près de lui.

Le pauvre homme cessa ses murmures et leva un regard abattu vers lui.

– Quand avez-vous mangé la dernière fois ?

Lazuli haussa les épaules. Il n'avait que la peau et les os. La nuit allait bientôt tomber et la mer remonterait jusqu'aux abords du village. Onyx s'accroupit et posa la main sur l'épaule de l'Enkiev. Ils furent instantanément transportés au pied de la falaise, loin de toute civilisation.

– Kira faisait ça, elle aussi… s'étonna Lazuli.

– C'est vrai, mais avec pas mal moins de précision.

Onyx alluma un feu magique, puis scruta le village à la recherche de nourriture et de couvertures chaudes. Dès qu'il les eut trouvées, il les matérialisa près de lui.

– Vous allez commencer par vous sustenter, car ce que j'ai à vous dire pourrait vous ébranler.

Les mains de Lazuli tremblaient tellement qu'il eut du mal à tenir son écuelle. Onyx eut pitié de lui et lui insuffla une partie de son énergie vitale.

— Essayez d'avaler quelque chose, l'encouragea l'Émérien.

Il se mit à manger pour l'inciter à en faire autant.

— Qui êtes-vous ? demanda Lazuli après quelques bouchées.

— Je m'appelle Onyx et j'arrive du futur.

— Kira m'a déjà parlé de vous.

— Ah oui ?

— Elle m'a dit que vous régneriez sur un royaume qui s'appellerait Émeraude. Elle me manque tellement…

— Vous lui manquez aussi.

— Vous parle-t-elle depuis la mort ?

— Elle a perdu la vie ici, mais là d'où je viens, elle est on ne peut plus vivante.

— Mais c'est impossible…

— Kira n'est pas une femme comme les autres, non seulement parce qu'elle est mauve, mais aussi de par ses origines. Nous qualifions de maîtres magiciens les enfants comme elle nés dans le monde des mortels. Lorsqu'ils naissent dans l'au-delà, ce sont des Immortels.

— Les Enkievs croyaient qu'elle était la fille du chef de tous les dieux, mais elle m'a avoué qu'elle n'était pas entièrement déesse.

– Sans entrer dans tous les détails, vous avez au moins déjà saisi qu'elle possédait une puissance hors du commun.

– Je l'ai déjà vu tuer des dragons et creuser le roc avec de la lumière qui sortait de ses mains.

– Sachez que pour les magiciennes de sa trempe, la mort n'est qu'un passage d'un corps physique à un corps immortel. En perdant la vie ici, Kira a été capable de revenir à sa propre époque, dans le futur.

Lazuli demeura silencieux un moment, car il s'agissait de notions difficiles à assimiler pour un Enkiev primitif. Conscient de ses efforts, Onyx ne le pressa pas.

– Cela veut-il dire que vous devrez mourir, vous aussi, pour retourner chez vous ?

– Je jouis d'un privilège qui n'a pas été accordé à Kira, expliqua Onyx. Elle a été emprisonnée dans le passé par un dieu vindicatif, tandis que j'ai reçu d'une divinité plus clémente le pouvoir de circuler à ma guise entre les différentes époques dans le monde.

– Pourriez-vous me ramener avec vous ?

– Non, car nous risquerions de changer le cours de l'histoire.

Lazuli fronça les sourcils.

– Kira vous a donné un fils, dans le futur, lui apprit Onyx pour parler d'autre chose.

— Comment s'appelle-t-il ? s'attendrit l'Enkiev.

— Elle lui a donné le nom d'un grand héros : Wellan. Il est maintenant âgé de quinze ans et il vous ressemble beaucoup, sauf pour ses oreilles qui sont pointues.

Le pauvre homme déposa son écuelle et se mit à sangloter.

— Je ne vous dis pas ces choses pour vous chagriner, se désespéra Onyx. En fait, je voulais simplement que vous sachiez que la femme que vous avez aimée a bravement poursuivi sa vie malgré la douleur que lui a causée votre séparation.

— Comment mon fils peut-il avoir cet âge alors que Kira n'est partie que depuis quelques lunes ? hoqueta Lazuli.

— Je n'en sais rien. Sans doute que le temps ne se calcule pas de la même façon dans le passé et dans l'avenir. Je ne suis malheureusement pas un expert en la matière. Ce qui est important, c'est que vous sachiez qu'elle désire votre bonheur par-dessus tout.

Un vent froid s'éleva de la mer. Onyx couvrit l'Enkiev d'une couverture et lui demanda de terminer son repas. Il attendit qu'il soit repu avant de poursuivre sa conversation avec lui. La délicatesse ne faisait pas partie des qualités du Roi d'Émeraude, alors il ne s'embarrassa pas de préambules pour dire à Lazuli ce qu'il attendait de lui.

— Il est crucial que vous vous remettiez de cette peine, sinon je n'existerai pas.

– Mais comment ?

– Je suis l'un de vos descendants, Lazuli. J'ai moi-même des fils qui poursuivront notre lignée. Mais pour qu'ils puissent naître, vous devez trouver une femme et avoir des enfants.

– Je n'ai même pas la force de quitter ces terres que se sont appropriées les hommes venus de la mer.

– Si ce n'est que ça, demain, je vous conduirai dans un endroit où vous pourrez recommencer votre vie. Pour le moment, vous devez reprendre des forces.

De toute façon, Onyx commençait lui-même à sentir un urgent besoin de dormir quelques heures. Séparés par le feu magique qui brûlerait toute la nuit, les deux hommes s'assoupirent. Ils n'ouvrirent l'œil qu'au matin, lorsque le soleil se mit à leur réchauffer le visage.

– En meilleure forme ? demanda l'Émérien.

– Je me sens un peu plus fort, affirma Lazuli.

– J'ai une question étrange à vous poser. J'aimerais savoir si quelque part sur votre corps, vous portez une marque ressemblant à celle-ci.

Onyx dénuda son épaule. L'Enkiev examina les cinq taches qui formaient l'empreinte d'une patte de félin et secoua la tête négativement.

– Est-ce grave ? voulut-il savoir.

– Cela ne changera pas votre destin, seulement le mien. Êtes-vous prêt à faire un court voyage ?

– J'ignore si je pourrai parcourir une grande distance à pied.

– Mais il n'est pas question de marcher.

Onyx espérait que son vortex fonctionne dans le passé. Il posa la main sur le bras de Lazuli et le transporta instantanément près de la rivière où son père bâtirait un jour un moulin. Il fut bien content de voir que d'autres Enkievs s'y étaient déjà installés. Il ne lui restait plus qu'à s'assurer que le nouveau venu soit bien accueilli. Onyx ignorait évidemment que ce peuple n'avait pas encore été suffisamment tourmenté pour commencer à souffrir de xénophobie.

Dès que les Enkievs virent approcher les étrangers, ils marchèrent à leur rencontre. Onyx leur expliqua que Lazuli venait de perdre sa compagne dans un tragique accident et qu'il cherchait une raison de vivre. Ils furent tous les deux présentés au chef du clan qui proposa tout de suite de les accepter dans sa communauté. « Je viens de sauver la vie de bien des descendants de Corindon », constata Onyx. « Maintenant que mon avenir est assuré et que je sais que Lazuli n'est pas un sorcier, je vais pouvoir rentrer chez moi. » Avant de partir, cependant, il alla marcher le long de la rivière. L'arbre où son frère attacherait un jour la corde qui lui permettrait de s'amuser pendant des années n'avait même pas encore poussé. La berge était surtout couverte d'herbe et de buissons.

Onyx allait sortir le kulindros de sa ceinture, lorsque Lazuli le rejoignit. Il avait pris un bain et revêtu des vêtements de peaux cousus tout neufs que venait de lui offrir une vieille dame du village.

— Vous avez bien meilleure mine, remarqua le roi.

— Grâce à vous. Je suis très fier d'apprendre que j'aurai des descendants tels que vous. Avant que vous repartiez, parlez-moi du futur.

— Si je vous exauce, vous allez passer pour un devin, plaisanta Onyx.

— Je n'en parlerai à personne, si telle est votre condition.

— Vous pouvez faire ce que vous voulez de ces renseignements. Une fois que je vous les aurai donnés, ils seront à vous.

Ils s'assirent l'un en face de l'autre.

— J'irai donc à l'essentiel : ce continent sera divisé en plusieurs royaumes et les gens vivront en paix jusqu'à ce que l'empereur d'un lointain peuple d'hommes-insectes parte en quête de nouvelles terres pour ses sujets. Il attaquera Enkidiev deux fois.

— Enkidiev veut dire « univers » dans la langue des Anciens.

— Il y a une autre langue que la vôtre ?

— Celle de ceux qui ont précédé les Enkievs, évidemment. Ils nous ont laissé des monuments étranges dont seuls les détenteurs du savoir connaissent la fonction.

«Ou les sorciers surdoués», songea Onyx avec un sourire évocateur.

– Vous appellerez ce continent Enkidiev, prédit ce dernier.

– Arriverons-nous à repousser l'empereur?

– Oui. La première invasion ne durera pas très longtemps, mais elle coûtera la vie à beaucoup d'hommes. La deuxième se prolongera pendant de nombreuses années, car celui qui recevra le pouvoir de vaincre à jamais ce tyran naîtra plus tard.

– Et Kira, dans tout ça?

– Elle ne participera qu'à la seconde guerre, mais aidera ce héros à tuer l'empereur.

Un large sourire illumina le visage enfin détendu de Lazuli.

– Et mon fils?

– Je crois qu'il aura un bel avenir, lui aussi. Maintenant, c'est à vous de vous assurer que vos descendants puissent participer à ces événements.

– Merci, Onyx.

L'Enkiev déposa alors trois colliers de petites pierres brillantes dans les mains du Roi d'Émeraude. Le premier était vert, le deuxième, rouge et le troisième, blanc.

– L'un d'eux est pour vous remercier de votre bonté. Les deux autres sont pour Kira et Wellan, avec tout mon amour. Ils proviennent de mon pays natal, au pied des volcans. J'avais prévu les offrir à la femme de ma vie, mais je n'en ai jamais eu l'occasion.

– Ne préféreriez-vous pas en faire cadeau à celle que vous épouserez sous peu ?

– Non, pas ceux-là.

Onyx saisit les avant-bras de Lazuli et les serra avec force.

– C'est ainsi que se saluent les frères d'armes, expliqua-t-il.

– Je m'en souviendrai.

Afin de ne pas lui infliger la peine de le voir retourner dans le futur où il ne pourrait pas le suivre, Onyx glissa les parures dans sa poche et s'éloigna. Dès qu'il se sentit seul, il utilisa le kulindros pour rentrer à son époque. Les petites étoiles le déposèrent dans son salon privé. Il faisait très sombre. « Combien de temps ai-je été parti ? » se demanda-t-il. Il jeta un coup d'œil dans sa chambre. Swan était profondément endormie. Il allait se dévêtir pour la rejoindre lorsqu'il entendit s'entrechoquer les colliers. Afin de s'acquitter le plus rapidement possible de sa mission, il quitta ses appartements et se rendit chez Kira.

Sa première idée fut de s'infiltrer en douce dans les appartements de la Sholienne et de déposer les présents quelque part où elle les trouverait le lendemain. La sensibilité magique de Kira lui permettrait d'identifier facilement l'artisan de ces bijoux. Il n'eut pas le temps d'exécuter son plan que la porte s'ouvrait devant lui.

— Que fais-tu debout au milieu de la nuit ? s'étonna Onyx.

— Tu as pourtant eu des enfants, répliqua la femme mauve. Ne te levais-tu pas, toi aussi, la nuit lorsque, petits, ils faisaient des cauchemars ?

— Je réglais plutôt ça avec une vague d'apaisement.

— Tu devrais avoir honte !

Pour mettre fin à cette conversation, Onyx sortit de sa poche au hasard deux des colliers et les remit à la Sholienne. Celle-ci devina sur-le-champ leur provenance.

— Où les as-tu eus ? s'étrangla-t-elle, émue.

— Il me les a remis pour Wellan et toi.

— Remis ? Mais comment ?

Pour ne pas réveiller le petit Marek qu'elle avait enfin réussi à rendormir, Kira prit Onyx par le bras et l'entraîna jusqu'à la bibliothèque où elle alluma magiquement quelques bougies.

— Lazuli est mort il y a des milliers d'années, protesta Kira. Comment pourrait-il t'avoir confié ces colliers ?

— C'est une longue histoire…

– Je ne te laisserai pas aller te coucher avant d'en avoir entendu les grandes lignes.

– Ça concerne la marque du jaguar. En cherchant à savoir pourquoi je la portais, je suis tombé sur un maître magicien qui hante ce château. Il m'a octroyé le pouvoir de me déplacer dans le temps afin que j'obtienne des réponses à mes questions existentielles.

– Une incantation ? Un sort ?

Onyx sortit le kulindros de sa ceinture, mais elle eut à peine le temps de le voir qu'il s'évapora. La main du souverain était vide.

– On dirait bien que ma quête est terminée, soupira-t-il.

– Pourquoi as-tu ressenti le besoin d'aller rencontrer Lazuli dans le passé ?

– D'une part, je voulais comprendre cette histoire de taches de naissance étranges et, d'autre part, je voulais savoir si les enfants que j'avais eus avec mes autres femmes s'étaient bien débrouillés dans la vie.

– Tu n'es pas le père de Lazuli, à ce que je sache.

– Je suis son descendant, par contre.

Kira voulut savoir dans quel état était son ex-amant. Puisqu'il ne savait pas mentir, Onyx lui raconta qu'il l'avait trouvé dans des conditions lamentables, car il avait passé tout son temps sur la tombe de son grand amour, sans vraiment prendre soin de lui. Des larmes silencieuses se mirent à couler sur les joues de la Sholienne.

— Je l'ai motivé suffisamment pour qu'il accepte de quitter Zénor et de s'établir à Émeraude, ajouta-t-il pour qu'elle ne sombre pas dans la tristesse. Il fallait bien que je fasse quelque chose si je ne voulais pas cesser d'exister.

— Oui, évidemment…

— Kira ? l'appela Lassa en entrant dans la bibliothèque.

— Raccompagne-la à votre chambre et console-la, lui recommanda Onyx.

Tandis que Lassa cajolait sa femme, le roi rentra chez lui. Il se dévêtit et se glissa sous les draps en tentant de ne pas réveiller Swan.

— As-tu trouvé ce que tu cherchais ? chuchota-t-elle.

— Non. De toute façon, tout ce dont j'ai vraiment besoin se trouve déjà sous mes yeux, chez moi.

Swan enlaça son mari aventureux et le serra contre sa poitrine.

— Je t'aime…

Onyx demeura silencieux. En le sondant rapidement, la femme Chevalier découvrit qu'il dormait déjà.

25

L'INTRUSION

Les dieux félins habitaient une énorme montagne qui flottait dans le monde céleste. Chacun d'eux y avait creusé sa propre tanière. Évidemment, Étanna, la déesse en chef de ce panthéon, en occupait le sommet. Son antre était vaste et plusieurs issues donnaient accès à de grandes terrasses de pierre. Au lieu de présider ses assemblées à partir d'un trône comme Parandar et Lycaon, la divinité jaguar adorait se coucher de côté sur une épaisse fourrure blanche. N'adoptant son apparence féline que lorsqu'elle était très fâchée, Étanna préférait ressembler à une humaine aux longues boucles blondes, aux yeux verts, qui portait une tunique de soie chatoyante comme celles des Jadois.

Tout comme son frère oiseau, elle avait beaucoup de mal à accepter la domination des reptiliens. À son avis, ce n'était pas le droit d'aînesse qui devait déterminer qui était le plus apte à diriger le ciel, mais l'intelligence, purement et simplement. Parandar était beaucoup trop orgueilleux pour prendre des décisions éclairées et Theandras avait un faible pour les humains. Quant à Akuretari, il avait mérité ce qu'il lui était arrivé. Pour le remplacer dans leur triade, les reptiliens avaient choisi sa fille Fan. Plus soumise, elle ne représentait pas vraiment un danger pour l'équilibre de l'univers.

Les dieux sur lesquels régnait Étanna n'étaient pas aussi sournois que ceux des panthéons ophidiens et aviaires. Les siens préféraient de loin la tranquillité aux représailles que les autres devaient sans cesse lancer contre leurs lointains cousins. D'ailleurs, l'obéissance et la loyauté des félins n'avaient d'égal ni dans le monde matériel ni dans le monde invisible. Ils étaient moins nombreux que les sujets de Parandar ou de Lycaon, mais beaucoup plus efficaces.

Étanna se reposait après avoir avalé sa ration de viande quotidienne, lorsque Corindon se présenta dans son grand hall sous sa forme de caracal. Dès qu'il fut près d'elle, il intégra son corps humain.

— Onyx fera-t-il ce que nous exigeons de lui ? demanda Étanna.

— Il n'a pas été difficile de le persuader, vénérable mère.

— J'espère que tu n'as pas eu à sacrifier l'un des nôtres en échange de sa docilité.

— Il ne désirait qu'une chose : retourner dans le passé pour revoir les enfants qu'il a abandonnés.

— Dis-moi que tu n'as pas eu à utiliser le kulindros, se crispa la déesse.

— Je ne l'ai pas fait moi-même.

— Tu lui as montré comment le faire fonctionner ?

Le silence de Corindon était éloquent.

— Tu sais pourtant que c'est un instrument dangereux entre les mains des êtres primitifs.

— J'ai discrètement accompagné Onyx durant son périple et il n'a enfreint aucune règle.

— Les humains aiment pourtant changer le cours de l'histoire.

— En général, ils le font pour le mieux.

— Es-tu en train de les défendre, Corindon ?

— Certainement pas, vénérable mère, mais de tous vos sujets, je suis celui qui les connaît le mieux.

— Ton père te reproche encore d'avoir choisi de vivre parmi eux si longtemps.

— J'ai le plus grand respect pour mon père, ce qui ne m'empêche pas d'être mon propre maître.

— Me jures-tu qu'Onyx se rangera de notre côté au moment opportun ?

— Je lui ai fait promettre d'instaurer le culte des dieux félins à Enkidiev et à Enlilkisar et de mettre fin aux sacrifices humains exigés par Akuretari il y a des centaines d'années. Je me ferai un devoir de le lui rappeler en temps voulu.

— Tu as fait du bon travail, Corindon, sauf en ce qui concerne le kulindros. L'as-tu récupéré, au moins ?

Il lui tendit le petit appareil doré.

— J'ai fait également bien attention de couvrir les traces d'Onyx et de créer de fausses pistes.

— Ta fidélité sera récompensée.

Il se prosterna devant elle et reprit son apparence de caracal avant de retourner dans sa propre tanière. Étanna attendit qu'il soit parti pour laisser éclater sur son visage un sourire de victoire. Cette percée sur le territoire des reptiliens allait finir par lui assurer la suprématie sur ses frères et sur sa sœur.

✳ ✳ ✳

Au même moment, dans les hautes altitudes de l'univers des dieux ailés, Azcatchi était debout sur le bord de son nid, attentif. Sa sensibilité aux fluctuations d'énergie était légendaire. Il pouvait ressentir dans l'Éther le moindre geste d'une divinité, peu importe le panthéon auquel elle appartenait. Parandar, Étanna et Lycaon avaient négocié une trêve fragile après les agissements impardonnables d'Akuretari. Plus personne ne devait créer des créatures sans âme ou perturber le cours de l'histoire. Pourtant, quelqu'un venait de violer le traité.

Azcatchi ouvrit les yeux et poussa un cri de rage. Quand Lycaon se déciderait-il à mettre fin à toutes ces futilités pour imposer le règne d'un dieu unique ? Il prit son envol et se dirigea vers le nid géant du chef de son panthéon. Repliant ses ailes noires au dernier moment, il fonça dans le tunnel qui menait à la grande salle où le dieu condor recevait ses sujets.

— Il faut leur déclarer la guerre ! s'exclama Azcatchi en adoptant son apparence humaine. Ils n'ont pas tenu parole !

— Mais de quoi parles-tu ?

— L'un d'eux s'est déplacé dans le temps !

— Calme-toi, Azcatchi, et raconte-moi ce que tu as perçu.

— Tous les jours, je me mets à l'écoute des mouvements dans l'Éther, même s'il n'est pas censé y en avoir. J'ai toujours eu la conviction que ces traîtres ne respecteraient pas la trêve.

— Qui accuses-tu exactement ?

— Vous m'avez accordé le pouvoir de ressentir ce genre de choses, mais pas celui de pousser plus loin ma surveillance. J'exige qu'Orlare mette ses dons à notre service pour découvrir le coupable.

— Et que feras-tu s'il s'agit de l'un des nôtres ?

— Je l'égorgerai moi-même.

— Tant que je respirerai, ce sera moi qui infligerai les châtiments.

— Lorsqu'il est pusillanime, un chef ferait mieux de confier l'application des sanctions à ses sujets moins vertueux.

– Est-ce que tu m'accuses de lâcheté, Azcatchi ?

– Vous êtes seulement trop conciliant.

– Ce n'est pas parce que tu es mon fils que tu peux me parler sur ce ton.

Azcatchi exécuta une révérence moqueuse.

– Maintenant, appelez Orlare qui a le don de voir au-delà des apparences.

Lycaon réprouvait les manières agressives d'Azcatchi, mais ce dernier avait raison : ils devaient savoir qui était le fautif.

Si on avait interdit ces déplacements, surtout vers le passé, c'était pour empêcher que l'un des panthéons ne change le cours des événements à son avantage.

Au bout de quelques minutes, la déesse harfang se présenta devant Lycaon. Ses cheveux étaient blancs comme neige et elle portait une tunique cousue de plumes immaculées et ornée de petits diamants.

– Comment puis-je vous faire plaisir, père ?

Azcatchi, qui détestait la servilité, poussa un grognement de désapprobation.

– Dis-moi, mon enfant, qui a osé se transporter dans le temps ?

Les yeux d'Orlare devinrent laiteux tandis qu'elle entrait en transe.

– Il ne s'agit pas d'un dieu, annonça-t-elle, au grand étonnement de Lycaon, car personne d'autre n'avait le pouvoir de se déplacer ainsi.

– Cherche plus loin, ordonna Azcatchi.

Orlare se concentra davantage.

– C'est un humain, découvrit-elle enfin.

– Impossible ! cracha son frère. Ce ne sont que des créatures insignifiantes qui ne possèdent pas cette magie !

– Peux-tu me dire où nous pouvons le trouver ? demanda Lycaon en faisant la sourde oreille à son fils.

– La perturbation semble provenir d'une grande pyramide…

– Est-ce une femme ? grommela Azcatchi.

– Non, il s'agit d'un homme… et il te ressemble…

– Un humain qui ressemble à un dieu ? Tes facultés sont-elles en train de t'abandonner, Orlare ?

– J'ai vu ce que j'ai vu.

– Alors, je m'en occupe.

— Pas sans mon approbation, l'avertit Lycaon.

Il n'avait pas fini de prononcer le dernier mot que son fils belliqueux se métamorphosait en crave et fonçait dans le tunnel qui menait dehors.

— Mais que vais-je faire de lui ? s'exclama le dieu condor, exaspéré.

— Azcatchi est prompt et effronté, mais s'il y a un de vos enfants qui peut retrouver et châtier le coupable, c'est bien lui.

— Maintenant qu'il a cessé de te bousculer, dis-moi si tu vois autre chose, Orlare.

— Il y a une étrange confusion dans l'Éther, comme si quelqu'un avait sciemment tenté de faire disparaître ses traces.

— Parandar ?

— Je suis incapable de l'affirmer, mais le processus est ingénieux.

— Et nous savons tous que les dieux reptiliens n'ont aucun esprit inventif… Un tel stratagème ne peut avoir été élaboré que par ma sœur jaguar.

— Nous n'en avons aucune preuve, père.

Pour se détendre, Lycaon déploya ses longues ailes aux plumes noires et blanches.

– Vous serez content d'apprendre que je continue de faire des progrès à Enkidiev, ajouta Orlare pour lui changer les idées. Je convertis de plus en plus d'enfants qui ne sont même pas d'essence divine.

– Excellent. Maintenant laisse-moi. J'ai besoin de toute mon énergie pour suivre les progrès de ton intraitable frère.

– Est-ce à dire que vous avez l'intention d'intervenir personnellement?

– Seulement s'il menace de détruire tout un continent.

※ ※ ※

Azcatchi savait trop bien que les humains ne possédaient pas la faculté de se déplacer dans le temps, car c'était l'apanage des dieux. Celui qui était apparu dans la vision de sa sœur ne pouvait pas être une créature de Parandar. Il s'agissait sans doute d'une divinité empruntant cette apparence. Il s'attendait donc à un duel de titans. Le dieu crave adorait la bagarre, mais il ne pouvait pas satisfaire très souvent ses instincts, car son père ne supportait pas les querelles entre ses enfants.

Lorsque la déesse harfang avait parlé d'une pyramide, celle de la Lune avait surgi dans son esprit. Il savait qu'il y en avait d'autres à Enlilkisar, mais il s'était arrêté à une, en particulier. Peu de temps auparavant, alors qu'il s'ennuyait dans le domaine assommant de son père, Azcatchi était descendu chez les humains. Il avait même poussé l'audace jusqu'à séduire une prêtresse qui était en train de prier sa mère Séléna, la harpie. Son peuple avait édifié une grande pyramide où il procédait à de nombreux sacrifices dans l'intention d'apaiser les dieux. «Comme si nous avions le temps de nous occuper de ces absurdités», grommela intérieurement Azcatchi. D'ailleurs, c'était un reptilien qui avait instauré ce culte barbare au début des temps.

Humant l'air, le dieu crave fondit vers la terre et vit ce qu'il cherchait. En battant des ailes, il se posa au sommet du gros monument taché de sang et reprit son aspect humain. Les êtres vivants étaient composés d'énergie et ils en imprégnaient le sol et les objets qu'ils touchaient. «Il s'est approché de la pyramide, mais il n'y est pas monté», découvrit-il en posant la main sur la pierre. Il descendit lentement les nombreuses marches qui menaient à la plage. La piste de l'étranger devenait de plus en plus claire. «Je te tiens», se réjouit Azcatchi en suivant sa trace jusque dans la forêt, puis vers le palais où il semblait avoir obliqué.

Les deux gardes à l'entrée croisèrent aussitôt leur lance pour l'empêcher de passer avant qu'il se soit identifié. Des filaments ardents jaillirent des mains du dieu crave, frappèrent les Tepecoalts et les firent choir dans les buissons à des mètres de la résidence royale.

– Prosternez-vous devant votre dieu, ricana Azcatchi en pénétrant dans le palais.

Les serviteurs qu'il croisa dans le couloir s'écrasèrent face contre terre.

– C'est beaucoup mieux…

Il aboutit finalement dans la grande salle du culte où Nayaztlan discutait avec ses prêtresses. Il s'immobilisa dans l'entrée, figure imposante dans ses vêtements de cuir noir, avec ses ailes sombres dans le dos. La reine l'aperçut et se tut, interloquée. Le silence se fit parmi les femmes qui se retournèrent une à une pour voir ce qui la captivait ainsi.

– Sortez toutes ! ordonna Azcatchi.

Les prêtresses cherchèrent plutôt l'assentiment de la reine sur le visage de celle-ci.

– Faites ce qu'il dit, confirma-t-elle.

Elles s'enfuirent par les étroites portes qui menaient à leurs quartiers. Azcatchi se mit à avancer vers la Tepecoalt.

– Tu es revenu... s'étrangla-t-elle.

En voyant les ailes de son amant, elle se reprocha d'avoir pris son dernier prisonnier pour un dieu.

– Je sais que tu caches un imposteur.

– Non, je ne cache personne.

Il passa près d'elle et poursuivit sa route vers ses appartements privés, toujours sur la piste d'Onyx. Nayaztlan le suivit en préparant silencieusement sa bague empoisonnée. Lorsqu'il se pencha pour flairer le lit, elle voulut le frapper, mais le dieu crave, vif comme l'éclair, pivota et saisit son bras d'une main et sa gorge de l'autre.

– Dis-moi où il est ! tonna-t-il.

– Lâche-moi ! Tu me fais mal !

– Son énergie est partout !

– Il n'est plus ici… articula-t-elle avec peine.

Il la libéra et Nayaztlan tomba sur ses genoux en se frictionnant le cou.

– Il te ressemblait tellement que j'ai cru que c'était toi…

– Est-ce qu'il avait des ailes ? hurla Azcatchi.

La reine baissa misérablement la tête, honteuse de ne pas l'avoir remarqué.

– C'est un dieu jaguar qui a partagé ton lit, traîtresse.

– Non, c'est impossible. Je l'aurais su.

Il l'agrippa de nouveau par la gorge et la souleva de terre.

– Dis-moi comment il s'appelle.

– Atlanz…

C'était le seul nom qu'avait prononcé l'un de ses deux prisonniers à la peau pâle.

– Où est-il allé ?

– Il cherchait un prisonnier d'Itzaman.

Les mains du dieu crave s'électrifièrent, tuant instantanément Nayaztlan.

– Tu ne commettras plus d'erreurs, ragea-t-il.

Il laissa retomber le corps inerte de la reine sur le plancher
et fit un pas vers la porte. C'est alors qu'il entendit les pleurs
d'un bébé. Il pencha la tête de côté, attentif, puis se mit à
la recherche de l'enfant. Il le trouva dans la pièce contiguë,
agitant ses membres dans un berceau de bois.

– Mais qu'avons-nous là ? Un oisillon ?

Il s'empara d'Aetos et quitta le palais. Un sourire sadique
se forma sur ses lèvres quant il vit les guerriers Tepecoalts
accourir vers lui. Azcatchi balaya l'air de son bras. Un mur de
feu s'éleva du sol et se précipita à la rencontre des défenseurs de
la défunte reine. Pendant que ces derniers tentaient d'échapper
au pire, le dieu ailé se métamorphosa en crave et s'élança vers
le ciel en emportant le bébé entre ses serres rouges.

En suivant le littoral, Azcatchi arriva bientôt en vue de la
pyramide de Solis. Contrairement à ses semblables qui ne se
préoccupaient pas assez souvent des habitants d'Enlilkisar, le
dieu crave avait parcouru ce continent à quelques reprises. Il
savait donc que les Itzamans étaient les voisins des Tepecoalts,
à l'ouest. Il atterrit au sommet de la pyramide et déposa le bébé
sur la pierre de sacrifice. Effrayé par le vol et blessé par les
serres de son ravisseur, Aetos se mit à hurler de terreur. Ses
cris attirèrent les regards des Itzamans qui vaquaient à leurs

occupations quotidiennes. Voyant qu'il avait enfin mobilisé leur attention, Azcatchi ouvrit toutes grandes ses ailes.

Les cornes sonnèrent aussitôt l'alarme et les guerriers fondirent sur le monument, lances à la main. Nullement inquiété par cette démonstration de force, le dieu crave prit sa forme humaine et se laissa tomber sur la terrasse de l'abri où les membres de l'expédition d'Hadrian avaient si souvent dormi. Une fois encore, il capta l'énergie d'Onyx.

— Que celui qui s'appelle Atlanz s'avance ou vous mourrez tous ! lâcha-t-il d'une voix forte dans la langue du pays.

Juguarete traversa la foule avec son grand prêtre et sa garde personnelle.

— C'est un dieu ailé, Excellence, l'avertit Karacoual.

— Nous ne les tolérons pas, se contenta de répondre le prince.

Il s'arrêta devant les guerriers, qui ne le laissèrent pas aller plus loin.

— Celui que vous cherchez est parti depuis longtemps ! poursuivit-il. Retournez d'où vous venez ! Nous ne vénérons pas les dieux ailés !

— Je ne vous en demande pas autant, mais si vous insistez...

Azcatchi laissa partir de ses mains de terribles éclairs qui terrassèrent tous ceux qui se tenaient à l'avant. L'un des gardes du prince eut juste le temps de se jeter devant Juguarete et encaissa le coup mortel à sa place. Les autres saisirent leur souverain par les bras et le forcèrent à reculer.

— Vous répondrez de ce massacre devant Étanna et Solis ! le menaça Karacoual.

— Si vous ne me dites pas où il est, vous mourrez tous !

— Arrêtez ! le supplia Juguarete. Cet homme est retourné chez lui, de l'autre côté des volcans.

— Si je ne l'y trouve pas, je reviendrai vous achever.

Le dieu ailé reprit son apparence d'énorme crave et s'envola vers le sommet de la pyramide en se demandant si le coupable n'était pas finalement à la solde des dieux reptiliens. Lorsqu'il arriva à la hauteur de l'autel, il constata que le bébé avait disparu ! Battant férocement des ailes, il le chercha dans les marches qui descendaient vers la mer, croyant qu'il les avait peut-être déboulées. Il plana au-dessus de la plage et ne le retrouva pas. Pourtant, sous le couvert des arbres, à peine à trois cents mètres, un Pardusse s'enfuyait à quatre pattes. Sur son dos, Féliss s'accrochait d'une main à sa crinière, tandis que de l'autre, il serrait un poupon contre lui. Azcatchi décida de ne pas perdre plus de temps et s'éleva dans les airs.

Perché sur une haute branche, un épervier n'avait rien perdu du spectacle. Sparwari savait que les dieux qui l'avaient accueilli projetaient d'utiliser les enfants à demi humains qu'ils avaient engendrés pour porter un dur coup à Parandar. Malgré tout l'amour qu'il éprouvait pour son fils, il ne pouvait pas s'opposer à la volonté de Lycaon. En suivant l'échange entre Azcatchi et les Itzamans, Sparwari avait deviné que c'était Onyx qu'il cherchait. Maintenant qu'il savait où il habitait, il comprenait que Lazuli était désormais en danger.

Heureusement, les dieux rapaces ne pouvaient jamais rester longtemps dans le monde des humains dont l'atmosphère finissait par diminuer leur énergie. Azcatchi était maintenant obligé de retourner dans les sphères célestes pour refaire ses forces. Cette pause forcée donnerait le temps à Sage d'agir. Il s'élança dans le vide et piqua vers la plage afin de contourner la barrière magnétique des volcans.

Pendant que l'épervier filait vers Émeraude, Cherrval ralentit le pas et se coucha sur le sol, à l'orée de la forêt. Sa longue queue fouettait l'air et ses muscles demeuraient tendus, au cas où il aurait à foncer de nouveau entre les arbres. Féliss en profita pour examiner le bébé qu'il avait juste eu le temps de dérober à son ravisseur.

– Je pense qu'il a besoin de soins, Cherrval, se désola l'enfant. Il a le visage tout rouge.

– Il est chanceux d'être encore en vie, selon moi, répliqua le Pardusse.

– Vois-tu le dieu ailé quelque part ?

– Non, et je ne flaire plus son odeur non plus.

– Ramène-moi en douce chez ma mère.

Très bas sur ses pattes, l'homme-lion avança vers le palais, pendant que Féliss scrutait le ciel. Dès qu'ils furent devant la porte de la demeure royale, Cherrval laissa descendre son passager.

– Maman ! s'écria Féliss en se précipitant dans la maison.

La princesse aperçut le bébé et constata aussitôt son état de détresse. Elle l'arracha des bras de son fils et l'emmena dans la grande pièce où étaient réunies toutes les femmes. Le bébé étant entre bonnes mains, Féliss retourna auprès du Pardusse et s'assit près de son épaule.

– Tu es un héros, petit, le félicita l'homme-lion.

– Sans toi, je n'aurais jamais pu atteindre le sommet de la pyramide à temps.

– Alors, nous sommes des héros, tous les deux.

Féliss lui gratta la crinière en riant.

26

L'ÉPERVIER

Tout comme elle l'avait promis à ses fils aînés, Kira leur enseigna à manier l'épée double sans se blesser. Depuis le matin, ils s'exerçaient tous les deux devant les enclos, dans la grande cour du Château d'Émeraude. Wellan avait des prédispositions pour le combat, ce qui n'était pas étonnant, puisqu'il n'avait rien oublié de sa vie précédente. Pour Lazuli, c'était une tout autre affaire. En fait, il ne voulait apprendre à utiliser cette arme que parce que son frère s'y intéressait. Il était habile de ses mains, mais il n'arrivait pas à rester concentré très longtemps sur les mouvements qu'il exécutait. « Heureusement qu'il n'y aura plus de guerre contre les hommes-insectes », songea Kira. Son cadet aurait été une véritable menace sur le champ de bataille avec une épée double.

— Lazuli, je t'en prie, regarde ce que tu fais, l'encouragea la Sholienne.

— Ce n'est pas grave si je me blesse, maman. Tu sais comment soigner les blessures.

— Change d'attitude tout de suite, sinon tu ne recevras plus aucune leçon de moi.

— Elle est lourde, cette épée.

— Elle a exactement le même poids qu'une épée normale. Ce sont les muscles de ton bras qui ne sont pas habitués à travailler.

Wellan ne se préoccupait pas des plaintes de son petit frère. Il était tellement fier de pouvoir enfin manier cette fabuleuse arme ancienne. Il ne savait pas d'où provenait la sienne, car il l'avait obtenue grâce à la pierre des vœux qu'un homme-oiseau lui avait offerte lorsqu'il était enfant. Il n'était pas encore capable de la faire disparaître et apparaître à sa guise, comme Kira le faisait, mais il ne doutait pas un seul instant qu'il finirait par y arriver.

Il aperçut alors un épervier qui piquait comme s'il était à la chasse. Sans doute avait-il vu une souris dans l'enclos ou près de l'écurie. Quelle ne fut pas sa surprise de le voir se changer en être humain quelques secondes avant de frapper le sol, à quelques mètres à peine de lui ! Il portait une tunique courte de cuir noir attachée à la taille par une large ceinture. Ses cheveux noirs touchaient à peine ses épaules et ses yeux ressemblaient à des miroirs.

— Sage ? fit-il en même temps que Kira.

— Maman, c'est lui ! s'exclama Lazuli qui pensait que ses parents ne le croyaient pas lorsqu'il parlait de son compagnon nocturne.

Kira fit aussitôt disparaître son épée double, ainsi que celle de Lazuli, car il aurait pu accidentellement embroché son père en lui sautant dans les bras, mais le garçon était abasourdi devant la beauté de ses ailes blanches striées de noir.

– Qu'est-ce que tu viens faire ici en plein jour ? s'étonna la femme Chevalier en s'approchant de Sage.

– Vous courez un grave danger.

Le dieu épervier jeta un coup d'œil du côté de son fils en se demandant s'il pouvait en parler devant lui.

– Allons nous entretenir à l'intérieur, décida Kira. Lazuli, va chercher le roi.

– Pourquoi moi ? protesta le garçon qui voulait rester avec eux.

– Les enfants doivent obéissance à leurs parents, le semonça Sage.

– Tout le temps ?

– Oui, tout le temps.

Lazuli émit un grognement de déplaisir, mais précéda tout de même les adultes dans le palais. Kira emmena Sage dans le hall du roi. Ce dernier refusa de s'asseoir pour ne pas abîmer ses ailes. Comme un chef de guerre, le jeune Wellan demeura en retrait de sa mère pour écouter ce que le messager céleste avait à leur raconter.

– De quel danger parles-tu ?

– Le premier est plus vaste et peut-être plus lointain, commença Sage.

Kira observait son visage tout en écoutant ses paroles. Il n'avait pas du tout changé. Même sa voix était encore douce et apaisante.

– Les trois panthéons se sont déclarés la guerre en raison d'agissements clandestins. Malheureusement, ils vont se servir des humains pour s'attaquer les uns les autres.

– Nous trouverons une façon de les en empêcher, affirma la Sholienne.

– Et quelle est la menace imminente ? voulut savoir Wellan.

– Azcatchi va bientôt arriver ici et il est très en colère.

– N'avons-nous pas entendu ce nom récemment ? se questionna Kira.

– Onyx nous en a parlé après qu'Hadrian l'a ramené de Tepecoalt, lui rappela son fils.

– C'est le fils de Lycaon, voulut les éclairer Sage.

– Lui-même fils d'Aiapaec et Aufaniae, ajouta Wellan.

– Azcatchi est une créature cruelle et redoutable, poursuivit le dieu épervier.

— Mais qu'est-ce que... ? s'exclama Onyx en entrant dans le hall, le petit Lazuli derrière lui.

Le roi ne reconnut les traits de l'homme ailé que lorsqu'il fut devant lui.

— Sage ?

— Je suis Sparwari, désormais.

— Mais qu'est-ce qu'ils t'ont fait ?

— Pour me sauver la vie, la déesse faucon m'a transformé.

— Est-ce qu'elle t'a fait oublier tout ce que tu as accompli lorsque tu étais humain ?

— Non. Elle a soigné mes blessures et elle m'a redonné le goût de vivre.

— Il est venu nous avertir que le dieu Azcatchi était en route pour Émeraude, intervint Wellan pour les ramener dans le vif du sujet.

— Que nous veut-il ?

— Il cherche l'imposteur qui a usurpé son identité.

— Je n'ai rien fait de tel ! se hérissa Onyx. C'est cette prêtresse démente qui m'a donné ce nom et qui m'a déguisé en Tepecoalt !

— Nous n'avons qu'à lui expliquer ce qui s'est passé, suggéra Wellan.

— Azcatchi est prompt et violent, les avertit Sage. Il pose rarement des questions avant de frapper. Il vient de tuer des centaines de personnes à Itzaman.

— Quoi ? s'exclamèrent en chœur les humains.

— Il est arrivé sur leur pyramide avec un bébé. J'ai eu peur qu'il l'immole sur l'autel, mais heureusement, un enfant et un drôle de lion ont sauvé le petit.

— Féliss et Cherrval, se réjouit Wellan.

— La prêtresse a eu un fils avec Azcatchi, se rappela Onyx.

— Comment peut-on se défendre contre un dieu ailé ? demanda Kira.

— Seul un dieu peut en repousser un autre, affirma Sage.

— Il n'en traîne malheureusement pas dans tous les châteaux, se découragea Wellan.

— Ce n'est pas tout à fait exact, fit remarquer Onyx. J'ai fait la connaissance d'un maître magicien d'origine féline qui s'appelle Corindon et qui, justement, hante ces lieux.

— J'ai une bien meilleure idée, intervint Kira.

Ils se tournèrent vers elle avec espoir.

– Ma propre mère.

Fan de Shola était effectivement devenue une déesse à la mort d'Akuretari.

– Elle n'a jamais levé le petit doigt pour nous lors de la dernière invasion, maugréa Onyx.

– S'il est vrai que les panthéons protègent jalousement leurs territoires, alors il est certain qu'elle interviendra, les encouragea Wellan.

– Moi, je ne comprends rien, gémit Lazuli.

– Je t'expliquerai tout ça plus tard, lui promit son grand frère. Pour l'instant, laisse-nous parler.

– Je dois repartir, annonça Sage. Si Azcatchi me surprend ici, je ne pourrai jamais plus vous venir en aide.

– Oui, bien sûr, accepta Kira qui résistait à la tentation de le serrer dans ses bras.

Sage s'inclina devant Onyx et tourna les talons. Wellan et Lazuli l'accompagnèrent vers la cour d'où il pourrait prendre son envol. Pendant ce temps, Kira adressait son urgente requête à la déesse des bienfaits.

Assise sur son trône de marbre blanc, à écouter ce que racontait son oncle Parandar sur les besoins pressants de leur univers, Fan entendit l'appel de sa fille. Elle attendit que le chef des dieux arrête de parler, puis l'informa que Kira avait besoin d'elle. D'un mouvement à peine perceptible de la tête, Parandar lui donna la permission de s'absenter. Fan se dématérialisa instantanément.

Une fois qu'ils furent dans la cour, Sage se pencha sur Lazuli et caressa son visage avec affection. Wellan ne comprenait pas le lien qui semblait exister entre le dieu épervier et son frère, alors il se planta derrière eux pour en apprendre davantage.

– J'ignore si ta mère te l'a dit, mais tu es très cher à mon cœur, avoua Sage au garçon.

– Mais je ne suis même pas obéissant…

– Au cas où nous ne nous reverrions jamais, je veux que tu saches que je suis ton père, Lazuli.

– Mon père ? Ce n'est pas Lassa ?

– Il a pris soin de toi, car je ne pouvais pas le faire moi-même, mais le sang qui coule dans tes veines est le mien.

– Je vais avoir des ailes ? se réjouit l'enfant.

– Je ne peux pas te le promettre.

La cour commença alors à s'assombrir.

– C'est Azcatchi, s'alarma Sage. Allez vite vous mettre à l'abri !

Il se transforma en épervier sous les yeux émerveillés des jeunes et prit son envol, faisant bien attention de voler très bas, et fila à travers les grandes portes de la forteresse.

– Viens, Lazuli, ordonna Wellan en lui saisissant le bras. Il faut suivre le conseil de Sage.

Il tira son frère en direction du palais, espérant que leur mère ait eu le temps de mettre en œuvre un plan de défense.

DÉCOUVREZ COMMENT TOUT A COMMENCÉ...

En vente partout ainsi que sur
www.parandar.com

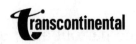

Imprimé au Québec, Canada
Septembre 2010